图书 影视

# 明日的我将迎风前行

明日の僕に風が吹く

Inui Ruka
[日] 乾路加 著

王博 译

江苏凤凰文艺出版社

目录

明日的我将迎风前行 / 001

解说——北上次郎 / 278

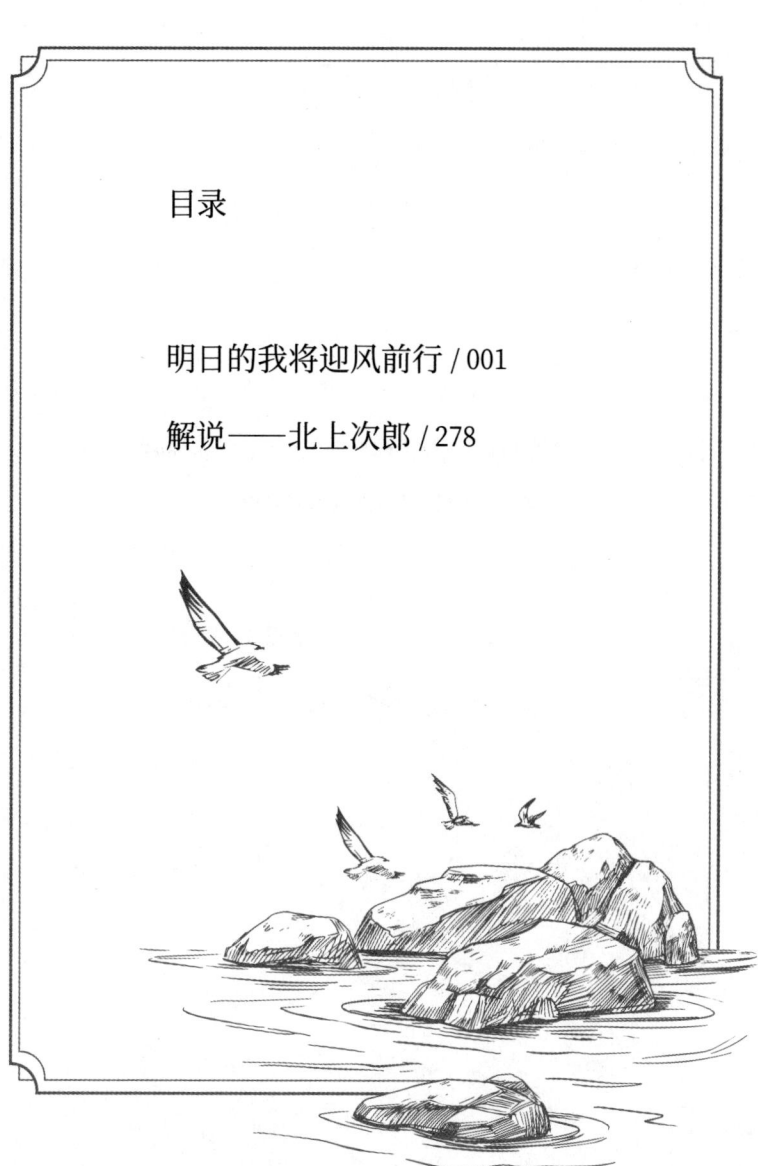

如果没有那一天,这个世界会变得怎样呢?
我的世界会是怎样呢?

# 1

今天依旧是一成不变的一天。

坐在床上的川岛有人顺势躺了下来。天花板上的白色壁纸看起来微微发皱。他右手上拿着的手机正持续播放着游戏的背景音乐，全然没有关掉游戏的意思。这是一款要求玩家在漫天风雪中从一间无人小屋中逃脱的游戏，游戏几乎重现了那个与世隔绝、静谧无声的雪夜世界。因此游戏的音乐也格外安宁纯粹。

反正三分钟后手机就会自动锁屏。锁屏之后，音乐自然会随之消失。

今天依旧没能逃出小屋。从夏天下载这款游戏至今，他一直被困在这座石造小屋里无法逃脱。设置在小屋各处的关卡已破解大半，三个结局也已经找出了两个。可是，即便使出浑身解数，他还是没能完成真正的结局。

其实只要从游戏的启动页面跳转到攻略专区随便看一眼，立刻便能揭晓谜底。

不过，有人并不想那么做。对于逃脱类游戏，他对自己颇有信心。所以要是借助他人之力的话，他会有种认输的挫败感。并且这款游戏在解谜的公平性方面大获好评，既然如此，他只要再努力思考一下应该就能解开谜题。

可到头来,还是不断地空耗时光而已。完全卡在同一个地方动弹不得。

昨天如此,昨天之前如此,今天也是如此。

明天或许也是一样吧?

有人闭上了眼睛。

应该是吧。不会变的。这种什么也不会改变的日子,宛如时间静止了一般。这也代表着,明天永远不会来。

既然没有明天,干脆也没有昨天岂不是更好吗?

"有人!"

楼下传来母亲叫他的声音。听口气,像带着几分怒气、几分愕然,还有无法掩饰的冷酷。

"快下来!难得雅彦叔叔来了。"

已经是正月了。有人想象着楼下客厅的热闹气氛——作为本家,这时候自然有很多亲戚齐聚而来。亲戚们久违地聚在一起,话题不外乎是彼此家人的近况。尤其是幸子伯母最喜欢这类话题。

"你们家当哥哥的和人是在筑驹[①]读高中吧?他跟我们家的加奈一样,都是今年高考对吧?真好呀。和人打算考哪里?肯定会学医吧?打算继承家业吗?"

"加奈打算考御茶水女子大学[②]对吧?要加油啊!"

"有人今年几年级了?他也在筑驹……不好意思啊,我好像记错了。他是在哪家私立高中吧?是直升高中部的吗?"

---

[①] 筑驹:日本筑波大学附属驹场中学,简称筑驹。——本书脚注如无特殊说明,均为译者注
[②] 御茶水女子大学是一所位于东京都文京区的综合性国立女子大学,被誉为"女子东大"。

光是想象，有人就觉得头皮阵阵发麻，简直无地自容，所以他绝不会去客厅露面的。况且父亲总是替幸子伯母说话，说幸子伯母都是因为担心有人才会这么说的。但那些话背后隐藏着的用心，有人看得一清二楚。

幸好我们家的孩子没有坚决不去上学。幸好我们家的孩子没有变成家里蹲。幸好我们家的孩子没有变成像他那样。

有人因为出勤天数不足没能直升高中部，这些幸子伯母明明早就知道了。

他翻了个身，趴在床上，任由左手垂落到地板上。窗帘紧闭，但外面传来的阳光似乎比平时更加明亮。有人心里也明白，在傍晚客人离开之前，还是至少出去见上一面比较好。可他就是提不起精神。有人保持着这个姿势，垂下的左手食指毫无意义地在木头地板上描画。

不过，今年雅彦叔叔也回来了吗？那个雅彦叔叔。

如果是雅彦叔叔的话，有人还是有些想见他一面的。他还没到上学年纪时，雅彦叔叔经常陪他一起玩。叔叔和有人的父亲年纪相差近十岁，在他作为实习医生前往福井的大学附属医院任职之前，都是和有人一家人同桌吃饭的。不过，这也是理所当然的事情，毕竟这里是叔叔的老家。

对有人来说，比起叔叔，雅彦叔叔更像是哥哥一样的存在。相较于大他两岁的和人，雅彦叔叔和他更亲近，也更值得依靠。有人离和人太近，自卑感总让他的心隐隐作痛。就说升学这件事好了。有人没能考上和人所在的私立中学。他跟哥哥一样努力地学习，因而受到的打击也就更大。自从这场考试之后，父母明显将所有的期待都灌注到了和人身上。

就从这点来说，雅彦叔叔和大家可以说是截然不同。他绝不会拿兄弟俩做比较，更不会说孰优孰劣。一直以来，就连给的红包的金额都是一样的。

不管怎么说，雅彦叔叔无疑是有人憧憬的对象。

可讽刺的是，正是这份憧憬招致了那天发生的一切。

有人捂着头。所有声音变得朦胧。耳朵似乎变得怪怪的，就像在坐飞机一样。

飞机。那时候叔叔实在太帅了，帅得让自己也想变成叔叔那样。

"当前机舱内有一名乘客突发疾病。如果有哪位乘客是医生或护士，烦请知会附近的空乘人员。"

瞬间，机舱内的气氛变得紧张起来，人们一阵骚动。乘客间互相交换着试探的眼神。但叔叔一站起身，这种氛围便一扫而空。

"我是医生。"叔叔对通道旁经过的空乘人员说道。

那沉稳的语气就像是平常在打招呼一样。当时才八岁的有人放松安全带，目送身着白色毛衣的叔叔在空乘人员的引导下远去的背影。

那年寒假，叔叔带着和人、有人，三个人一起去旅行。有人的父母作为开业医师，孩子放长假时基本上无法陪在身边。于是当时在大学附属医院工作的叔叔挺身而出，硬是挤出了假期带着两兄弟去了北海道的二世古町①滑雪。三人是在返程时，从新千岁机场飞回羽田机场的航班上遇到了这次紧急事态。

一名年轻的空乘人员来到了兄弟二人座位旁表示歉意，说叔叔在飞机降落之前都无法回到座位上。

"不好意思啦，如果有什么事的话，记得按这个按钮叫我。你们的叔叔非常厉害。但正因为他很厉害，所以我们需要他帮一下忙。飞机马上就要下降了，想去洗手间的话最好趁现在赶紧去哦。飞机降落之后，一定要乖乖坐在位置上稍等一会儿哦！"

飞机降落在羽田机场，接上空桥后，急救人员立刻进入机舱，将急症病人运送离开。随后，其他乘客也陆续下了飞机。方才那位空乘人员走了过来，坐在了原本叔叔所在的位置上。他递过果汁，嘱咐兄弟二人再稍等片刻。

"请问我叔叔现在在哪里呢？"和人越过有人的头顶询问空乘人员。

"他和急救人员一起把病人送到了救护车那里，说有些事情必须要交代。"

"突发疾病的那位乘客情况怎么样了？"

"没事的，他被送走的时候意识都还很清醒呢。这都多亏了你们叔叔在。"

空乘人员的脸上浮现出一副放心了的表情，眼眶似乎也有些湿润。

不久，叔叔回来了。他带着一如往常的笑脸，催有人他们赶紧

---

① 北海道后志支厅中部一个以滑雪场相关观光业为主的城镇。

下飞机。空乘人员说要帮忙拿行李，但叔叔表示没必要，委婉地拒绝了。

"要是能帮上一点忙，我就已经很开心了。"

有人他们走出机舱时，除了空乘人员外，还有两名身穿飞行员制服的男子也出来目送他们离开，并深深点头致意。飞行员系着领带，左胸口别着胸章，袖口上还有数道金色条纹，简直就像电视里的明星一样。

不过在有人眼里，穿着一身不起眼的白色毛衣搭牛仔裤的叔叔，要比他们帅气得多。

我想成为叔叔这样的人！我也想变得这么帅气！

就在这一天，一朵小小的憧憬的花朵，就在有人的心头绽放了。

但当有人向父母讲述叔叔表现得有多帅气时，出乎意料的是，有人的父母，尤其是父亲，完全没有什么好脸色。父亲逮住准备搭夜间巴士回去的叔叔，苦口婆心地劝诫道。

"你可是以乘客的身份上的飞机！根本不用担心会因为违反应召义务[1]而被追究。这次还好是个轻症患者，在那种什么像样的仪器都没有的环境中，万一一步踏错，就会变成一场梦魇。"

而叔叔只是沉稳地反驳道："就算学会了一身知识和技术，如果不去运用，那跟没有有什么区别呢。下次遇到这种情况，我还是会表明身份的。这跟医生的心理准备无关，是人生理念的问题。"

---

[1]应召义务是指按照日本医师法规定，医生当被要求进行诊疗时，若无正当理由，不得拒绝诊治病人。

就是这样的叔叔。

"有人，你在里面对吧？"叔叔隔着房门说道。

"我想跟你聊聊。"

有人就像被当作猎物的小动物一样浑身僵硬，拼命不让自己发出任何动静。

"我明白你的心情，很煎熬吧。"

被人怜悯的感觉让有人无法忍受，只能一直保持沉默。

"能回答我一个问题吗？"叔叔再次开口，那语气与从前一模一样。

"有人你想怎么做？"

有人抱住头的手愈发用力了。

"就这么继续闷在家里不出门就是你想做的事情吗？"

他并非是在责怪，只是单纯地提问。

"有人，你要不要试着想象一下未来的自己？"

后颈仿佛被什么东西轻触而过，紧接着颈部以上的毛孔唰一下全部张开。有人一直盯着的木头地板上，木纹间闪过一张翻着白眼的少女的面孔。

"有件事无论如何我都得跟你说一下。"

叔叔的声音如滑落般逐渐降低位置。原本自上而下传来的声音，已经降到有人头部相近的位置。叔叔肯定是在房门的另一侧坐了下来。

"回去的航班是七点，我会在这里等你到最后一刻。"

——要不要试着想象一下未来的自己?

叔叔为什么要说这句话?他难道是想说到了三十岁、四十岁还继续当家里蹲就太惨不忍睹了,让我赶紧改过自新?还是说,叔叔认为我到了四十岁还会继续把自己关在家里?

有人难过地把脸埋进了枕头里。自己也没有办法。昨天和今天都不会改变,那明天肯定也是如此。既然这样,还有什么未来?

明明根本没有未来。

未来早在那天就消失了。

"今天是不是太热了?"不知是谁嘟哝了一句。

"就算喊热也不会变凉快吧。"

"因为真的很热我才说的啊!"那家伙把制服的领带扯松,用笔记本扇着布满汗珠的脸和脖子,"明明都九月底了……"

"也有可能是因为刚吃完便当才这么热的哦。"有人若无其事地插嘴道,"吃完饭后即便坐着不动,代谢量也会增加。营养被分解后就会化作热量被消耗掉,所以身体才会发热流汗。这种现象被称作食物热效应。"

"……不愧是川岛,医疗世家的儿子就是不一般。"

"你未来的梦想是当医生,对吧?"

与有人上了同一所私立初中的同学中,有个人四处宣传有人在小学毕业纪念册上的留言,这件事也因此弄得尽人皆知。有人其实也没想着要刻意隐瞒什么,他家的医院也确实颇为有名。只不过,"医生"这个词直接摆在面前时,有人突然对自己卖弄知识的行为感到有些不好意思。

"……不过应该是我哥来继承家业哦。"

"哎,去不去体育馆?今天轮到我们二年级用了哦。"

一阵女声传来,有人自然而然地转头看向那边。声音的主人是上原,在这群女生当中,她是最亮眼,也是地位最高的人。白色的上衣微透,有人不由自主地看着底下隐约显现的曲线。

"去练托球怎么样?"

"好呀。"

"道下同学一起去吗?"

被称为道下的少女脸上瞬间闪过迟疑的神情。但她随即露出开心的笑容,装在门牙上毫不显眼的牙套微微泛光。

"可以的。"

"那我们走吧,午休都快结束了。"

"啊,等一下,补充一下能量吧。"围在上原四周的其中一人,给大家发了些小零食。

"这是我爸带回来的伴手礼,说是比利时的巧克力哦。"

加上道下在内,八个女生都离开了教室。她们一走,教室里的空气顿时都变得乏味起来。

对于自己刚才的表现,不知道那几个女生里会不会有谁有什么想法?如果觉得自己很博学或者很帅的话,当然值得开心。但不可否认的是,或许也会有人觉得自己爱出风头而嗤之以鼻。想到这里,有人不禁冒出冷汗,心想:如果是后者的话,真希望把刚才那一分钟给抹除掉。不过,女生还真是拥有不可思议的力量,一种让男生不由自主想要逞强的力量。

"我们要不也去体育馆吧？打打篮球？"

最先喊热的那个家伙开口道。

"好啊，来玩三对三篮球吧。"

想要追随女生而去的男生们纷纷表示赞成。

"道下也被叫去了啊。"

"你这家伙，对道下有意思吗？"

"烦死了你。我只是看她能融入大家，为她高兴而已。"

"是上原主动邀请的道下，真是天使啊。"

"道下她带着一个特别小女生的包包哦。"

"别说这种话。"

有人想起她——道下丽奈刚才表情的变换。从迟疑化为开心的笑脸。那想必就是道下的真情流露。她是暑假刚结束时转学来的新面孔。有人所在的私立中学的确有接纳转学生的制度，但自有人入学以来，真正转学进来的，道下还是第一个。

而且道下还是从纽约回来的归国子女。

虽然用日语沟通基本没有问题，但班上同学都是一副敬而远之、观察情况的态度。当时班上的气氛就像是在说，在辨别出这个突如其来登场的异类究竟是个什么样的人之前，难以决定对她的态度。所以道下每天都是一个人去教室、一个人去上厕所、一个人吃便当、一个人放学回家。

这样的她终于受人邀请。想必先是惊讶，接着就是满心欢喜吧。即便总是被大家盯着看，道下依然保持着坚毅的态度。她从未刻意讨好谁，但内心肯定还是很想早点和某个同学亲近起来吧。毕竟在学校生活中，只有归属于某个小团体才能安心。

到了体育馆。在离入口较远的舞台一侧，八个女生正围成一圈互相传着排球。上原不小心把排球拍歪了，而道下追上去灵巧地把球拍了回来。所有女生当中，道下是最活跃的，流了很多汗。

按照本地规则，玩三对三篮球时，要是人数超过七人，当某一方投篮得分，得分者就要和多出来的那个人交换上场。刚一开始有人就被安排成了候补球员，按顺序还是第二个上场。但在等待上场的间隙，有人并没有望着眼前的三对三篮球，而是看着正在打排球的女生们。道下依旧积极触球，但呼吸似乎有些急促。

第二个人投篮得分，轮到有人上场了。有人不太擅长打篮球，他伸手想要拦住球，球却从手上方飞过，传到了对方手中，对手投篮得分。接下来一定要抢到球，然后投篮得分！就在有人心里想着这些的同时——

"道下同学？"传来了上原的声音，"怎么了？你没事吧？"

有人往那边看去，发现原本正在打排球的女同学们全都挤在了同一个地方。

"女生那儿出什么事了吗？"

拿着篮球的家伙停下动作，对着等待上场的人问道。

"那个，我也不太清楚。"一个男生眯起双眼仔细看向女生那边，接着又说道，"道下刚才下场到旁边坐着休息。然后不知道为什么突然倒下了。"

"倒下了？"

"是贫血吗？"

女生们聚在一起，形成了一座密不透风的城堡，完全看不见道下的身影。

从慌张的城堡一角，上原转头看向了这边。

好像和上原对视了一眼。或许所有男生都有着一样的感受，但所有人都愣在了原地。有人也一样。即使是那种让男生都想要逞强的不可思议的力量，也敌不过逐渐四处弥漫的诡异气氛。

"天啊！"

一个女生吓得后退了一步。

"喂！"上原大声喊道，"你们！"

上原还没来得及继续喊出求救的话语。随着一声惨叫，女生们形成的城堡开始分崩离析，裂缝之间，露出了道下瘫在地板上无力的手。

男生都没有动。应该说想动也动不了。大家全都愣在原地。

"如果有哪位乘客是医生或护士，烦请……"

这时，叔叔那曾在他心中深深烙下了向往的印记的背影，浮现在了眼前。

一想到这儿，有人猛然跑向女生那边。帅气的叔叔、救了急症病患的叔叔、如果能像叔叔一样的话……有人怀着一颗向往之心，想着总之要做点什么，既然没有人行动，那一定要有个人挺身而出。每在地板上踏出一步，这种想法便愈发强烈。并不是上原同学那不可思议的力量让有人开始行动，他才不在乎什么逞不逞强。

发现有人跑过来后，女生们让开了一个口子。

映入眼帘的是仰卧在体育馆地板上的道下的身影。看了一眼后，有人发现情况非同小可，脸上霎时间血色全无。道下的脸、脖子、手臂、双脚，所有暴露在外的肌肤都已发红，甚至还开始起疹子。道下每呼吸一次，喉咙深处就会发出"咻咻"的声音。

"……我去叫老师过来。"一个女生开口说道。

而这时，道下的手动了一下，嘴巴也张合了几下。她的手移向舞台的一侧，像是在寻找什么。有人立刻过去查看，但只看见方才那个男生谈起的小包包，被随意丢在一旁。

道下的呼吸愈发困难，看上去几乎已经无法呼吸了。

这个时候，如果是叔叔的话，他会怎么做？

有人奔向道下身边，抬起她的下巴，让她把嘴张开，然后捏住了她的鼻子。接下来……

必须要和道下嘴对嘴吹气，进行人工呼吸才行……

自从对在机舱里救死扶伤的叔叔产生憧憬之心后，有人便自学了急救知识。

然而，他停在了捏住鼻子这一步。虽说情况紧急，但想到要在众目睽睽之下和道下嘴对嘴，不免还是生出了几分犹豫。再说回来，道下有没有和别人接吻过这一点也让有人很是在意。万一没有的话，自己岂不是就成她的初吻对象了。而且对有人而言这也是初吻。

忽然，道下别过了脸。

还来不及反应，有人手上就已经沾满了呕吐物。女生们尖叫连连，有人也下意识地缩回了手。恶臭扑鼻。道下一边从胃里吐出如奶昔般的呕吐物，一边发出怪异的咳嗽声。她的指甲也紧紧地抠在体育馆的地板上。

呕吐物可能会堵住喉咙，甚至可能会让呼吸停止。道下已经失去了意识。她翻着白眼，脸上沾满了黏糊糊的呕吐物。

如果是呕吐物堵在了口腔了，就要把呕吐物清理干净，现在必须立刻进行人工呼吸才行。

但面前的光景和异臭让他的胃一阵翻涌。

下一秒，有人再也忍受不住，也跟着一起大吐特吐起来。四周似乎变得更加喧闹，但有人已经无心理会，他只知道自己难受到了极点。有人一点儿都不想待在这里，他恨不得自己一个人立刻瞬移到某个气味清爽、干净的地方。

说起来，刚才听到的如风吹般的"咻咻"声到底是怎么回事？在呕吐感断续反复的间隙，有人还勉强思考过这个问题。

"让开！"

有人被粗鲁地推在一旁，手掌恰好伸进了自己的呕吐物之中。有人一看，推开自己的原来是班主任老师。紧接着，只见白衣翻飞，是保健老师来了。

"是道下同学，那可能是过敏性休克。"中年女保健老师快速说道。

"她应该有随身携带肾上腺素笔①才对。"

班主任眼尖地立刻发现了道下的小包包，立刻飞奔过去拿了过来。然后毫不犹豫地拉开拉链，从里面拿出了一个器具。

那器具的造型像是大号的胶水。细长的圆筒状塑料容器上贴着白色的标签，顶部盖着黄色的盖子。为什么要用胶水？正当有人心中茫然生出这一疑问时，保健老师大喊了一声："就是那个！"班主任赶紧把容器递给了保健老师。

---

① 肾上腺素注射笔是一种用于紧急情况的医疗设备，它能够迅速自动地将预充剂量的肾上腺素注入体内，以治疗严重的过敏反应，即过敏性休克。

"要注射吗？"

"要，必须注射。你快打电话叫救护车来。"

班主任立刻拿出手机，而保健老师则把道下的裙子卷到几乎露出内裤的位置。道下的大腿上已经有失禁的痕迹。

黄色盖子不是旋转拧下的那种，保健老师只靠大拇指便轻松地把盖子推开。装在里头的瓶子露了出来，外观更是和胶水一模一样。用来涂抹胶水的前端部位呈橘黄色，尾端则带有蓝色的盖子。瓶身有别于外部容器，贴着一张黄色标签。

保健老师打开了蓝色盖子。有人心想，啊，打开了，就像事不关己一样看着这一切。穿着白衣的保健老师挥动手腕，橘色的前端部位用力地刺入了道下露出来的白皙大腿的外侧。

一声细小的咔嚓声传来。

就这么按压几秒钟后，保健老师挪开了那瓶胶水似的东西，然后用右手搓揉方才注射的大腿部位。

虽然还握在保健老师手中，但看得出来，橘色的前端部位变长了。

不知道什么时候，其他几名老师也走了过来。

"其他学生都离开体育馆，回自己的教室去。"

只有有人被班主任要求留在这里。

"川岛，到底是怎么回事？你详细说说道下变成这样之前是什么情况？"

有人有种莫名其妙被痛骂一顿的感觉。他就这么无力地瘫坐在地上，咽下口中的唾液。胃液的强烈酸味刺激着喉咙的黏膜。

"我是……想、想给她急救……做人工呼吸……"

"道下没说什么吗?她没让你们拿肾上腺素笔吗?"

原来道下刚刚手指的动作、嘴巴一张一合,是这个意思。

"她动了几下……但我们不知道是什么意思。而且,她根本说不出话……"

在保健老师白衣的另一侧,道下身体微动。救护车的警笛声逐渐靠近。

在其他老师的催促下,有人站了起来。警笛声靠近之后就安静了下来。想必是接到了通知,两名事务员拿着清理污秽的清扫用具,戴着一次性手套和口罩、穿着塑料围裙出现了。像是要遮住被呕吐物弄脏的地方似的,事务员在上面铺满了纸巾。一阵氯臭味传来。

在其他老师的催促下,有人当场脱去了弄脏的衣服。他接过替换的备用制服穿上,但对于有人而言尺寸有些大了。脱下的制服被放进塑料袋里还给了有人。之后有人离开了体育馆,在最近的洗手台不停地洗手,时间久到皮肤几乎擦破。

而有人正在洗手时,道下被放上了担架,从有人身后被送走了。保健老师也跟在一旁。道下的面孔随着担架发出的噪音,转瞬间便远去了。而深深烙印在有人脑海里的残像,已然分不清道下的生死。

午休过后,正在上第五节课时,有人单手拎着装着制服的塑料袋回到了教室。他虽然是从后门悄悄走进教室的,却还是逃不过全班同学回头注视着他的眼神,甚至就连讲台上的数学老师,也停下了正在板书的手回头看着他。根号只写到一半,手上的白色粉笔便应声而断。

上课的内容有人一点儿也没听进去。

第五节课一结束，那些故意说给有人听的讥讽话语便四下飞舞。

"很臭吧？这也太臭了！"

"要我说啊，也太差劲了。"

"都不知道他跑过去干吗。"

"想救人呗，不过没那本事就是了。"

"他还跟着一起吐了，简直是在搞笑吧？"

"好像还说将来的梦想是当医生？"

"是啊，他呀，可是医生哦！"

虽然也有同学出言制止，但一下就被愈发高涨的讥笑声压了下去。

"我之前就一直在想来着，想当医生什么的，会不会太过了？"

"想当医生却那副德行，怎么可能嘛。"

坐在自己座位上的有人浑身僵硬，任凭嘲笑声倾泻而下。

女生们的话题也都是午休时发生的这件事。

"不知道道下同学还好吗？"

"她那是怎么回事啊？"

"好恶心啊。今晚要睡不着了。"

对于突然倒地的道下，从女生们言谈之间流露出的嫌弃远胜于关心。上原的发言更是直截了当。

"而且，连川岛也跟着吐了。真是恶心死了。"

最先提议说要玩三对三篮球的那个同学来到有人座位旁，踹了一下椅子腿，然后说道："肛肠科医生的儿子乖乖去看中年大叔的肛门就行了吧！"

有人再也无法忍受，拿起书包和塑料袋，从座位上站起来。

"你要跑哪儿去？"

除了教室，哪里都好。有人只想去一个没有人知道他失态的样子的地方，狼狈地逃出了教室。

无数声"丢死人了"的嘲笑声化作尖刺，射向在走廊上奔跑的有人身后。

在 JR 中央线上，有人始终低着头。他身上的制服肩部太宽、袖子过长、裤腿曳地，手上还抱着一个大大的塑料袋，有人觉得好像所有素不相识的乘客都紧紧地盯着他。

在阿佐谷站下车后，有人顾不上弄脏的裤腿，就这么走了十分钟左右。他的脖子四周全都被汗水沾湿，但这绝不仅仅是因为太热。有人快步从父亲担任院长的医院前方走过，回到了就在医院隔壁的家。打开门，趁着没人在家，有人把弄脏的制服全部塞进洗衣机，随便操作了几下。虽然自己操作洗衣机还是第一次，但有人丝毫不以为意，只想尽快消除一切痕迹。

有人喝了冰箱里的汽水。明明便当全吐出来了，胃里应该什么也没有才对，但有人现在只想喝些东西。

客厅的时钟即将指向下午三点半。

有人正打算回自己的房间时，母亲出现了。母亲和父亲一样，都是肛肠科医生，但不是全职。母亲直截了当地问道："你早退了吗？"

"……嗯。"

"是身体不舒服吗？比起这些，有人，你找别人借的制服吗？"

有人没有回答。母亲似乎注意到了洗衣机的声音，说着"洗衣机怎么在转呢？"就朝洗衣间走去。

而有人则趁机上楼回到了自己房间，脱掉了备用制服。楼下传来母亲的声音，"为什么要洗制服？"，但有人没有回答。之后，母亲在门外不停地叫着有人，问个不停。

"身体不舒服吗？""吃饭了吗？我煮了粥哦。""要不要洗个澡？""今天发生什么事情了吗？"

有人只是沉默。他不想告诉任何人发生了什么。甚至希望那时在场的所有人都立刻消失。

道下她——有人想起了被搬上担架抬走的道下的脸。

她后来怎么样了呢？有人想象着最糟糕的情况，浑身颤抖。因为他知道自己一定会被责怪。

到了晚上七点左右，他躲在房间里的原因很快就被揭穿了。学校打来了电话。从擅自早退，到午休时发生的所有事情，学校全都告知了父母。

所谓的所有事情，其实也就是保健教师他们还没到时发生的那些，都是从当时在体育馆的同学们那里听来的。他们会怎么描述有人的行为，从第五节课结束后班上同学们的态度中，可以轻易地推测出来。

在父亲严厉的一声呵斥下，有人不得不放弃了闭门不出的行为，随父亲下楼。来到客厅，母亲和哥哥也都一脸严肃。

"有人，我们家从你祖父那一代开始就一直经营医院。爸爸和妈妈也都是医生。"父亲先定下了基调，"而你呢，只是一个普通的初中生，完全不懂医术，怎么能把医疗行为看得那么简单呢！你也太自以为是了！"

"自以为是"。这四个字从有人的头顶深深刺入，贯穿了整个身体。

"那个女孩儿的父母，我会去和他们好好谈谈的。"

"她的命是保住了。"母亲的话里夹杂着叹息，"但可能会有一些轻微的后遗症。虽然时间不长，但脑部的氧气供给还是停止了一会儿。"

"以防万一，我已经联系了律师。这方面你不用多虑。"

父亲抱着胳膊，闭上了眼睛，又缓缓地摇了摇头。接着目光一转，又变得锐利起来。他的眼睛像是要从眼眶里跳出来一样，严厉地看着有人。

"你只需要打急救电话，那才是正确的判断。医生的工作是不能犯错的，但你今天却犯了大错。"

有人不知不觉中抽泣起来。"你可以走了。"父亲放过了有人，但这句话毫无温柔之意，反而充满了放弃的感觉。

有人回到自己房间痛哭了起来。

第二天早上等待着他的，是上学这一巨大的难题。如果让他选是去登顶珠穆朗玛峰还是去上学，他毫无疑问会选择前者。尽管如此，有人还是穿上了洗好的制服，勉强拖着如同绑上重物的腿走向学校。

当有人走进教室时，原本如同各色颜料彼此交融般喧哗的教室瞬间安静了下来。在经历了宛如永恒般的静默之后，教室又逐渐恢复了喧嚣。然而，在陷入沉默之前，那些五彩斑斓的喧闹声在看到有人之后，变成了相同的色彩。变成了蔑视、嘲笑、皱眉、冷漠这样的色彩，将有人涂抹成霸凌的靶子。

有人的手机收到了短信——"你还真有脸来学校。"

从厕所回来时，桌子上多了涂鸦。上面写着"误诊王""完全不适合做医生"。

女生们的窃窃私语更是震动着他的耳膜。"川岛要当医生什么的，不觉得很让人害怕吗？"

有人根本忍不到放学，在午餐时间的混乱中，他最终选择了早退。自那之后，他再也没有去过学校。他根本做不到。每当他试图穿上制服，心脏就会如脱缰的野马一样狂跳不止，汗如雨下，一瞬间又仿佛有寒意席卷而来。紧接着就是呕吐。父母开的镇静剂没有效果，带去了熟识的精神科医生那里也没有任何好转。

有人的生活几乎都是在自己房间里度过的。等父母去医院上班，哥哥去学校之后，有人才从床上起来，在空荡荡的餐厅里吃早已冷掉的早餐。午餐则随便吃些泡面什么的填饱肚子。晚上等家人入睡后，吃掉冷掉的晚餐，然后洗个澡。上厕所则是能避就避，尽量使用靠近自己房间的二楼洗手间。偶尔，他也会在深夜两点过后去附近的便利店，买些零食、饮料、漫画杂志，或者当时需要的东西。钱的话，就用存下来的压岁钱。

和人偶尔会在门外说话。

"道下好像出院了。"

"今天爸爸和律师一起去和道下同学的家人谈话。他们好像没有生你的气。"

"听说她在做康复训练，似乎现在有一点语言障碍了。"

"不过，她下周就回学校上课了。"

有人不明白为什么和人要告诉他道下的近况。虽然传达的信息似乎是想让有人安心，但他反而觉得和人像是在指责他这个自我封闭在家的人。

"道下同学说，随便吃别人送的东西，这是她自己的责任。"

哥哥自顾自说的这些话，有人也只是有一搭没一搭听着，但还是由此得知了道下同学的近况。

道下她从小就对小麦、花生等多种物品过敏。

道下她总是随身携带用于重症过敏反应的辅助性治疗药物——肾上腺素笔。

去体育馆时收到的那份巧克力里含有作为过敏原的坚果酱。

虽然想从包装上确认一下，但上面的语言却完全看不懂。

尝出了坚果的味道，但觉得只吃一点点应该不碍事，所以就咽了下去。

"她说，所以这一切都是她自己的错。"

留下了语言障碍这一后遗症的道下同学，她是如何说出这些话的，有人想都不敢去想。尽管她说这一切都是她自己的责任，但她一定还是会怨恨当时没有采取适当措施的有人。道下同学为此留下了后遗症，这无疑剥夺了她的未来。

对和人说的这些，有人从没有回应过。渐渐地，和人也就不经常来说这些了。和父母之间也只剩下最低限度的交流。如果真的有什么非说不可的事情，他也只会通过家人的连我[①]去联系。

---

① 日本常用通信软件。

时光飞逝，四季变迁，又到了新的一年。本该升上初三的有人，自从那天之后从未有所改变，一天之中大部分时间都是在自己房间中度过。为了打发时间，看电脑视频，玩手机游戏，日复一日，皆是如此。头发任其生长，直到忍无可忍时，就用文具剪刀自己剪掉。

紫阳花盛开的时节，和人久违地过来搭话了。

"哟，游戏好玩吗？"

明明几乎没有任何交流，和人却能洞察有人的行为。

"要是找到了什么好看的视频记得发连我给我哦。"

有人想，兄弟两人的审美居然颇为相似。和人的语气听起来很普通，并没有将他视作是什么难应付的家伙，也听不出有对这个闭门不出的弟弟的鄙视。

正因为听起来太过普通，所以接下来的话才会毫无防备地越过了警戒线，落入了有人心中。

"那天，你只是想救那个女孩子而已吗？还是说有什么非分之想？你当时到底是想干吗？"

那一天。改变了一切的，那一天。

"我……"有人艰难地从嗓子里挤出声音，"我只是……"

说到这里，一股强烈的抗拒感如同一块石头堵住了有人的喉咙。

和人等着有人接下来的话，过了好一会儿，又默默地离开了。

"我只是……"

想变成叔叔那样。

那一天，有人十四岁。而从那一天之后，一直到今天，在迎来十六岁的元旦这天，有人依然封闭在自己的世界之中。

"有人，我该走了。"

门的那头，叔叔似乎站起了身子。天已经黑了，房间里一片昏暗。有人按下手机的主页键，液晶屏的光格外刺眼，像是在说"别看我！"有人皱起眉头看了眼时间。叔叔在寒冷的走廊里等了将近两个小时。

"我想跟你谈的是关于高中的事情。"

有人一点儿也不想听到"高中"这个词。要不是那一天，他现在已经是高一的学生了。自从在初中部从学校逃离之后，有人便孤身一人留在原地，无处可去。他感觉身体日复一日地，愈发无法动弹。而在提起"高中"这个词后，这一感觉便格外清晰。

"今年，有一所高中我觉得很适合你去试着报考看看。"

现在去报考？就算考上了，肯定也会在同学中格格不入。那些他竭力想要忘记，却怎么也忘不掉的嘲笑声，不断在脑海中回响。

"就在我工作的小岛上，有一所根本不会介意你所在意的那些，还会很乐意接收你入学的高中。"

有人不知不觉地绷紧了身体，床随之吱嘎一响。叔叔应该是在北海道的一个离岛上工作。岛的名字是……忘了。

"你在听我说话吗？"或许是听到了床的吱嘎声，叔叔的语气似乎轻快了些，"我觉得那所高中对现在的你而言非常合适，那里有专门为远道而来的学生准备的宿舍，如果不想住宿舍，也可以跟我一起住。"

现在的我？有人回眸看向叔叔那里，尽管被门挡住什么也看不见。现在的我？连高中都上不了，除了把自己关在家里还能怎么做呢？

"你知道好撒玛利亚人①的典故吗？"

这种事自己怎么可能会知道。有人依旧沉默以对。叔叔说："哎呀，不知道也没关系。"然后继续说道，"我认为那天你所做的事情并没有错。"

有人咬紧了嘴唇。他从哥哥那里听说过叔叔一直在帮他说话，但这是他第一次亲耳听到这些话。从七年前叔叔前往岛上的诊所工作开始，哪怕是盂兰盆节②和过年他都没有回来过。

"所以，我希望你不要就此停下，好好考虑一下未来。"

叔叔又一次提到了"未来"这个词，有人听后还是悲伤不已。叔叔他不会明白的。一次跌倒可能就会改变一切。更何况，对于有人而言，他跌倒的地方，往前一步就是陡峭的悬崖。他无能为力地滚落而下，现在正蜷缩在谷底。

周围是一片漆黑。连自己的鼻尖都看不清。他只知道一切都糟透了。

"如果可以的话，我希望能和有人你面对面聊一聊。"

叔叔的声音略显遥远。他已经转身了。也就是说，叔叔要走了。

"考试的事情，你好好想一想吧。"

---

① 好撒玛利亚人的典故来源于《圣经·新约》中的《路加福音》。耶稣通过这个故事强调了怜悯和帮助的重要性，鼓励人们在他人需要帮助时伸出援手。
② 盂兰盆节是日本重要的民间节日，每年八月十三日至十五日举行。

终究是徒劳无功的。

"回去后我会给你打电话,到时候你一定要接啊。"

叔叔轻巧的脚步声逐渐远去。有人等了大约五分钟,然后慢慢从床上起身,摸到门把手。其实大约半小时前他就有了尿意,但叔叔就在门口,所以他也就一直没机会去。

轻轻打开门,有人吓了一跳。差一点儿就没憋住。

"哟,吓到了吧?"

在走廊明亮的灯光下,叔叔依旧站在那里。

"我就知道,不这么做的话你是不会出来的。"跟在机舱里站起身的那一天相比,叔叔给人的印象几乎没有任何改变,看起来比实际年龄要年轻得多的那张脸上,浮现出了得逞的笑容。

"我改到了最晚的一趟航班。"

"为什么?"

"我不是说过吗,我想跟你面对面聊一聊。"叔叔似乎看透了一切,"能看到你我很高兴。对了,要去洗手间吗?"

都快憋不住了。有人急匆匆地跑向二楼的厕所。叔叔也跟在后面,然后竟然抢先站在了厕所门口。

"叔叔,你怎么站那里……"

"我刚才跟你说的事,希望你能认真考虑。"

"是……关于考试的事吗?"

"嗯。"狡猾的叔叔收起了微笑,露出了非常真挚的表情,"我觉得我所在的岛上有这样一所高中,也算是某种缘分了。这所学校真的非常适合你。"

有人的脚下扭捏,但叔叔只是紧紧盯着他。"如果不合适,你可以退学。但问题在于，你愿不愿意去尝试一下？"

尽管门就在眼前，但因为叔叔挡在门口，他没法儿打开。膀胱向大脑发出紧急信号。有人没想到叔叔会使出如此阴险的招数，但是他看向有人的目光的确是在发自内心地关心着有人。

"有人，只需要你试一试……"

"我知道了。"有人迅速回答道，"既然叔叔让我这么做，那我就试试看。"

"并不是我让你这样做，这不是命令。"

"嗯……嗯。"如果可以的话，他想命令叔叔立即让开，"如果只是参加考试的话……"

叔叔的脸上瞬间绽放出光芒："真的？"

"真……真的。不过我完全没有为考试做准备就是了。"此时已经没有一分一毫的犹豫时间了，"对不起，让我……"

就在有人伸手想挤过去的瞬间，叔叔迅速退开了，简直是千钧一发。

有人在厕所里松了一口气，这时传来了叔叔明亮的声音。

"好，那我就先去准备了。谢谢你愿意试试。好了，你尽情释放吧。"

虽然也没有那么愿意，但还来不及纠正，叔叔这次似乎真的离开了。

上完厕所之后，有人又回到了房间里。无可奈何之下决定参加考试，混乱和动摇让他一阵心悸。现在再想要回到普通的路上已经不可能了。

有人甚至在想要不要反悔算了。但在这段把自己关在房间的日子里，灰暗的念头侵染了他，反而使得心中的混乱与动摇渐渐平息了下来。还不一定能考得上呢。倒不如说落榜的可能性要大得多。而且，即便万一考上了，如果现状依然绝望，不论在这里还是在叔叔那里都是一样的。

叔叔既然邀请了他，就一定会给他一个房间。即使房间外的环境瞬息万变，只要不出门就没什么可怕的。现如今，便利店随处可见。他完全可以像过去一样，有需要的时候半夜溜出去就好。

有人躺回了床上。

一切事情都顺利地推进着。有人的生活就像是在传送带上转动的、大规模生产的点心一样。他这块面团被任意地塑形、烘烤、裹上巧克力，然后被装箱，等待发往叔叔所在的小岛。

当然，他并不是完全不参与其中。在入学考试前，需要与叔叔推荐的高中的校长和辖区的教育委员会的工作人员进行面谈，家长也会在场。那些来访的人带着介绍岛屿和高中的宣传册，给他讲解当地和学校的情况。有人低着头，只有在被提问时才回答几句，宣传册则是一眼都没看。

考试当天，难得在晚上以外的时间出门。厚厚的乌云遮蔽着天空，像是要把大气都一同碾碎，令人倍感窒息。他坐上母亲的车，前往作为考场的指定地点。这次的两个人分别是曾经在面谈时见过的教育委员会的工作人员，以及那所高中的教导主任，他们特地来到东京，就为了在这间小房子里为有人监考。试卷和答题纸被收走了。初二就中途停学的他,感觉答题的时间充裕得不得了。

"考不好也没关系,我本来就不想去。"有人在心里不断这么对自己说。

但他收到的,是录取通知书。

对于这样的结果,他反而吓了一跳。这是什么学校?要是是个乱七八糟的地方还不如选择线上课程呢。

没能顺利进入高中时,父母也给了他上线上高中教育的选项。如果当时听从了父母的意见,就不用去考什么北海道离岛的高中了。然而,即使在线上教育高中入学,他的生活跟现在又有什么区别呢。

不过,若是在那天之前,那个渴望成为叔叔那样的人的自己,肯定会以医科大学为目标努力学习吧。

离开家是在三月最后一个周日的清晨。叔叔特意提前一天来接他。

"哥、嫂子、和人,我会好好照顾有人的。"

有人坐在出租车上,父母自不必说,就连和人也前来送行。哥哥已经决定报考父母曾就读过的医科大学。透过长长的刘海间的缝隙,他把目光投向了哥哥,和人面露微笑,向他竖起了大拇指。

"真是个粗线条的人啊。"有人坐在座位上靠着椅背,把背包放在了膝盖上想着。和人的脸上摆出一副弟弟终于摆脱了闭门不出的生活,迎来了光明未来的表情。

029

可这里没有光明。天空依旧下着雨。若是来场倾盆大雨反而更痛快些，这细密的雨滴不至于让人淋成落汤鸡，却更让人觉得不快。

从羽田机场飞往新千岁机场，再乘坐快速电车前往札幌。北海道果然冰冷刺骨，他匆忙将拿在手里的羽绒服穿上，又围上黑色围巾。

从灰色的天空中飘落的并不是雨，而是沉重的鹅毛大雪。

"这边就算到了五月份也可能会下雪哦。"叔叔的话让他有些不敢相信。

从札幌站连通的公交发车处，他乘上了长途大巴。大概过了三个小时，大巴车终于抵达了后茂内这个小镇的轮渡码头。一大早就坐上了飞机，到现在已经过了下午一点了。

小小的轮渡码头出乎意料的新，地面也很干净。而且不知道为什么，在检票口旁居然有个画着可爱美少女的巨大立牌。雪不知何时停了，取而代之的是笼罩着大地的阴沉薄云了。海上吹来的风猛烈而阴冷，惊涛拍岸之声不绝于耳。

马上就要出航了。

"最好吃点晕船药。"

叔叔从码头的食堂买了一份饭团给有人吃，然后给他吃了一粒胶囊。

"吃了药会有些困，多睡会儿吧，要一个半小时呢。"

在上轮渡的时候，他摸了摸甲板的扶手，上面因为潮水变得黏糊糊的。男女共用的洗手间门正开着，他推开一看，发现是一个老旧日式厕所。他暗自决定，一定要尽可能地忍着不上厕所。叔叔选择了三层船舱中的中层，脱了鞋子走上铺了地毯的空间，早已有几位乘客恣意躺着。

"哎呀，川岛医生！"一个沙哑的女声从角落传来，"哎呀，你回来了，真是太好了。"

很快，几乎所有人都围在了叔叔身边。有人不知所措，只好默默低下了头。

"周末你去哪里了呀？"

"你不在我们心里都怪不放心的。"

"那孩子是你说的那位吗？"

"把头朝向船头那边不容易晕哦。"叔叔悄声对有人说完后便离开了。喧嚣声也随叔叔远去。

以防万一，他在旁边放了个塑料袋，然后用背包当枕头闭上了眼睛。船的引擎声和海浪冲刷船体的声音异常嘈杂，但叔叔给的晕船药发挥了效力，在感觉不适之前他便沉沉入睡了。

"快到了哦。"

有人被摇醒了。阳光刺眼，他一时看不清叔叔的脸。

"准备下船吧。"

有人上半身刚刚坐起，一阵猛烈的晕眩感突然袭来。他把塑料袋塞进口袋里，背上方才充当枕头的背包。

"哦，是白眶海鸽[①]。"把脸凑近窗户的叔叔自言自语道。有人的目光也随之转向窗外。

---

[①] 白眶海鸽属海雀科，前趾间有蹼膜，后趾缺如。翅窄而短小，尾短。体羽黑白二色，雌雄羽色相似。

不知何时天竟放晴了，波涛在阳光下闪烁，破碎的光点在海面上起舞。海面之上，一只黑色的鸟儿飞过，鲜艳的红色脚爪格外显眼。并且还不止一只。他忍耐着刺眼的阳光定睛一看，或近或远，全都是鸟儿穿梭飞舞的身影。

"那是乌鹈[①]吗？好像还有角嘴海雀[②]呢。"叔叔拉过有人，"宣传册里不是说过了吗？接下来你要生活的岛屿是……什么呢？"

有人不好意思说自己压根儿就没翻开看过，正当他目光游离之际，救命稻草出现了。

"海鸟的乐园，对吧，医生？"一个少女突然从叔叔身后探出身来。

"你就是医生的侄子有人同学吧？"

她身上的深蓝色粗呢大衣把身体裹得紧紧的，胸前的牛角扣几乎要被撑开。一双圆圆的大眼睛让人不禁联想到可爱的松鼠。她带着天真的笑容，轻轻挥手道："请多关照啦，说起来你头发有点儿长啊。"她摇晃着胳膊下夹着的硕大的便利店的购物袋，率先走出了船舱。

好久没有同龄女孩子跟他说话了。尤其她刚刚还突然跑到自己和叔叔中间，害得有人不禁心跳加速。回过神来时，有人发现自己双手攥满了汗水，已然湿透了。

岛屿渐渐逼近，看上去远比他想象的小。透过船身侧面的小圆窗，可以看到岛屿的左侧高耸，右边则渐渐降低，像是有一边塌

---

[①] 乌鹈，学名海鸬鹚，是一种大型水鸟。它们全身羽毛呈黑色，头和颈部具有紫色光辉，其他部分有绿色光辉。主要栖息于温带海洋中的近陆岛屿和沿海地带。

[②] 角嘴海雀又称北极海鹦，身长约为30厘米，大嘴巴呈三角形，嘴上有一条深沟，翅膀短小。

陷了的今川烧①。高耸的一侧依然白茫茫一片，残雪堆积。而船正朝低的一侧驶去，似乎有房屋的地方都是在较低的一侧，港口附近的地势则是最低的。

相对而言，岛的高处则空荡荡的，什么都没有。

船舱门一打开，刺骨的寒风及海鸥的叫声就直扑过来。有人从船身侧面的圆窗移动到正面的窗边，天空仿佛在挖苦他一般忽然放晴，毫不留情地照亮了他接下来的去处。

防波堤、老旧的灯塔，狭小局促的港口里，零星的人影闪烁。渡船的等候室满是岁月的痕迹，老旧斑驳。特产商店简直就像是个活动板房。所有东西都如褪色般灰沉喑哑。而这还算是岛屿的门面，还算是岛上比较发达的地方。

一条狭窄得汽车都无法通过的小道，从港口延伸至小岛沿岸。一离开港口边上，立刻就是陡峻的坡路。旁边修补过的水泥墙上，写着献给抵达港口的渡船的标语。在风雪洗礼下，油漆刷就的文字已然褪色，传递出更为寂寥的信息："欢迎来到梦幻之浮岛，照羽尻岛。"

有人感觉膝盖忽然失去了所有力气。

像是坠入无间地狱的深渊，眼前只有一片漆黑，什么也看不见。不知道周遭的一切是什么模样。但现在，阳光洒落，万物显形。

如此冷彻心扉。

竟然来到了这样一个地方。

这里就是无间地狱的深渊。

如果不是那一天，他怎么会来到这种地方。

---

① 今川烧，一种日式甜点，通常为圆形。

## 2

"有人，吃饭了。"叔叔敲着门喊有人吃饭，"这可是野吕先生送来的鳕鱼火锅哦。"

叔叔的敲门声越来越大，像是忘乎所以地演奏着乐曲渐强部分的定音鼓演奏者一样。房间的门很薄。如果装作没听见的话，门的铰链一定会被叔叔敲坏，说不定还会敲出个洞。有人只好打开了门。

"一起吃吧，火锅嘛，就是要大家一起围着吃的。"

一旦叔叔的"定音鼓战术"发动，有人就必须得出来。毕竟如果门敲坏了，就没法儿像之前那样躲在房间里了。而且，叔叔看起来对这一点心知肚明，故意实施了这一计划。

从阻碍上厕所那次开始，一切都在叔叔的计划当中。

在走下陡峭的楼梯时，有人撩起了额前的头发。鳕鱼锅的香味缭绕在他的鼻尖。餐桌上放着一个简易瓦斯炉，土锅正冒着热气。锅底的小气泡正好浮起来，豆腐、水菜、葱和蘑菇们在清汤中轻轻跟着节奏摇晃。

"野吕先生可是专门连锅都带来了哦。"

有人打量了一下眼前热气腾腾的锅，心想：真的会有患者带着装满食材的锅去诊所吗？答案显然就在眼前的锅里。

"顺着前面的路往港口那边走就能看到野吕旅馆。"叔叔开始介绍那位野吕先生，"他女儿你还记得吗？我们来岛上时在渡轮上见过的。"

有人想起了身穿大衣的少女，目光投向坐在对面的叔叔背后。墙上贴着日历，恰好是从那天至今已经过去了一周。

"那孩子今年就要上照羽尻高中的二年级了。去学校的话你们还能见到哦。"有人轻声应了一声"这样啊"，随即就将面前煮好的食材一一舀进了汤碗中。

自从来到照羽尻岛，住在叔叔家以后，有人再也没有独自吃过饭。叔叔的诊所营业时间是在上午八点半到十一点半，下午是一点到四点半，早晚的饭都是在叔叔的"定音鼓战术"下一起吃的。午餐也基本上是和午休回来的叔叔随便吃点东西。

照羽尻岛诊所为新来的医生准备的住宅与诊所相邻，来回一趟连三十秒都不用。周末诊所虽然也休息，但叔叔依然会按平常的作息时间起床，待在书房里看文献、查资料，或者用电脑制作一些文件，几乎不出门。听说他还配备了一部诊所专用的手机，不论是半夜还是放假，只要手机一响立刻就会回应。

正在有人默默品尝着松软的鳕鱼肉时，叔叔开口了。

"有人，不用锁门哦。"

有人的筷子停了下来。叔叔唆了口蒟蒻丝[①]，又啃了口大葱，然后拿着和小碗配套的汤匙舀了一大口白饭送进嘴里。

---

[①] 蒟蒻丝，也被称为魔芋丝，是一种以蒟蒻（魔芋）为主要原料制成的食品。

"野吕先生就是看到门锁上了,所以才把这些拿到诊所去了。"

"可是……"

"不会有什么事的。在这座岛上,大家都不会锁门。"

叔叔笑着说,他们平常就是自顾自打开了玄关的门,打个招呼,要是没人回应的话,就把东西放在玄关旁,就这么简单。

最早提到上锁这一问题的似乎是岛上的快递员田宫先生。之所以用"似乎"这个词,是因为并不是田宫先生亲自跟有人说的。他一直自我封闭在房间里,岛上居民的话都是从叔叔那里听来的。

不过田宫好像是这么说的:"川岛医生,你为什么要锁门呢?要是有亚马逊的包裹的话,我就没法儿放进去了。"

大型配送公司是不会将货物一直配送到离岛的。那些一天只有几班的渡轮送来的货物,就会交由作为中转机构的田宫先生继续处理,送往各家各户。

一般来说,配送货物时,快递员会按响门铃,收件人拿着包裹在收货单上钤印。如果不在家,则需要之后重新配送。然而在照羽尻岛的处理方式则不同。

如果家里没人,田宫先生会直接打开玄关的门,把包裹放进屋里。这在岛上是再正常不过的事情,因为根本没人会锁门。提起玄关,为了抵挡严寒和风雪,在门廊的部分会像温室般用玻璃封闭起来。叔叔说这叫作"玄关玻璃罩"。这种设计不仅在岛上到处都是,在北海道也并不罕见。当然,有人也被叮嘱,玄关玻璃罩的门不要锁上。

这里与东京简直是天差地别。

"我最初也很惊讶,但现在我觉得,这恰恰说明了岛民之间是多么地相互信任。"叔叔将米饭吃完,喝着锅里清澈透亮的汤底。

"入乡随俗嘛。门不锁也没关系,这不是挺和平的吗?"

叔叔就算先吃完了饭,除非有急事,他是不会立刻离开座位的。有时候他会和有人聊一聊,有时候就只是安安静静地坐在旁边。今天的叔叔显然是后者。他微笑地注视着有人慢慢吃饭的样子,时而弓背,时而挺直,偶尔自言自语地说:"明天的气温会是多少度呢?"

就在这时,叔叔忽然扭过身去,看了眼墙上的日历。

"马上就是入学典礼了。"

画着照羽尻岛风景的日历上,三天后的那个小方格里写着,"有人 照羽尻高中入学典礼",是叔叔的字迹。

"……我不去。"

"知道了。"叔叔没有责备他,"如果你不想去的话,好好休息一下也没关系。"

"……对不起。"有人站起身,离开了桌子。

来到照羽尻岛已经一周了,要说有人做了些什么的话,那就是整理从家里寄来的衣物和一些简单的日常用品,以及玩手机里的逃脱游戏。尽管如此,他还是没有找到逃脱的线索。就算想下载其他游戏,但叔叔家里没有无线网络,只能放弃那些需要一直联网的游戏,很快,时间就多到令人无趣了。他想着至少买本漫画杂志看看也好,然而当他跟叔叔提出这一请求时,却得知岛上没有便利店,有人顿时无言以对。

"商店倒是有两家,漫画嘛……我想应该是有卖的,你想买什么漫画?"

"还是算了。"有人勉强地撤回了请求。

晨报也不会在早上送来。基本要快到中午时才会送到。

四月的岛上就已经比东京的冬天更为寒冷。跨越了日本海的海风呼啸而来，有时甚至会飘起雪花。除了睡觉时以外，房间里的石油取暖器都会一直运作。如果在东京，已是赏花之时节了。可在这里却觉得时间仿佛迟来了两个月。

岛上各处都安装了扬声器，时不时会播报一些在东京无法想象的通知，例如"今天是可燃垃圾日"等等。

叔叔去诊所后，有人独自一人悄悄走出房间，巡视屋内。就像被收养的流浪猫，寻找着没人的时机打量着四周。叔叔的住处是一栋古旧的二层小楼，屋顶呈三角形。楼下有一个茶室、一个浴室和一个和式房间，楼上有两个房间，分别是叔叔的卧室和分配给有人的六张榻榻米大小的房间。和式房间被叔叔当作了书房，里面有医学专业书籍和插着网线的台式电脑。

每个房间都有取暖器，但没有空调。用来烧热水的瓦斯热水器有人也不知道怎么操作。厕所表面上看是冲水式的，但实际上似乎是在用污水槽存储。

茶室的矮桌上放着两种宣传册，分别是关于照羽尻岛的和考试面谈时收到的资料。那时有人对此不屑一顾，而如今却不禁感到一丝苦涩。勉强翻阅之下，也了解了关于这座岛的一些基本知识。

照羽尻岛位于北海道西北部，坐落在距后茂内港三十公里的日本海域，岛的海岸线约有十二公里，人口约三百二十人，主要经济来源是渔业。岛上的小学和初中是一体的，且共用一个校舍，高中当然也只有一所。

通往北海道本岛的交通工具仅有轮渡。有人从轮渡的船窗看见岛的时候，第一印象就觉得这座岛像是一个被压扁了一侧的今川烧，而俯瞰岛的整体轮廓又像是一支稍显驽钝的箭头。箭头根部靠近北海道的一侧有一个港口，道路沿着海岸环绕四周。包括诊所在内，人们的居住区域都局限在靠近北海道本岛一侧的道路附近，而且中途还有无人居住的区域。而箭头的尖端在冬季是禁止车辆通行的。这意味着尖端的那一半，以及与北海道本岛方向相反的亚欧大陆一侧，都是鸟类栖息的地方。实际上，岛的主角其实是鸟类，而人类是后来才定居于此的。

宣传册上表示，岛上繁殖着包括叔叔提到的白眶海鸽、乌鹈、角嘴海雀等在内的八种海鸟。

而且，这里是日本唯一有作为濒危物种的崖海鸦[①]繁殖的岛屿。

在五月底到七月上旬的繁殖期，可以看到角嘴海雀归巢的场景，同时这里也是乌鹈在日本最大的繁殖地。

有人对鸟类毫无兴趣，对他来说，这一句句的介绍并没有触动他的心弦。

高中的宣传册虽然比岛的宣传册薄，但使用了大量全彩照片。不过正因为有这么多照片，才将真实的一面展露了出来。

宣传册的第一页展示了一栋木质单层校舍，屋顶是水蓝色的铁皮。第一眼看去，恐怕所有人的第一印象就是"陈旧"。在介绍校园的页面上，也可以看到体育馆的地板已经凹陷。

在课程安排上，介绍了需要所有年级共同学习的"照羽尻学"

---

[①] 崖海鸦，海雀科的一种鸟类，又名海鸦、海鸽，是典型的海鸟。近年来，由于全球气候变化导致的海洋热浪频发，崖海鸦的生存环境受到了严重威胁，处于濒危状态。

这一课程。这是针对所在岛屿的乡土学习课程，还可以进行使用岛上捕获的海产品进行加工和产品化的水产实习，这些都是与普通高中不同的特点，但有人无论如何也感受不到这些东西有何魅力。

最后一页是所有学生的留言，并附上了照片。

一年级有两名学生。

三年级也只有两名学生。

总共仅有四个学生。

二年级的学生一个都没有。新学年开始后，三年级的两名学生已经毕业了。也就是说，今年没有三年级的学生。一年级的两名学生将升入二年级，那么一年级还有……几个学生呢？

今年绝不可能突然一下入学人数就变多了。即使加上自己，学生人数也不会多于十个人。

如果有个学生从东京来到这个宛如地狱深渊般的地方，而且还晚了一年入学，那必然会成为众人好奇的焦点。万一这些好奇的目光发现了他的过去，等待他的只会是嘲笑。

果然还是不行，我根本没办法去上学。有人的这番想法愈发坚定。

入学典礼当天，有人果然如之前所言，没有踏出家门。在八点前，叔叔去诊所上班之后，他拿起了还留在茶室里的照羽尻高中的宣传册，翻到了最后一页。

已经毕业了的两位三年级学生都是男生。一位剪着短发，面容刚毅；另一位头发稍长，看上去很是温和。两人毕业后的去向不明。

一年级学生则是一男一女的组合。男生脸型瘦削，戴着黑框眼镜，脸上带着几分神经质的神情，发型颇有几分运动风，顶部略长，看上去不太协调。

然后是唯一让有人感兴趣的女生——野吕凉。她脸庞圆润，眼睛乌黑而明亮。鼻子和嘴巴都很小巧，显得眼睛更大了。在一众表情严肃的男生中，只有她面带自然的微笑。肤色比旁边戴着黑框眼镜的男生略黑，显出健康的活力。

听说她是旅馆老板的女儿。也就是说，她是这座偏远小岛上土生土长的本地孩子。虽然这想法带着些偏见，但他不禁惊讶：这座荒凉的小岛竟然会有这么可爱的女孩。那天在渡轮上遇见她时，因为不想与他人眼神交会，所以没有仔细看她的脸。

然而，有人摇了摇头。要是为了这女孩就跑去上学，那未免也太愚蠢了。像她这样阳光活泼的女孩，或许会主动搭话，还可能会问起东京的事情。无论如何，他绝不愿对这些事情详加陈述。

有人深深地叹了口气。来之前他曾想，要是闭门不出，东京的房间和叔叔家的又有什么区别呢？既然没有区别，早知道一开始就应该断然拒绝。这里没有便利店，早上也不送报纸，连 Wi-Fi 都没有，简直就是流放之地。

他回到自己的房间，把暖气温度调低到二十度，钻进被窝里。午睡已经成为他每日的习惯。

"不在吗？"在如梦的朦胧之中，有人的耳朵捕捉到一个熟悉的声音，"川岛有人同学，在家吗？在家吗？"

"小凉，算了吧。"出声制止的是个男生，"我从我爸那里听说，医生他的侄子是……"

"你说的我也知道啊。阿诚,你难道不想见见他吗?"

"当然想见啊。我们可是一个年级的!"

这时,又有一个声音加入。

"总之,今天就先算了吧。"这个声音音调略高,但语气平静。

"他没来肯定是有原因的。我们对此一无所知。如果他是因为身体不适所以没来,那我们就更不应该打扰他了。"

"对哦,的确是这样。"

"小凉,还是听阿阳学长的话吧。"

"反正他说的准没错。"

他们的声音渐渐远去。

有人在被窝里完全清醒了。他像是要追寻这渐行渐远的声音一般,把脸凑近了窗户。他打开了双层窗的内层,用手擦去一些外层窗玻璃上的水汽,一只眼睛紧贴着玻璃。可以看到四个身影正走在路上。他们分成了两批。一个人朝着车辆禁止通行的海鸟栖息区走去,另外三人则朝着港口方向走去。

走在三人中间的那个人,正穿着深蓝色的双排扣大衣。

是野吕凉。她应该已经升上高二了。

那在一起的这些人都是照羽尻高中的学生?

在叔叔的"定音鼓战术"开始前,有人就下楼来到了茶室。他觉得就这么站在一旁看着叔叔准备晚餐不太好,于是决定帮忙一起准备晚餐。

"真是帮大忙了,有人,冰箱里有岸先生送来的腌鲱鱼,你帮我拿过来好吗？"

叔叔现在在做的多线鱼似乎也是别人送的。有人还没见到叔叔哪天是两手空空回家的。

有人盛好米饭，把豆腐和海带做的味噌汤，还有叔叔烤的和萝卜搭配的多线鱼一起端上了餐桌。

"谢谢啦。"

叔叔一本正经地说了句谢谢，有人有些害羞也有些羞愧。感觉就像是幼儿园的小朋友帮忙之后的样子。

"……叔叔，你知道今年这个高中有多少新生吗？"

"三个人吧。"叔叔连有人没问的消息也一并告诉了我，"斋藤诚同学是在照羽尻岛出生长大的。他的哥哥三月份毕业后，他就入学了。东村桃花同学是从札幌来的，听说她住在宿舍里，是个身材修长的美女哦。然后就是你了。"

看来的确有个叫作阿诚的少年。"那全校就我们五个学生？"

"从某种意义上来说，还挺奢侈的。"叔叔把多线鱼的肉从骨头上轻松剥离，"在这个时代，保证老师能够照顾到每个学生可是一大卖点。照羽尻高中的话，几乎是一对一教学了。老师人数好像比学生还多。虽说如此，也不能怀疑他们的素养哦。这些老师我都认识，他们都非常热心而且很关心学生的。"

要是在其他两位同学面前被一一指出自己不会的课题或者作业，然后还被手把手地指导，那岂不是像公开处刑一样？稍一想象，有人就不由自主地打了个寒战。

"今天他们四个人好像到这里来了。"

"你怎么知道的？"

"他们也去了诊所。"叔叔往鱼上滴了点酱油,淡淡地说道。

"他们都很失望,说是很想见见你。"

有人只是沉默。

"果然,你还是不想去吗?"

有人依然沉默着,用筷子夹起了一片多线鱼。

"是吗?那明天开始要不要来诊所帮忙打下手?"

多线鱼从筷子上滑落,掉到了地上。

"要是有猫的话,鱼就会被吃掉了。"叔叔的语气平淡,像是在念经一样。又接着说道:"这里的诊所其实挺忙的。当然,要你做的事可不会触犯劳动法。就午休和诊疗结束后,嗯……大概三十分钟。就是帮忙打扫打扫候诊室,整理一下书和杂志,要是你愿意来帮忙的话就太好了。"

"其他时间跟现在一样也没关系。"叔叔不想放弃,又补充道。说到最后甚至还眨眨眼调侃道:"顺便看看我穿白大衣的英姿吧。"

"……好吧。"

有人缴械投降。

没有去上学的代价就是,每天上午和下午看诊时间结束后,有人都要去一次照羽尻岛诊所。

说是打扫卫生,其实要简单得多。真正的清洁工作是在诊所开门前,由桐生护士完成的。桐生护士已经快七十岁了,上午十一点半刚过,有人来到诊所时,她笑着拍了拍他的肩膀,说道:"你就是医生的侄子吧？哎呀，之前就想见见你了，看到你真高兴。"

候诊室里还有两位患者在等候。都是上了年纪的女性，其中一位手里拿着装药的纸袋。

"你就是有人吧？"

"你不是在照羽尻高中读书了吗？"

完全不认识的人居然知道他上的高中，他无法理解，只好点点头一一问候，随即转移了视线。

诊所内部的构造非常简单。走进面向马路的玻璃拉门后，首先是一个比普通住宅稍微宽敞一些的玄关，换上拖鞋后继续往里走，是一个约十二叠①大小的候诊室。从入口看去，候诊室的右侧有一扇门，通向 X 光室和卫生间，左侧则是诊疗室和处理室的门。诊疗室和处理室的门都开着，从屋内的窗子里能看到叔叔和有人的住所。玄关旁边有一个小而狭长的办公室，与候诊室之间隔着一个接待柜台。没有二楼。

留在候诊室里的两位患者，一位正在柜台结账，另一位似乎还在等候。她们两人完全不像是生病的患者，面带笑容地与叔叔打了个招呼后就离开了。患者们离开后，一位看起来四十多岁、像是医疗事务员的男子从柜台的另一侧笑着对友人说道："我是森内，今后请多关照了。"

有人打量着空无一人的候诊室。候诊室墙上的展示板上贴着一些打印出来的宣传健康管理的海报，比如血压管理、饮食习惯、预防生活习惯病等。似乎是因为没有电视作为消遣，所以取而代

---

① 叠是日本常用的计量单位，一叠即是一张榻榻米的大小，约为一点六二平方米。

之的是两盆长得很大、非常惹人注目的绿植，分别是发财树和延龄草。

这里与父亲经营的医院的规模完全无法同日而语，但毕竟让"这里有诊所"这件事成为既定事实。如果这里真的发生了紧急病情该怎么办呢？毕竟这里孤悬海外，连救护车都没有。

道下同学晕倒的那一幕又浮现在了脑海当中。

"有人，你来了。"叔叔从诊疗室里走了出来，"你可以先帮我把散乱的杂志收拾好吗？"

"那我就轻松多啦。"桐生护士对他说道。

但诊所里其实也不怎么乱。有人慢吞吞地伸手拿起了离他最近的女性周刊杂志。

桐生护士很是健谈，而有人几乎没怎么说话，只是偶尔附和几句。但她似乎毫不在意。因此，有人收拾着丢在候诊室长椅上的杂志和前一天的报纸，慢慢地也就大致知道了她的过去。

她出身于照羽尻岛，未婚。念高中时住在后茂内镇，后来就读护士学校，考到了护士证，之后就一直在旭川市的综合性医院工作，直到六十岁退休。为了过上悠闲的晚年生活，又回到了这座小岛。

"可是啊，北海道政府派到这里的护士要休产假了，而且暂时还没找到接任者，所以就成现在这样了。"桐生护士毫不在意地笑着解释道。岛上的诊所仅靠一位医生实在是忙不过来。因此从一月起就紧急召回她来帮忙了。

"都这个年纪了还能帮得上忙，我还是挺开心的呢。"她穿着淡蓝色的护士服，外面搭着一件深蓝色的开衫，虽然身材略有些发福，话也不少，但动作依然干练利索。

有人收拾完杂志，叔叔又找了些无关紧要的杂事，吩咐他去擦一擦盆栽的叶子，但因为约定的三十分钟还没到，有人只好乖乖去做。而桐生和森内则先行返回了岛上的住处。

"……万一这里有人突发心肌梗死、蛛网膜下腔出血或者主动脉夹层破裂这些疾病可怎么办呢？"有人问道。

"好问题。"叔叔点点头，似乎颇为赞赏，"那就打119。这里没有救护车，所以会派医疗直升机过来。直升机会将病人直接送到旭川医大，比用救护车送到札幌，然后四处折腾找接收的医院要快得多哦。"

虽然叔叔强调了直升机的效率，但有人听了总感觉功劳被直升机抢走了一样，于是换了个话题："……刚才那些拿着药的大婶们是？"

"岛上没有药剂师，药是我开的，调配好后也由我来解释和分发。"

"我不是那个意思。"有人一片片地擦拭着发财树的树叶，接着说道，"她们好像很了解我，连我上高中的事都知道。"

"岛上的人都知道你的事啊。"

"啊……这样吗？"

自己明明什么都没做，一直宅在家里……有人有些动摇，叔叔却突然露出一副很认真的表情。

"这个岛太小了，大家都彼此认识，大部分事都会很快传开。谁感冒了，谁去哪里买了什么东西，哪家旅馆来了什么客人……消息传得特别快。全岛只有一所高中，新入学的学生就三个人，其中两个是岛外来的。大家当然会好奇你是个什么样的人啊,再说你还是我侄子呢。"

"是叔叔你告诉他们的吗?你的侄子有人来了。"

"你考试的时候我就向校长说明了情况的。不过,从东京来了一个同姓的孩子,没住在学校反而住在了我家,不用说大家也猜得到吧。"

自从有人决定不住学校宿舍以后,他就不打算隐瞒新来的学生是他侄子这件事了。

"反正他们早晚会知道,倒不如一开始就大方承认。总之,就是这样。"

叔叔建议道:"岛上的人像是一个大家庭一样,互相之间关系好得让人难以想象。不要把这里当东京哦。

"这个世界上就是有各种各样的地方。没事的,随遇而安嘛。"

自己所在的房间的墙壁突然就显得没那么可靠了。即便他把门关上,抱膝蜷缩在角落里,这个岛上的人们也看得见他的样子。比在社交媒体上爆炸性扩散的新闻更快,这个岛上的事几乎在一瞬间就传到了每个岛民的耳朵里。

第二天,岛上信息传递的速度再次深深地震撼了他。

上午,当他来到诊所时,候诊室里已经坐着十几位居民。有他昨天见过的那两位女性,还有和她们差不多年纪的其他人。

他本以为是今天有这么多人身体不适来诊所,但这些人却纷纷精神饱满地开口向他打招呼。

"哎呀,这就是有人啊,初次见面,终于见到你了。"

"真的是太承蒙川岛医生的关照了。"

"这么多年一直为我们看病，真是太感谢他了，之前的医生们都是很快就辞职了。"

"明明还这么年轻，但已经是很厉害的医生了。还在北海道本岛收了学生呢，就是那个医科大学的。"

"你这头发怎么了？来我这里剪吧。"

"你不去上学吗？是在帮医生干活吗？"

他只觉四肢僵硬，完全不知道如何应对，还好叔叔来了，帮他解了围。

"各位，现在是午休时间啊，他接下来要打扫这里了，先让他忙一会儿怎么样？"

叔叔的一句话立刻发挥了惊人的效果。

"是啊，医生也该去吃饭了吧。"

"下次再来吧。"

没有人表现出不高兴的样子，大家都回去了。

"有人，今天要做的事情和昨天一样，拜托你了。"

"叔叔，刚才那些人……"他们肯定不是病人吧，这句话有人不问也知道。

叔叔打了个哈欠，回答道："就算不生病，他们也会来的。"

"川岛医生在岛上可受欢迎了。"桐生护士插话道，"就是身体好才能跑诊所来看医生嘛，不过今天都是为了有人来的。"

森内的声音从事务室里传了过来："这儿已经成了老人家们的社交场所了。那些常来的人没来反而会让大家担心呢。"

"不过今天来的人确实特别多。大家可能是听说有人你要来打扫卫生，所以才特意过来吧。有的人有事不得已先回去了，还说很遗憾没见到你呢。"

桐生护士说出了几位离开的人的名字，但有人并不打算记住。

"不过，他们说还会再来的。真好。"

无处可逃。

有人终于明白了。

这里没有留给他独处的地方。

已是五月。

残留在阴影中的积雪几乎已经融化殆尽，通往港口对面无人居住区的道路也解除了冬季禁止通行的限制。道路解封的那一天，有人在扬声器的巨大声音中听到了这一消息。

他依然一次也没有去上学，每天只是继续做着收拾诊所之类的工作。

然而，这些事情是否真的有必要，连有人自己也深感怀疑。那些观赏植物的叶子，一天之内也沾不上什么灰尘，而杂志之类的零散物品也随着时间推移变得越来越整齐。取而代之的是，总有岛上的居民来诊所等着有人，他们总是对他说一些他并不想听的事情，比如岛上的生活如何、学校里的情况怎么样。

说到学校，前些天，照羽尻高中的学生们仿佛掐准了时间一般，在诊所接待时间结束的下午四点半，前来拜访了。

走在最前面打开门走进诊所的是野吕凉。

"你是川岛有人吧？我是野吕凉，还记得我吗？我们在渡轮上见过。"她毫不羞怯地绽开笑容，接着开始介绍跟在后面的其他学生，于是有人竟然记住了照羽尻高中全校学生的名字。

"嗨，幸会啊。"一年级的斋藤诚爽快地举起一只手打了声招呼。他身材高大，肌肉结实，一头短发更是让人觉得像是一位顶尖运动员。那笔直的眉毛和坚定有力的眼神让有人觉得有些眼熟，紧接着有人就想起那是因为在宣传册上看到过他哥哥的照片。阿诚的手很大，不知为何上面还有许多细小的伤痕，但他本人似乎完全不在意这些。

二年级的八木阳树则礼貌地鞠了一躬，说了一声"初次见面"，便从有人身边走过，"虽然似乎稍微过了营业时间了，但能否麻烦你一下呢？"他对森内说道，然后在接待处开始办理手续。

他穿着黑色长款羽绒服，但看上去身体不算健硕，和有人倒是有几分相似。从正面看，阳树的容貌并不算出众，就像是证件照的标准模板一样普通。但鼻梁上架着的黑框眼镜反倒显得他的鼻子十分挺拔，越是靠近侧脸，越能感觉到他的五官非常精致。

而一年级的东村桃花，被凉介绍时只是轻轻点头示意，没有说一句话。她有着细长的眼睛和利落的短发，那张小巧而匀称的脸让人想起暹罗猫。她那修长的身材配上穿着风衣的站姿，气场足以让专业模特望尘莫及。穿上高跟鞋的她与阿诚几乎一样高。桃花只是沉默地俯视有人，强大的压迫感让他不由自主地低头看向地板。

"是因为阿阳说要来诊所，所以我们大家就顺便一起来了。啊，阿阳和桃花是从札幌来的。"

阿阳应该是阳树的昵称吧。有人看着自己脚上拖鞋的脚尖部位默默想着，然后轻轻点头回应了凉学姐——原本应该是跟她同一屈的。

"我们总是在聊，有人现在在做什么呢？"

自己不在的时候成了别人聊天的话题，这让有人有了不好的联想。有人的头埋得更低了。与此同时，阿阳学长似乎已经弄好了，拿着装着药的白色塑料袋回到了其他三人身边，随后四人一起离开了诊所。

总之，有人感到自己不仅饱受关注，还成了别人的谈资。明明来到了如此偏僻的离岛，人际关系的情况却比待在东京时更让他觉得如芒在背，无法呼吸。

因此，在这天中午，有人帮完忙以后没有回自己房间，而是在大白天就走上了马路。自从来到这座岛后，这还是第一次。他没有朝港口方向去，而是去往了箭矢形状的小岛的尖端，那是海鸟聚居的地方。

这段日子，有人几乎只在叔叔家和诊所活动。不知不觉间，季节已然更迭。晴空下耀眼的阳光刺得他的眼睛生疼。之前被积雪覆盖的车道，沥青路面如今已经完全显露出来，路两旁也渐渐绿意萌动。道路缓缓向上，越是往前走，便越是人烟稀少。左手边就是海，远远望去，还能隐约看见北海道本岛的海岸线，以及上面密布的白色风力发电机。

右手边是一片低矮的树林，最高也不过五六米。枝头裸露的树干被嫩黄色的新绿笼罩着，柔和地接纳着阳光。林中有一条踩踏而成的小路，路旁立着一块写着"小心蝮蛇"的告示牌，已然斜斜倒下。

他勉强挪动着因运动不足而绵软无力的双腿。海鸥在不远处吵闹。因为是上坡路，有人不知不觉已经爬到了相当高的地方，海面已在脚下。风虽不大，但因为毫无遮拦，所以把有人的长发吹得凌乱不堪。

就这么走着走着，他终于走到了似乎是展望台入口的一个地方。眼前是一座小木屋，旁边是可以停下好几辆车的停车处，房子里似乎空无一人，停车处也没看到车。只看到远远有座灯塔状的白色高塔，于是有人径直朝那里走去。

一条设有扶手的狭长水泥通道出现在眼前。这条通道略高于地面，上面零星散落着一些鸟粪。有人望向通道两旁，只见地面上密密麻麻布满了垒球大小的洞穴，不由得吓了一跳。扶手外侧竖着几块木制的指示牌，上面写着海鸦、角嘴海雀等海鸟的介绍。风势在这里愈发强了。

顺着这条曲折蜿蜒的通道，穿过几处台阶，最终经过一段长长的下坡楼梯，有人终于来到了一个方形阳台般的展望台。

他走到最前方，紧握住扶手。海风吹拂着他的头发，海鸟翱翔于四周。

展望台探出海面，像位于箭头最尖端的位置一样。尽管已经下了楼梯，但距离海面仍有近百米的高度。他小心翼翼地探出身子往下看，只见海浪不断拍击着悬崖的岩壁。深蓝色的海水在靠近岛屿岩礁后，旋即变为深沉的靛蓝色，宛若墨汁晕染般形成独特的纹路。而那靛蓝色的周围，又泛着有别于蓝色，而几近绿色的海水，浮沉飘荡。

有人沿着通道返回，然后继续沿着环岛道路往前走。这一边的道路则是缓缓向箭头的欧亚大陆一侧倾斜。走了一段时间，他来

053

到了一间被称为"海鸟观察舍"的破旧木屋。

有人想起,或许是某次与叔叔的谈话中听说的,北海道大学的研究室每年都会来这里进行海鸟调查。然而,此刻这间小木屋里空无一人。木屋中间的墙上挂着一些介绍照羽尻岛海鸟的图表,甚至窗边还安装了几台朝向窗外的望远镜。

他试着用望远镜看向窗外。吸引他目光的并非海鸟,而是这些鸟筑巢的悬崖峭壁。透过镜头所见的景象,仿佛是从未有人类涉足过的自然风貌。即便是从靠近居民区的道路边开始缓缓蔓延的绿色,也被崖壁毫不留情地拒绝。那粗糙而峻峭的岩壁宛如在用锐利的眼神扫视着周边的一切,威吓道:"不准靠近!"能够接近此地的,唯有海鸟。

任何人都无法靠近。仿佛人类从未出现在这个地方。照羽尻岛的断崖,仿佛将时间停在了人类诞生之前,呈现出太古的蛮荒景象。

而唯有海鸟,一直随时间长河繁衍至今。

昨日如此,今日亦如此。或许明天也不会有所改变。

如果时间停滞,那么未来也无须多虑。

有人直接瘫坐在地上。

海风与海浪交织出一种和谐的乐章,海鸟们的鸣叫也彼此呼应着。这些声音清澈而悠扬,如同直冲云霄一般,是他从未听过的声音。有人闭上眼睛,静静聆听。

"咦?这不是有人同学吗?"

回头一看,站在身后的,是照羽尻高中的凉学姐和其他三个学生。

"居然散步到这么远的地方?刚才也没看到你骑自行车,难道是徒步来的？真厉害啊。"

为什么你们几个高中生一起跑这儿来了？有人很想这么问，但又不敢开口，只好低下头沉默不语。

而阿阳学长则对有人视而不见，只是径直走到望远镜边，整副眼镜都贴在了目镜上。

凉学姐指着阿阳学长继续说道："今天是陪阿阳来的。因为天气很好，桃花也说她还没来过这个展望台，所以就一起来了。"她自顾自地解释着。

"你这个人，没想到比看起来要有活力得多嘛。"阿诚从旁插话道，"果然是对海鸟感兴趣吧？"

自己并非对海鸟感兴趣，只是想远离人类的气息，恰好走到了这里而已。这些话有人想说但也说不出口。但即便他沉默不语，凉学姐和阿诚仍旧毫不介意，还是亲切地与他攀谈。

"如果你喜欢鸟的话，一定会跟阿阳聊得来。"

"你也是想来听角嘴海雀的叫声吗？"

"海鸟啊，很多种类都是一夫一妻制的，关系非常亲密哦。"

有人只是低着头，不知如何应答。

"虽然人们常说'鸳鸯夫妻'，但其实鸳鸯反而会更换伴侣呢。这是阿阳告诉我的。对吧？"

阿阳学长正全神贯注地盯着望远镜，没有回应。而凉学姐似乎也并不在意。然而，虽然有人自己的态度也好不到哪里去，但却突然觉得被人无视的凉学姐有些可怜，于是，他鼓起了自己所剩无几的勇气。

"……不用上学，饿了就随便抓鱼吃。"他下意识地提高了声音，语气有些激动,"活得无拘无束的,这种生活让我很羡慕。"

话音刚落,阿阳学长突然转过头看着他。

"可别小看鸟类。"

即使隔着黑框眼镜,他眼神里无比明晰的不满依然一览无遗,即便是有人也不免有些不忿。他心想:想吃就吃,想睡就睡,也不用担心同学的白眼,这样的生活难道不轻松吗?他坚持认为自己的观点没有错。

然而,他并没有反驳。毕竟,反驳也是人际交流的一种。远离这类事情已久的他,只是默默地离开了海鸟观测站。

"有人,等一下。"凉学姐追了上来,"你知道角嘴海雀归巢这件事吗?"

凉学姐的善意显而易见,她不想让刚刚的尴尬气氛影响彼此的关系。有人抬起头,透过长长的刘海望向她那可爱的面庞。比起那个令人讨厌的眼镜仔,她似乎选择了关心自己,这让他感到一丝开心。

"……好像在宣传册上看过。"

"那个你可一定要去看看!很多游客就是冲着这个来的。我们家的旅馆到了季节总是爆满呢。有人你也来看看吧,绝对值得一看!展望台附近就是绝佳的观赏点。我们虽然不是每天都去,但隔三岔五就会去看看。要不要一起去看呢?"

"角嘴海雀归巢?嗯,确实该去看看。毕竟是只有这座岛上才能见到的景色。"

"小凉那个叫阳树的同学，他去年不知道去看了多少遍呢。"

不管是桐生还是森内，似乎都觉得应该去看看归巢的景致。

叔叔补充道，角嘴海雀育雏的高峰期就是最佳的观赏时间，五月底可能稍微有点早，但也正因如此，游客不会很多，可以慢慢地仔细观察。叔叔又提出了一个优点。

"一起去看看？"

凉学姐特地向自己发出邀请。有人将这一事实珍藏于心，如同宝物一般，时不时拿出来偷偷回味摩挲。虽然独自待在房间里最让他感到自在，对于凉学姐和自己之间那种微妙的亲近感也稍感不适，但岛上唯一让他抱有些许好感的人，就是她了。

如果只是一次的话，或许可以去看看。

就在他心里的天平逐渐倾斜时，叔叔突然开始讲述从田宫先生那里听来的事情，当作开场白。

"据说在一些地方，雏鸟已经陆续孵化出来了。"

在从事配送工作的同时，田宫先生还兼职做导游，经常开车载着游客在岛上观光。有人也是刚刚才知道的。

"也就是说，现在就能看到角嘴海雀归巢。你要是去的话，那天傍晚可以不用过来收拾，去玩儿吧。"

几天后，在细雨中，凉学姐和桃花来到了诊所。

"阿诚他爸爸说，明天天气应该会很好。所以，我打算明天带桃花去展望台看海鸟归巢。有人你来吗？一起去看看吧。"

虽然有人心想，看着这阴沉压抑的天空，明天可未必会放晴吧。但凉学姐还是一次又一次地劝着："一起去吧，去吧去吧。"

仅此一次。有人做了决定，于是点了点头，长长的刘海也轻轻飘动。

　　得知有人答应后，凉学姐高兴得让有人都瞪大了眼睛。她还强行和桃花击了个掌，然后开心地说："放学后我来接你！"随后便离开了。

　　与阿诚父亲的预测分毫不差，第二天从一大早开始，天空便是一片湛蓝。下午四点左右，凉学姐来到了有人家门口，从玄关朝里喊道："有人，该走啦！"

　　有人低着头走出玄关时，除了凉学姐和桃花，还有阿诚也在。他们是骑着自行车来的。

　　"阿阳先去海鸟观测站了。归巢要开始时他再过来。"

　　"川岛医生应该没有自行车吧？那你就坐我后座吧。"

　　有人从未两个人一起骑过自行车，磨蹭了半天，阿诚却不耐烦地催促道："快上来。这个有电动助力，载个你这么瘦弱的人简直轻轻松松。"

　　有人终于小心翼翼地坐上了车，阿诚立刻干劲满满地开始蹬车。凉学姐和桃花也跟在了后面。阿诚和他的外表一样，体力极其充沛。虽说有电动助力，但在后面还载着一个人的情况下，他依然轻松地踩着踏板，爬上了这段缓缓上升的坡道。

　　"天气真好啊！果然，老爸真厉害！"

　　阿诚对着天空大喊道。看起来，都已经上了高中的阿诚依然崇拜着自己的父亲。但有人从未觉得自己的父亲有什么厉害之处。

　　阿诚的父亲是做什么工作的呢？这个疑问在有人心里开始萌芽，但他有些胆怯，最终还是没问出口。有人把这份胆怯归咎于风和自行车。毕竟，呼啸的狂风和车轮转动的噪声大得几乎让人什么都听不见。

不久后，展望台出现在眼前。

潮水的气息，嫩芽、泥土，还有阿诚的风衣的味道。海鸥的叫声，每踩一下都会出现的链条吱嘎声。有人望向太阳。此刻太阳已经逐渐从展望台那边隐去身姿，正要缓缓下沉。落日带着一抹金色的余晖。而夜色悄然逼近，东边的天空，远比正午时分更为湛蓝。

那一刻，看着分不清是蓝色还是藏青色，介乎于黑暗和晴空之间的颜色，他想起了曾和叔叔一起坐飞机时，从窗外看到的天空。

这就是宇宙的颜色，显出些微的透明感。

当他们抵达展望台的停车场时，连阿诚也有些气喘吁吁了。但停车上锁的动作却依然轻快。那儿停着一辆白色的面包车，凉学姐说："应该是我们旅馆的客人吧。田宫先生带着他们来的，说是要在这里看海鸟。"

凉学姐说，海鸟回巢的时间还得等太阳再西沉一些。于是大家打算就在展望台上消磨时间。田宫先生带着一对老夫妇已经在那儿等着了，正在进行讲解。

"你们看，那边有好多洞对吧？其实那都是角嘴海雀的巢穴。它们会在里面产卵、孵化。白天，大鸟们会飞到海里去捕捉小鱼，然后带回巢里喂雏鸟。等到天快黑的时候，它们就会一起飞回各自的巢穴，带着满嘴的小鱼。"

"这么多洞，它们能分得清吗？"

面对一脸担忧的老夫人，田宫先生一副都是自家事儿的表情，回答道:"没问题,绝对没问题。"

风渐渐大了起来。有人的长发像蛇一样随风乱舞,不时拍打到他的眼睛和脸颊。逐渐迫近地平线的太阳,开始笼上一层夹杂着黄色和白色的金光,一条闪耀的光带横亘在海面上。夜色自东边悄然逼近。

不知何时,阿阳学长也来了。他单手握着栏杆,仰望着天空。

"啊,那边。"

凉学姐伸手指向一边。最开始的第一只鸟仅仅是个小小的黑影。它从夜幕低垂的深蓝中飞来,逐渐向有人他们靠近。当影子清晰到能辨认出是海鸟时,更多的鸟儿也在空中翩翩起舞。

宛如从天空中诞生一般,角嘴海雀纷纷从远方现身,朝这边飞来。尽管人们常把夜盲症称为"鸟目",但它们飞行的速度快得令人难以置信。靠近岛屿后,它们像是在确认自己巢穴的位置似的,在空中划出一道道弧线。

仰望着夕阳沉下的天空,紧盯着鸟群的动作,有人感到一阵眩晕。天空竟是如此广阔。

"呀!"

第一次听到桃花的声音。比想象中更沙哑,与此同时有人心生疑惑:发生了什么事?桃花缩起了她修长的身躯,和田宫先生在一起的老夫妇也露出惊讶的表情。

他立刻就知道了原因。是角嘴海雀。它们回到巢穴的方式,简直让人难以置信。普通的鸟类在着陆前都会通过拍打翅膀减缓速度,而角嘴海雀却仿佛要直接撞向地面一样降落。

"角嘴海雀不太擅长着陆。"

田宫先生向老夫妇解释道。

"它们不会受伤吗？"

桃花像是在喃喃一样，而阿诚立刻回答："据说好像意外地不会受伤。"

又一只角嘴海雀撞向地面，然后又迅速站了起来，朝自己的巢穴走去。它们的嘴里几乎塞满了小鱼，又引来了海鸥的骚扰。那些海鸥似乎是想抢夺它们的猎物。

"海鸥甚至还会袭击巢穴里的雏鸟呢。"

阿诚对桃花讲解着这些，角嘴海雀正不停地从天而降。

就像炸弹一样。就在有人这样想着的时候，身旁响起"嘭"的一声。

"阿阳学长？"

凉学姐惊呼一声。一直沉默的阳学长直愣愣地倒了下去。即使在仅存的微光下，也能看出他脸色惨白得如雪一般。他用手捂住嘴，看起来十分不适，那样子让有人想起了道下。

"不妙。"田宫先生冲了过去，"得赶紧开车送他去诊所。对不住了，可以吗？"

老夫妇立刻答应，跟随田宫先生一同离开了展望台。田宫先生将阿阳学长背起，凉学姐一脸担忧："他没事吧？"

"应该是老毛病犯了，不会死的。"阿诚回答。他的声音显得格外遥远。

道下同学，她现在怎么样了？是否像自己一样，失去了拥有无限可能的未来？

如果没有那天的话……

正想着，一阵冲击直袭有人的脸颊。令他一屁股坐在了地上。环顾四周，只见一只角嘴海雀正摇摇晃晃地朝远处走去。

"诶？有人？"

凉学姐蹲下来后，脸几乎近在咫尺。"难道是被鸟撞到了？"

"喂，你没事吧？"阿诚的声音传了过来，"还清醒吗？"

"……清醒。"

虽然很疼，但似乎没有流血。但脸颊和头发上全是黏糊糊的东西。意识恢复清楚之后，阿诚却无情地放声大笑起来。

"真的假的，真的假的！被海鸟撞到了？太丢人了吧！"

丢人。

那一天投射在他背后的荆棘，似乎被阿诚那清朗的笑声吹飞了。

"你也太迟钝了，"阿诚用力拉有人起来，"快去洗个澡吧，臭死了！"

臭死了。

有人又想起了那些尖酸得如同刀刃般的话语，但阿诚的坦率却替他拔出刀刃，丢进了大海。

"海鸟很臭的，一股油腻味儿。好了，快走吧。"

果然，脸颊上和手上触碰的地方，散发着一种难以形容的独特臭味。

阿诚让有人坐在自行车后座，他骑着车飞速下坡。因为实在是太快了，有人只好紧紧抓住车架的扶手。回头一看，凉学姐和桃花的车灯正在不远处，紧追其后。

诊所的灯还亮着。阿诚说以防万一，直接把有人拉进了诊室。

在隔壁处理室的床上，阿阳学长正打着点滴。

叔叔乍一看，不，似乎只是闻了闻就猜到大概发生了什么。他简单检查了一下，确定只是擦伤，说没什么大碍。

"如果肿起来了的话，洗澡后冰敷一下就行了。阿诚，麻烦你去把热水器打开吧。有人还没用过那个瓦斯，不会开。"

"啊，真的吗？明白。那谢谢医生了。学长保重啊。"

阿诚和每个人都打了声招呼后，拖着有人走了出去。然后径直推开叔叔家玄关的门，像在自己家一样大摇大摆地进去，把有人带到了热水器前。

"……你不觉得这样很无礼吗？这可是别人家里。"

"那你就洗冷水澡吧。看好了，是这么开的。"

诚一边演示，一边教有人怎么启动热水器。多亏了他，有人顺利地清洗了身体和头发，洗掉了海鸟的油腻和臭味，在热水浸泡下，身体逐渐暖和起来，他终于感到一丝心安。随之而来的，是傍晚时分所见、所听、所感的一切都涌上心头，又觉疲惫不堪。然而，这种感觉却并不让人讨厌。

有人甩了甩头发，将湿发拢到后面，走出了浴室。阿诚已经走了。

回到房间换上睡衣，想要去吹干头发，于是便走下楼去。

"不会吧！"

原来是凉学姐。她果然像平常一样，理所当然地打开了玄关的门，走进了屋内。

"我不知道你怎么样了，所以来看看你。"凉学姐看到头发湿漉漉的有人时，眼睛亮了起来，"有人同学，这样很帅气欸！比起以前留着长长的刘海，这样好看多了！很帅！超级帅！哎呀，你一定要去剪个头发啊！我跟你说，我们旅馆附近有家吉田理发店，我会叫他给你打折的！"

帅气。好看。有人感到脸颊发热，那种热并不是因为瘀伤，而是因为凉学姐的夸奖。凉学姐夸了有人好一会儿，确定他的伤势没什么大问题后，便挥手说了声"再见"，然后离开了。

第二天，有人去剪了头发。虽然没有阿诚那么短，但大致上跟阿阳学长那种运动风的短发差不多了。新发型头顶的头发要比两边略长，修剪好后，又用发胶定型，吉田理发店的老板笑着说："帅哥一位，大功告成！"

走出理发店，稍微走几步就看到了一块标着"野吕旅馆"的招牌，旁边是一栋二层的民宿。虽然没有看到正在上学的凉学姐，但有人还是在那儿停下了脚步。岛上的建筑中，这座没有积雪的屋顶和砖红色外墙显得相当新颖。门口旁边晒着一些抹布和毛巾，五月的风吹过，便一同随风飘扬。尽管这景象再普通不过，但却显得格外清新明亮。凉学姐那灿烂的笑容不禁浮现在他脑海里，让有人不由得眯起了眼睛。

接着，他又从照羽尻高中旁经过，终于目睹了实物。中小学也都在附近。和高中不同，这些学校是两层楼的钢筋混凝土结构。小学和中学前的道路上，安静地站着一个按钮式的交通信号灯。岛上几乎没有十字路口，交通量也极少，让人怀疑横穿马路的孩子们真的需要这个红绿灯吗？至于道路两侧的车辆通行信号灯，则自始至终显示着绿色。

几乎所有岛上的居民都注意到了他的新发型,并和他搭话。

叔叔曾经说过,这个岛就像一个大家庭。既然如此,那么他延迟了一年读书的事,岛上的人肯定早就知道了。也正是因为这样,大家才显得如此亲切、随和。

晚餐时,吃着别人送来的章鱼刺身,叔叔问道:"怎么样?差不多习惯这里了吗?"

有人点了点头:"嗯。"

"来这里之后感觉还好吗?"

叔叔的提问很自然,简直就像是在问"这章鱼好吃吗"一样,毫无违和感地出现在了餐桌上。有人咬了两口章鱼,芥末的刺激直冲鼻腔。

说不上来好,但也没有哪里让他觉得不好。他只是竭力忍耐着芥末刺激下流出的眼泪,默默吃着饭。

——有人好帅啊!

他突然觉得,或许去学校看看也不错。

## 3

照羽尻高中没有校服。对于一个只有五个学生的学校来说,制服的存在并没有什么意义。但对于有人来说,这件事倒让他颇感轻松。毕竟,曾经有段时间,他只要换上制服就觉得浑身不舒服。

尽管如此,开学前夜,有人还是因为紧张而辗转反侧,最终在凌晨五点前就从被窝里爬了出来。六月初的太阳已经升得很高,阳光明媚地照耀着整个世界。他洗了把脸,接着翻了翻自己的衣服,开始思考穿什么。但他发现,自己并没有什么像样的衣服。于是,有人还是换上了他平常宅在房间时穿的那件连帽衫和牛仔裤,然后站在洗漱台前照了照镜子。

"不错嘛。"一脸困倦的叔叔从他背后通过镜子与他对视了一眼,"头发也剪得清爽了不少。放轻松点儿,如果真的不行,就算早退也没关系。"

反正门没锁。叔叔站在有人旁边开始刮胡子。

这句"就算早退也没关系"出乎意料地抚平了有人的紧张情绪。反过来想想,自己已经在深渊之底,情况不会更糟了。尽管如此,他还是吃不下早饭。

叔叔准备了两个饭团作为午饭,有人把它们装进了背包然后背上。

从叔叔家出发，朝着港口的方向走去。虽然天气晴朗，但迎面吹来的风很大，海上泛起了白浪，对岸的北海道本岛也看不见了。路上，他经过了照羽尻小学和中学。从未有人注意的红绿灯仍然显示着绿灯，事实上，从离开家门到现在，他还没有遇到任何一辆车。

大约走了五分钟，他就到了照羽尻高中。学校离马路大约十米远，和宣传册上的样子一样，显得有些萧条。在校舍前，有一栋看起来像仓库的小屋，屋顶上有一个H形的烟囱。他透过窗户向里望去，似乎是一个食品加工处，摆放着一些不太熟悉的机器。这些机器的尺寸和这座设施的规模差不多，都不大，可能是水产实习课上用的。

他在牛仔裤的大腿部位擦了擦手汗，然后走向正门，正好遇到了面谈时见过的校长。

"早上好，川岛同学。"校长的表情和语调都很温和。面对这位休学又复学的学生，校长并没有表现出多么夸张的欢迎。

正门玄关的大小和有人以前就读的私立中学的来客专用玄关差不多。门口左侧的墙壁上有一个木制鞋柜，柜子横竖都是五层，即便老师和学生加在一起，这二十五个格子也够用了。

校长指了指其中的一个格子，正好是二十五格的正中央。格子的上方贴着写有"川岛有人"的名牌。有人换上了自己带来的室内鞋，把外面穿的鞋放进了空着的格子里。

"早上好，有人同学。"从后面传来了声音，是凉学姐。她穿着条纹长袖T恤和牛仔裤，两者都恰到好处地贴合着她的身材，有人不禁往她的胸前瞟了一眼，随即又慌忙移开了视线。

"一年级的教室在这边。"凉学姐语气轻快，朝他招了招手，仿佛是在指引游客参观游乐园一样。有人小声地回答了一句"好的"，然后跟了上去。凉学姐一会儿问他适应岛上的生活没有，一会儿又问川岛医生有没有提到他的学生，尽是一些很难回答或者让人摸不着头脑的问题。凉学姐就这样一边提问，一边带他参观了整个学校。每个年级只有一间教室，此外还有实验室、信息处理室、教师办公室、体育馆、厕所等。没有图书室，只有走廊上排列着的几排书架。小巧玲珑的校舍很快就参观完了。

"那先再见啦，有人同学。"

有人走进了一年级的教室。三张课桌围绕着讲台呈弧形摆放着。他不确定自己的座位在哪里，只好站在原地发愣。这时，刚到校的阿诚指了指靠窗的一张座位："你坐这儿。"

"中间是我，靠走廊的是桃花。"穿着T恤的阿诚自信地挺起胸膛，露出了一个亲切的笑容，像是在炫耀自己的强健体格，"有什么不懂的地方就问我吧，啊，除了学习。"

虽然现在已经六月初了，但在有人看来，岛上的天气依然带着些凉意，而阿诚却只穿着短袖，显露出结实的肱二头肌。他手指上的小伤口格外显眼，有些像是被纸割伤的，有些像是被针刺到了。

"啊。"从教室门口传来了一个略带沙哑的声音，是桃花。她穿白衬衫和黑色修身裤，虽然装束简单，却显得非常时尚。她轻轻点头打了个招呼，便坐到了座位上，似乎还轻声说了句"请多指教"。有人张了张嘴，回了一句"谢谢"。

八点四十分,早晨的班会开始了。站在讲台上的教导主任手里拿着一个大纸袋,然后把纸袋放在了有人的桌子上。

"这是你的教材,还有课程表和之前发的资料。"

有人低下头,盯着桌子上印着的木纹花纹。他惊讶地发现学校居然还保留了这么多教材资料。按理来说,这些东西不应该直接放在玄关处吗?为什么这次没有这么做?

如果教材就这么放在玄关的话……他试着想象自己会有什么反应,也许会觉得这是在催促自己来上学,或者觉得学校是认为反正自己也不会来,所以就放这儿了。具体如何大概取决于当时的心情。不管是哪种情况,可能都会让他离学校越来越远。

"今天第三、第四节课是照羽尻学和水产实习,所以要到高三的教室那边去。"教导主任的话让有人看了看黑板旁边贴着的课程表。应该是所有年级一起上的。

也就是说,凉学姐也会在吧。还有那位在海鸟观测站时态度不太友好的阿阳学长。

有人再次在牛仔裤上擦了擦汗湿的手掌。

第一节数学Ⅰ和第二节英语Ⅰ简直糟透了。毕竟他有整整一年没有学习。虽然早就预料到了这种现实,但每当他因为某个问题而露出困惑的表情时,课堂的进度就会停下来,这让他感到很不好意思。叔叔说的那句"就算早退也没关系"在他脑海里回荡了一遍又一遍。不过,他也逐渐意识到阿诚和桃花似乎并不在意老师只关注他一人的情况。尤其是阿诚,还借机频频向桃花搭话,向她请教问题。看来桃花是这里成绩最好的。

每位老师都非常耐心，甚至会追溯到初中学习的内容来解答有人的疑问。

第二节课结束后，阿诚催促有人："好了，走吧。"

"带上笔记本和文具，还有这本小册子，课上要用。"

有人记得这本 B4 尺寸、用订书钉装订的小册子，就放在早上给他的纸袋里。封面上印有照羽尻岛的全景照片，还有"照羽尻学"几个黑色的大字。显然是老师们自己制作的。

"对了，便当也带上。这么说的话，把包都带上好了。"

正如阿诚所说，他背着一个比有人的包更大、更结实的背包。

"我知道教室的位置。"

有人隐晦地表示，自己一个人也没关系，但阿诚却不以为然地回了句："我也知道啊。"

看来他自认为肩负着照顾新人的责任，并且已经身体力行地开始执行了。

在阿诚的带领下，两人来到了本该空无一人的三年级教室。教室里五张课桌分两排摆放，前排三张，后排两张。

"我们坐前排，你坐我左边。"

座位安排跟一年级教室里的一样。有人坐下后开始翻看手中的自制教材。

"喂，有人。"

阿诚顺口喊了声有人的名字。

"你肯定没吃过海胆吧？"

是想问他至今为止有没有吃过海胆吗？答案当然是吃过。但有人刚准备开口回答，阿诚又补了一句："我是说照羽尻岛的海胆哦。"

"那确实没吃过。"

"果然。那下次我带到医生那儿给你尝尝。都是我爸刚打上来的。"

听到这里，有人明白了这番对话的脉络。阿诚的父亲是渔夫，那位能精准预报第二天的天气，让上了高中的儿子都惊叹大呼"太厉害了"的人。

"捕海胆是有季节限制的。一般是在每年六月中旬左右解禁。就算解禁了，只要有一点浪就不能出海。但我爸超厉害，捕的海胆特别多。"

"那些都是用来卖的吧？你能随便拿吗？"

"当然不是一级品质的啦，但味道也特别好。其实捕上来的海胆，带着海水的咸味马上吃是最美味的。"

面对阿诚对照羽尻岛海胆的热情推销，对海胆并非情有独钟的有人只能敷衍地点点头。

说起海胆，有人想起了中考结束后的一个周末，家人为了奖励他，带他去了一家意大利餐厅，那里的海胆奶油意面非常美味。那天他很开心，也吃得津津有味，但谁也没有想到，在前面等待着他的，是没考上第一志愿高中的未来。

回忆总是这样，失去了才知道有多珍贵。那些美好、重要的事物，总是在身边消失时才让人明白它们的重要性。它们就像在大喊着"要好好珍惜我们"一样，强调着自己的价值。

凉学姐和阿阳学长也走进了教室。与穿着短袖的阿诚形成鲜明对比，阿阳学长正穿着一件起球的深蓝色毛衣。

"照羽尻学"的课程由校长和作为快递员的田宫先生共同授课。虽然略有些意外，但毕竟田宫先生还兼职观光导游，因此没有人比他更熟悉这座岛屿了。比起那些时不时会调任到其他地方的教师，他显然更加合适。

　　田宫先生通过教材简要讲述了岛上捕获的海产品及其加工品近年来的销售额和经济效益。有人在旁打着哈欠，偷眼一看，发现阿诚也一脸百无聊赖的样子。对渔夫的儿子来说，这些内容显然毫无新意。

　　然而就在这时，站在田宫先生边上的校长拍了拍手，说道："接下来，我们会通过水产实习制作罐头，并把它们拿到七月的北海道高中生物产展上参展。"

　　校长解释说，这场展览会集合了商业高中、农业高中等学校的学生，学生可以自主开发、制作并销售食品加工品。

　　"如果能推出亮眼的产品，并引发关注，不仅能宣传小岛，还能为学校赢得口碑。那些销售成绩好的商品，在物产展结束后还有可能在合作商店里进行限时贩售。"

　　田宫先生也抱着胳膊点头："关于原材料的筹措，渔业协会会负责协助。"

　　"味道固然重要，但打造什么样的产品，其创意也同样关键。这部分就交给你们五个人一起商量吧。"

　　有人托着下巴，觉得这些事情实在太过麻烦。而阿诚却迅速把课桌掉转了方向，与二年级的两位学长学姐面对面。桃花也将桌子挪了过去，还礼貌地向阿诚道谢，后者则笑得一脸得意。

　　"你也快点儿把桌子转过来。难道你脑袋后面长了嘴吗？"

有人在阿诚的催促下，也把课桌转了过去。斜对面的凉学姐笑着朝他挥了挥手。

"要做什么好呢？"

带头发言的是凉学姐，接着是阿诚。

"我哥二年级的时候参展过，也是课上做的产品。"

"前年和大前年推出的产品是烟熏章鱼。"田宫先生插了一句，"本以为会反响不错，结果却不尽如人意。"

既然田宫先生说了"却"，就代表并没有达成预期的效果。因此去年学校没有参加这类企划。如果参加了，凉学姐应该会提到的，有人心想。

"其实最好的办法还是让人到岛上来，直接品尝现捕的美味。"

阿诚说道，而凉学姐则补充道："如果加工食品好吃，说不定还能吸引人来岛上玩呢。要是游客多起来，我们旅馆肯定很开心。"

"预算是多少？计划生产多少个？"

阿阳学长低声嘟囔了一句，校长回答说："当然资金是由学校这边提供的，虽然是课程的一部分，但并非完全不考虑成本。包括原料和加工费用在内，我们的预算在十万日元左右。数量的话，最少要一百份。"

"一份一千日元吗？"

"阿诚，这样可赚不了钱啊。"

"……赚的钱用来干什么呢？"

"的确啊，桃花，重点就在这儿！"桃花刚说了一句，阿诚就开始套近乎，"刚刚，桃花提出了一个很重要的问题啊！"

刚才那副笑嘻嘻的表情也是如此，有人心想，阿诚也太好懂了。

阿诚对桃花抱有好感，但桃花的心思就不清楚了。

"利润不应该是返还给学校吗？在那之前，我们应该先决定好原材料吧？"

"章鱼不行的话，海胆怎么样？海胆的话肯定不会出错。"

"那只是阿诚你的主观意见吧？"

讨论时，出身于岛屿的凉学姐和阿诚说了九成的话，剩下的一成由桃花和阿阳学长负责。有人觉得水产加工不适合自己，所以只是呆坐在椅子上。但同时心里又怀揣着小小的野心——如果能在这里说出一个让大家为之惊艳的意见，或许就能得到四个人，特别是凉学姐的认可了。但他什么也没想到。最终，除了决定使用海胆以外，其他一概未定。

有人终于明白阿诚说的"便当也带上"是什么意思了。午休时间，二年级的两位学生也一起留在了三年级教室里吃饭。

"住宿生的话虽然也可以回宿舍吃午饭，但阿阳学长和桃花都带了便当呢。啊对了，有人，宿舍离这里走路大概五分钟，就在我们家旅馆隔壁。"

一脸开心的凉学姐带的便当非常丰盛，烤鱼、炸物、腌菜、沙拉、水果一应俱全，说"都是旅馆客人分的"。

阿诚的便当则以量取胜。两个大饭盒，分别装着白饭和小菜。作为住宿生的桃花和阿阳学长一样，带了三种三明治。有人则慢吞吞地吃着饭团。

"我哥那次的失败，都是因为他自己。"阿诚又提起了水产实习的事。

"反正他是那种会抛弃小岛跑出去的人。"

"别那么说阿至啦。"

"小凉你总是护着我哥。"

"有什么不好吗?我还羡慕你有个超酷的哥哥呢。"

阿诚直接喊了凉学姐的名字,没有加"学姐"两个字。看来一起在岛上长大的两人显然不太在意年龄的差距。

"除了我以外,大家都是独生子吧。啊,对了。"

阿诚把筷子指向有人问道。

"有人你呢?"

被四双眼睛盯着,有人难以继续保持沉默,只好坦白:"……我也有一个哥哥。"

"真的吗?太好了,弟弟联盟!你们差几岁?我哥说不想当渔夫,非得跑去札幌的学校学做甜点。真不知道他从哪儿知道的这种职业。"

"甜点师挺好的啊,我喜欢马卡龙。"凉学姐笑着催促有人回答,"你哥哥在做什么呢?"

凉学姐的问话让有人无从推脱:"我们差两岁……他是医学院的学生。"

"医学院?医生吗?好厉害啊!"凉学姐发出惊叹。阿诚也附和道:"川岛医生那样吗?真帅啊!"

有人脑海中浮现出叔叔接诊时的画面。曾经,比任何人都渴望像叔叔一样成为医生的,不是哥哥,而是他。想到这里,有人的手不自觉地用力,捏扁了包着锡纸的饭团。

明明曾经想像叔叔那样,可现在却身处这个偏僻的小岛,在这所只有五名学生的高中读书,接下来还要制作罐头。

"虽然我是想当渔夫，但要是我成绩超好的话，说不定也会选择当医生，为小岛尽一份力，就像川岛医生一样……"

"在这种环境下，根本不可能成为医生。"有人回过神来时，这种充满否定的话已经脱口而出，"岛上没有补习班和升学辅导班，学校还要搞什么水产实习……"

"哈？你这话也太过分了吧！"

阿诚的声音也突然大了起来。有人浑身僵硬。虽然是下意识脱口而出的话，但他并不认为自己说错了什么。有人目光低垂，看着桌面，咽了咽口水。

"你们两个别吵了！吃饭的时候可不能吵架，饭会变难吃的。"

凉学姐劝阻了两人，并刻意转移了话题："说起来，提到医大学生的话，今天柏木先生会住在我们家旅馆。他应该是下午到吧。"

难道是早上提到的那位学生？有人有意无意地竖起了耳朵。

"是去年也来了岛上的那位吗？"阿阳学长似乎也知道这个人。

"是不是应该去打个招呼？"

"这家伙的叔叔是个超级名医，所以才会有医大的学生专门跑过来向他学习。"之前的怒气不知跑到哪里去了，阿诚用轻松的语气向桃花解释着，"柏木先生这是半年内第三次来了。"

"跟甲子园[①]比赛一样。"

桃花冷冷地回应道。

以柏木先生为引子，凉学姐和阿诚开始热烈地讲起了叔叔对于岛上而言是多么了不起的医生，而岛外出生的几人则默默地听着。

---

[①] 甲子园是日本高中棒球联赛的俗称，该比赛分为春季和夏季。

刚才一时冲动发了火的有人，听着凉学姐的声音也渐渐冷静了下来。事实上，叔叔确实是个很厉害的人，仅从诊所的氛围也能看出，他深受大家的爱戴。

阿诚也是因为尊敬叔叔，所以才会如此轻易地说出"我要当医生"这样的话吧。

有人悄悄看了阿诚一眼。不知是偶然还是察觉到了他的目光，阿诚也看向了有人。四目相对之下，有人立刻移开了目光。刚刚才差点儿吵起来，现在难免还是有些尴尬。他心想，上学第一天就如此失态，既然已经无法挽回，干脆不再纠结，转而把注意力放在桃花和阿阳学长身上。

和自己一样保持沉默的两人，为什么会来到这个地方呢？他们来自札幌。虽然比不上东京，但毕竟也是一座大城市，应该也有很多高中可以选，为什么偏偏选择了这个偏僻的离岛呢？

毕竟是别人的事。但他们一定是有什么特别的理由吧。正因为自己也有类似的情况，才会不由得想入非非。就这么想着想着，休息时间结束了。

回到一年级的教室时，阿诚悄悄走到他身边。

"刚才，对不起啊。"

有人不由得看向了他，映入眼帘的是阿诚略显尴尬的笑容。

"我这人有点儿一根筋，头脑一热就管不住自己的嘴，之后又会后悔。我爸老是训我，说天气和过去，都是改变不了的。"

天气和过去，都是改变不了的。

这句话让有人脑海中再次浮现出道下倒下的身影。尽管他自己并没有意识到，但他的身体却不由自主地绷紧，步伐也变得迟缓。

然而，阿诚似乎没有察觉到他的变化，依旧带着尴尬的笑容，不断说着"对不起，我这个人真是容易冲动又头脑简单"。

头脑简单……也就代表着，没有心机。如果是这样，那这份尴尬的笑容和道歉的话语，就是他内心最真实的表现吧。有人的脑海中浮现出从小学起的同班同学们。好像还没有见过这么坦率的人，也没有人会这么直接地道歉。大家似乎都觉得，先道歉的一方就是输家似的。

对于如此爽快道歉的阿诚，有人忍不住说道："……我也很抱歉。"

"没事。好了，下午继续加油吧！"

就在有人想着接下来可能会尴尬一阵子时，阿诚已经一副什么都没发生似的模样了。这种粗枝大叶到令人震惊的豁达态度，让有人心中的疙瘩迅速消散了。

不知不觉中，有人已经跟在了健步如飞的阿诚身后。

结果最后一直被阿诚缠着，完全没机会早退。直到下午三点半，才终于熬完了今天的第六节课。

"再见啦！明天见，有人！阿阳学长也是！"

阿诚骑上自行车向港口方向飞驰而去。有人心想，如果要把阳光和活力糅合成一个高中男生的模样，那一定就是阿诚的样子。

有人和叔叔的家刚好和港口是反方向。所以只好跟要去诊所的阿阳学长一起回家。阿阳学长是个沉默寡言的人。有人也一言不发。自从海鸟观测站的那件事之后，有人有些不知道该怎么面对阿阳学长。虽然他很好奇为何对方不惜住在学校宿舍，也要来照羽尻高中读书，但他不敢开口询问。因为一旦提出这个问题，对方反过来问他同样的问题时，他也就不能再说什么了。

路上，阿阳学长只说了一句话，是在小学和中学对面一处毫无意义的按键式红绿灯前。

"这个红绿灯，感觉没什么意义对吧。"

好像自己的心思被看穿了。有人脑中警铃大作，觉得这个看起来有些神经质的人或许比想象中更为敏锐。他迟迟没有回答，导致两人间的气氛突然变得微妙了起来。

不过，阿阳学长似乎并没有在意有人那不自然的反应，而是继续说道："但如果没有这个东西，从小在岛上长大的孩子们在离开这座岛时，可能连真正的红绿灯都没见过。更糟糕的是，有可能会发生事故。"

他瞥了一眼道路旁的绿灯，加快了脚步："正因为有意义，才会存在。"

有人没有转头，只是视线投向了阿阳学长。他说出了红绿灯存在的理由，但他想说的难道仅仅是这些吗？

来自东京的自己跑到这里来，肯定是有什么特殊的缘由。阿阳学长一定推测出了这一点。这句话或许是他作为来岛上生活的"先行者"，想给有人分享一些人生哲学？有人揣测对方心中所想。但从阿阳学长那张如数列般端正严肃的侧脸上，有人读不出任何情绪。这让他有些沮丧。有人感觉自己像是无意中听到了一句别人的自言自语。

他们在诊所前分开了。

"那明天见了，再见。"

面对对方如同客套话般的道别,有人也只是随口说了句"再见"。然后便急匆匆跑回了家。一回到自己的"领地",一股疲惫感猛然袭来,有人竟不知不觉中睡了个午觉。

醒来时,楼下传来叔叔的动静。大概是正在做晚饭吧。他瞥了一眼枕边的闹钟,发现已经是晚上六点后不久了。

他懒洋洋地起身走到厨房,正好看到叔叔关掉了煮味噌汤的火。餐桌中央放着一大盘用酱油炖煮的章鱼和萝卜。

"这是野吕先生送来的。"叔叔说道。

要是岛上有人能送来炸鸡就好了,有人心想。自从来到岛上,他吃海产品的频率压倒性的多,肉食反而减少了。

"抱歉,刚才睡着了,没能帮忙。"

"今天累了吧?"叔叔双手合十说完"我开动了"之后问道,"不过,干得不错嘛。"

"……我也没做什么。"

只是没能找到回家的机会罢了。阿诚从早到晚围在他身边,一直帮这帮那,没完没了地关心他,后来他们起了一点争执,但阿诚很快便主动道歉,最后甚至连上厕所都要跟着他,这些事情有人全都讲给了叔叔听。叔叔听完后就笑了。

"阿诚是太开心了吧。第一次有同性的同班同学嘛。"

"……不过我其实是二年级的。"

"那些事无所谓啦。嗯,这炖菜真好吃,是不是用了鳕鱼酱调味啊。"

"无所谓"。有人一边吃着章鱼一边咀嚼着这三个字。真的是无所谓的事吗?这不是很不像话的事吗?炖菜的味与平时吃惯的味道似乎有些微妙的不同，拥有更加复杂的层次感。

——没事。好了，下午继续加油吧！

阿诚的开朗、自己不知不觉间跟上的步伐。疲倦是切实存在的。但并不是以前在东京时那种极度抗拒上学时的厌烦，相反，有人竟然莫名地还想再一次体验这种疲惫。

"给诊所帮忙的事儿嘛，以后下午四点半之后再去就可以了。今天就算了吧。"

"对了，凉学姐说叔叔你这里来了个学生，叫柏木什么的。"

"柏木吗？他不是学生。他只不过是就自己的研究主题，去请教相关的医生罢了，我也只是其中之一而已。"

"听说他去年来过。阿阳学长还去打了个招呼呢。"

"啊，他也是给柏木的研究帮忙哦。

"是帮忙，可不是什么人体实验哦。"叔叔开了个玩笑。

"其实就是一种访谈。柏木的研究主题刚好和阳树的医疗数据匹配。"

去看海鸟归巢的那天，阿阳学长倒下了。他自己有随身携带药物，所以应该是有什么慢性病吧。不过，也没有听说后来他回札幌治疗。而且从他来这座岛上学这点来看，应该也不是什么严重的病。难道是因为环境疗法才来到了这儿吗？这个年代居然还有环境疗法，真是让人感觉像是时空错乱一样。

无论如何，那位柏木先生多次拜访住在离岛的叔叔，大概不仅仅是为了研究，可能也怀着和自己类似的憧憬吧。有人喝完味噌汤，将空碗叠了起来。叔叔还没有吃完，有人先将自己的餐具放到水池里，随后回到了自己的房间。

081

医学部毕业后正在攻读基础医学方向博士课程的柏木，长相平平无奇，就像是集结了一万名三十岁左右的男性，然后从中取中间值造出来的脸，毫无特点，看上去也不是特别聪明。他没有穿白大褂，而是身着衬衫和西裤，看起来就像是一个普通的上班族站在叔叔旁边。虽然他应该通过了国家医师考试，但他并未刻意打扮得像个医生，这似乎既是为了尊重叔叔，也是在表明自己并不是一名临床医生。

下午诊疗时间结束后，在有人收拾候诊室和擦拭绿植叶片时，柏木则在诊疗室和处置室忙碌，对使用过的器械进行消毒和废弃处理，还会核对药品。

当柜门"咔嗒"一声被打开时，有人本已移开的视线再次转回，只见柏木正将似乎是今天送来的药品放进带锁的柜子里。他手里拿着两支注射器，这正是自那一天之后有人无论如何都忘不掉的肾上腺素笔。有人后悔自己多看了一眼，暗暗下定决心以后绝对不再去看了。

柏木在岛上的几天里，有人和叔叔的晚餐总是比平时稍微晚一点儿。因为日常工作结束后，叔叔和柏木会就某些问题讨论一阵，显然柏木需要叔叔为自己的研究提供建议。柏木在岛上待了五天，周末便返回了北海道本岛。有人与柏木不过是有过几次简短的寒暄，双方并未深入交流，因此有人对柏木并无特别的感情——直到柏木离开的前一天。

离开岛上的前一天，柏木对有人说道："你叔叔能坚持在这里行医，本身就意义重大。所以，希望你能多分担一些家务，多给你叔叔帮帮忙吧。"

这番话让有人感觉自己像是被批评偷懒了一样，对柏木的印象也因此略微变差。分担家务什么的，连让自己来岛上的叔叔都没说过这些。有人有些不情愿，但最终还是点了点头。

医学博士三次从北海道本岛特地跑到岛上来向叔叔求教，这件事无疑进一步提升了叔叔在岛上的声望。岛民们议论纷纷："果然川岛医生就是了不起啊，连那么远的学生都特意过来向他请教！"

"正是因为有川岛医生在，照羽尻岛上的大家才能这么安心啊。有人的叔叔简直像天神下凡一样呢。"

作为川岛医生的侄子，岛民们对叔叔的褒奖有人已经听到腻烦了。

至于叔叔本人，无论别人怎么评价，他依然一如既往。从前，即使在患者们齐齐表示感谢的时候，他也是这副云淡风轻的模样。而柏木离开的那个周末，叔叔一边打开一本难懂的文献，一边用电脑制作诊所的候诊室里要贴的宣传海报。有人忍不住说出了自己的心里话："……至少周末，还是该休息一下吧。"

"我刚做实习医生的时候，曾在急救室里实习过。"叔叔抬起头，微微一笑，"在那里接触到了各种各样的患者。我们急救室的宗旨是只要有转诊请求，就绝不拒绝。因此我们需要迅速判断每位患者的病情轻重，分清优先级。判断必须又快又准。如果患者需要进一步检查，我们得考虑检查设备的空闲情况再给患者诊治。有时候 CT 没发现异常，但总觉得可疑，就需要注射造影剂[①]再拍

---

[①] 造影剂是为增强影像观察效果而注入（或服用）到人体组织或器官的化学制品。

MRI①，这种情况也时常发生。但这样一来，总有患者会不耐烦，想早点回家；也会有人抱怨检查费用太贵。这时就得思考，到底能不能让患者离开……"

叔叔像是在回忆着当时的情况，目光透过窗户看向远处的蓝天。

"连犹豫的那些时间都觉得浪费。在这种时候，学习不够努力就是致命的。"

有人听得耳朵发烫。那些蜷缩在家闭门不出的日子，以及现在上学的这段时间，他都没怎么用心学习。然而，他也清楚叔叔并不是在批评他。

"哪怕尽了最大的努力，医生也可能被患者及其家属怨恨。临床医生就是在从事这样的工作。"叔叔说着，坐在椅子上弓起背，用手揉了揉腰。

"但要尽量将这种情况降到最低。为此需要不断地努力。这里和急救室很像，随时都有可能送来需要与时间赛跑的患者。坚持每天学习是理所当然的。"

被怨恨是有可能的。

有人眼前浮现出过去的画面：倒在地上的道下，透过门听到的和人的声音。

——似乎留下了一点语言障碍……

道下一定对那个夺走了她正常未来的人心怀怨恨。

明知道这些回忆挥之不去，有人却还是猛地摇了摇头，试图甩掉过去的阴影，随即飞快地跑上楼，躲进了自己的房间。

---

① 核磁共振成像。

如果那一天能从过去消失，我和道下的未来会不会有所不同？

他拿起手机，看到和人发来的消息。

"哟，你那边怎么样？说实话，我这边每天都超级累。"

尽管说很累，但消息里附带了一个搞怪的表情包。考上了志愿的大学，虽然很累，但这份累终究有其价值与快乐。这条消息透露着这样的语气。

或许正因为前路清晰光明，他才能如此坦然地面对这些疲惫。

有人随手将手机丢到床上，啃咬着自己的指甲。

六月中旬的星期六，海胆捕捞解禁了。紧接着就到了新的一周，虽然是周一，但从一大早开始，阿诚的心情就格外开心。

"放学的时候顺便来趟我家吧。我已经跟我爸说过了，说要给医生和你送点海胆。"

当天的水产实习课上，学生们第一次进入了校舍旁边的加工设施中。除了家庭课上常用的普通烹饪台之外，这里还整齐排列着许多专门用于罐头加工的机器。实际靠近这些设备后，可以看出这些机器并不是什么新款式，但也显现出一种被精心使用多年，令人安心的可靠感。实习指导老师森先生解释道，这些设备大多是从岛上多年前停业的那家水产加工厂购买来的。

"加工的流程大致是这样的：首先是对搬来的原料进行筛选和清洗，接着是烹饪，再把它们装进罐头中。然后通过这个机器进行脱气密封。脱气主要有两种方法：一种是真空热水锅炉式，另一种是真空封罐机式。我们这里用的是后者。接下来是杀菌和冷却。"森老师一边讲解，一边轻轻拍打着各个机器，仿佛介绍老朋友一样，逐一指给大家看。

"冷却结束后，就到了检查环节了。我们要敲打罐头，听听声音，查看外壳是否有凹陷等瑕疵。这是一个很重要的环节。完成后，就可以开始贴标签了。"

"这些机器一次能处理多少个罐头呢？"阿阳学长问道。

"看罐头的种类吧。大概就是五罐，毕竟我们这里也不是什么大工厂。"森老师回答道。

"要把它们处理了啊。"明明是阿诚自己推荐做海胆，可现在却又一脸不满地看着烹饪台，"都处理了也太可惜了。"

"不过要是不处理的话，那还要我们干吗呢。"阿阳学长又说道。

"话说回来，怎么加工现在还没决定呢！"森老师双手抱胸，鼓励大家说，"好好想一想吧！"

"新鲜海胆捞上来就吃是最好吃的，所以我们必须找到为什么非要加工处理的卖点。如果只是延长了保质期，那就有些太稀松平常了。"

阿阳学长话音未落，一直沉默着的桃花突然开口了："海胆很好吃，不过它的味道有些特别。"

"那是因为添加剂的缘故。"森老师撇了撇嘴角，"海胆主要是吃它的生殖腺部分。一从壳里拿出来，它的形状就会迅速崩塌溶化。为了保持它的形状，一般都会浸泡在明矾水中。这种明矾水会带有一种药水味儿。不仅是为了保持形态，某些罐头为了延长保质期还会添加酒精。这就导致了它的味道也受到影响。对于一些比较敏感的人来说，可能就不太能接受了。"

凉学姐稍稍举起了右手："不添加这些东西还能做出来吗？"

"也不是不行，只不过我们这里还没尝试过。"森老师答道。

"有人同学，你有什么想法吗？"这时，凉学姐转头问向坐在一旁的有人。

一直保持沉默的有人突然被凉学姐提问后，心跳骤然加速："呃，那个……"他的脑海里并没有突然冒出来什么精妙的想法。

"那个……"

"如果有话想说，就快说吧。"被阿诚这么一催，有人感觉更加困窘，不知道该说什么。

"果然还是生海胆最好吃啊。"

阿诚这句否定了整个实习主题的话，给今天这节课画上了句号。

放学后，阿诚骑着自行车带着有人，像是拐卖一样把他带到了自己家。阿诚家就在港口旁边。去往港口的这段路，刚开始都是平缓的下坡，最后快到时又变成了一段几乎像是垂直下落的陡坡。但阿诚完全没有减速的意思，反而一边骑一边发出"耶！""哇！"之类的怪叫。踏板越蹬越快，不知是风声还是车子加速声，总之呼啸凄厉的破空声把有人吓得几乎魂飞魄散。

阿诚卖力地蹬着自行车，不到十分钟，他们便来到了阿诚——也就是斋藤一家人住的地方。这栋房子有两层，正面宽度虽然不大，显得有些紧凑，但房子跟港口只隔了一条街，对于渔夫而言可以说是再好不过了。阿诚指着码头上泊着的几艘渔船的其中一艘说："那就是我爸的船。"那艘船在四周的渔船当中都算是比较大的一艘了。"

"有 9.7 吨呢。冬天的时候这些船就会组成船队去捕捞鳕鱼什么的。捞海胆的船是另外的。"

"原来是这样。"

"因为海胆都是一个人单独捞的。"阿诚说着走进了玄关,又猛地打开了屋里的门,"我回来了,还带着有人来了。"

有人小声地说了句"打扰了",跟着阿诚走进了屋里。从玄关进来就是茶室,门是开着的,屋内的一切都暴露无遗。一个晒得黝黑的中年男性转过头来看了他们一眼,他那副精悍的面庞和阿诚几乎一模一样。

"有人,这就是我爸,他可是岛上最厉害的渔夫,还是我们照羽尻高中毕业的学长呢。"

有人原本先入为主地认为阿诚的父亲是中学毕业后就直接当了渔夫的,所以听到他竟然是同一个高中的前辈时,倒还有几分意外。

"你这家伙,又说什么'岛上最厉害'之类的话,不要乱说啊。这样对其他渔夫太不礼貌了。"阿诚的父亲穿着一件 T 恤和休闲裤,姿态随意,盘腿坐在坐垫上,嘴里咬着一片鲑鱼干。他的身材比阿诚小一圈,但全身肌肉都显得很结实。

"你就是川岛医生家的有人吧?医生一直很照顾我们。记得替我向他问好。"

在这座岛上,叔叔的影响力已经快成为一种新的问候语了。有人既骄傲于叔叔令人仰慕的声誉,同时也不由自主地想,自己作为"那样的叔叔的侄子",岛上的大家究竟是怎么评价他的呢?在东京时,他的比较对象是哥哥,但没想到,在岛上大家会拿自己跟叔叔相比较。

然而，出乎意料的是，阿诚的父亲脸上露出了笑容。

"有人，真是谢谢你了。你来了之后，阿诚可是高兴得很呢。"

"爸，你别这么多嘴！"

"什么多嘴，明明是你自己天天在说班上终于来了一个男性朋友，对吧？"

阿诚的父亲一边让有人不要站着，赶紧坐下，一边把坐垫递给了有人。有人只好乖乖坐下。茶室中央是一张圆桌，房间略显狭小，除了电视、橱柜等常见家具外，还堆满了收音机、带有传真功能的电话、报纸和文件等杂物，显得有些凌乱，哪怕说几句恭维话，也很难称得上整洁。

不过，从面向港口的窗户向外望去，刚才提到的阿诚父亲的船看得一清二楚。看着那艘船，似乎都能感受到渔夫的那份气魄。

隔壁厨房里传来了哼唱声。那旋律好像在哪里听过，又像是第一次听。反复唱着什么"没有哪个夜晚无法迎来黎明"之类的歌词，阿诚父亲不由得轻笑一声。

墙上挂着好几张装裱起来的奖状。都是表彰阿诚的父亲英勇救人的。

"发生海难的话，我们有船的人去救人不是理所当然的嘛。其他渔夫家里也有不少这样的证书哦。我们可都是接受过急救培训的。"阿诚的父亲看着这些奖状随口说道，然后又朝着厨房喊道，"孩子他妈，唱得太难听啦，别唱了，去给有人弄点儿东西吃吧。"

"这不就来了嘛。"

一个明快的声音回应道，而几乎同时，一个看起来像是歌剧女高音的丰满女性走了过来。她的身材似乎比做渔夫的丈夫要更加高大。看起来阿诚的体格要更像母亲。

"有人同学,你可算是来了。阿姨真的太开心了。"阿诚的母亲边说边端来了装着碳酸饮料和点心的盘子,还有洗净沥干的樱桃,一起放在了茶几上。

"哇!好久没吃到樱桃了!"

"那当然了,既然有人来了,当然得买点儿回来好好招待他。好啦,快吃吧。有人你这么瘦,可得多吃点儿。"

"爸,要给有人的海胆呢?"

"都弄好了,你妈妈刚处理好。"

吃吃这个,又吃吃那个。迄今为止,有人从未在哪个朋友家中受到这么热情的招待。事实上,他在东京时也基本没怎么去朋友家做客过。或许小学低年级的时候还曾有过,但之后就再也没有了。

这座岛就像一个大家庭一样。有人突然想起叔叔曾经说过的话。在阿诚家热情的招待下,他听话地喝着碳酸饮料,吃着点心,隔三岔五还吃些樱桃。当回忆起只有自己一个人的房间,和只听得到风声和海鸟鸣叫声的悬崖绝壁,回忆起那些仿佛在寻求救赎的光景时,有人忽然想永远记住自己在斋藤家备受欢迎这一事实。虽然斋藤一家有些过于热心,彼此距离也靠得太近,感觉有些麻烦,等到独处时肯定又会疲惫不堪。但被人接受的感觉却让他深感开心。

"快尝尝海胆,就一口,一口就好。"

兴致勃勃的阿诚跑进厨房,迅速拿着勺子跑了回来,勺子里盛着一团鲜活的橙色海胆。

"不用加酱油。"

勺子都已经递到面前,自然不好拒绝,只能像个孩子一样张嘴吃了一口。

"怎么样?好吃吧,怎么样?"

"……很好吃。"

这句话非常自然地脱口而出。阿诚父亲捕获的海胆,味道浓郁,鲜美至极。明明同样是海胆,却和在东京吃的完全不同,简直就像是圣伯纳犬和吉娃娃之间的区别。

"对吧!你看吧!"

阿诚举起勺子,比了个"耶"的手势。

"没有用明矾哦。"阿诚的母亲说道,"只要泡在盐水里,形状就不会塌,虽然没有明矾保存的时间长,但也是只有产地才有的味道了。"

有人怀里抱着一大桶浸泡在盐水中的生海胆,然后告别了斋藤家。回去的路上也是阿诚送他。有人坐在自行车后座,经过港口的陡坡时,阿诚毫不费力地站起身来蹬自行车。

尽管有电动助力,但如果是自己的话肯定办不到。看着阿诚一次又一次踩着踏板,有人心想,阿诚应该已经自己骑过无数遍这段坡道了吧。

那天,有人迅速整理完诊所后回到了家。看时间叔叔差不多快回来了,他就在餐桌上摆好了海胆。没有特意用萝卜做摆盘,只是随便把海胆从盒子里拿出来,放到几个盘子里,数量一大,倒也显得很壮观。突然,他想到如果做成海胆盖饭可能更好吃,于是给自己和叔叔各盛了一碗饭,在饭上放了一些用手不太熟练地撕开的海苔。然后，他又在海胆的盘子旁放了一把勺子，可以想吃多少加多少。还在边上单独放了个小碟子，若想单独品尝海胆，也可以盛在上面当作刺身来吃。

——多给你叔叔帮帮忙吧。

他并不是屈服于柏木的劝告，而是今天的确想做点儿什么。于是，他看了看装着速食食品的架子，看到了只需加热水就可以的味噌汤，便拿了两包，在燃气灶上烧起热水。

"哦，已经做好了吗？"叔叔的声音充满了喜悦，"斋藤先生真厉害啊，今天也是大丰收呢。"

有人在碗里倒入即食味噌汤，接着又注入热水。

"……叔叔，只有海胆盖饭和味噌汤，这些够吗？"

至少在今天，有人希望叔叔可以洗完手就坐下吃饭。虽然在营养方面可能不太够，但相信叔叔一定能理解有人想要表达的心情。

"有人，太谢谢你能准备这些了。"

叔叔用筷子夹起生海胆，连酱油都没沾，直接放进了嘴里。浓浓的海洋气息扑面而来。海胆虽然还保留着原本的形状，但在接触舌尖的一瞬间便化开了，味道在口腔中蔓延开来。每次看到那些形容词匮乏的美食评论员，无论吃什么都说"好甜"时，有人都有些嗤之以鼻，但今天这块新鲜的海胆，的确带着某种甘甜的味道。

"果然还是生海胆最好吃啊。"

有人现在觉得阿诚的确是对的。体验了这座岛上的生海胆的味道之后，那些罐头和瓶装的海胆就不用说了，甚至连普通的新鲜海胆跟这里的也完全是两码事。而且既然阿诚了解这道鲜味，凉学姐肯定也知道。

进行主要发言的一直都是他们两个人,怪不得讨论一直没有取得进展。

"怎么了,有人?"

陷入沉思的有人猛然回过神来,装作若无其事的样子,夹了一口海胆盖饭放进了嘴里。

真好吃。不过,既然要把这些海胆做成罐头的话,就必须要放弃这个味道,得想办法做出什么东西来。

在下一次的水产实习讨论会上,有人鼓起勇气开口了。

"我吃了阿诚家给的海胆后想了一下……"

生海胆的味道是绝对无法超越的。既然如此,是不是可以反过来利用加工来寻找新的出路呢?他提出了这个建议。

"刚捞上来的生海胆味道根本无与伦比。如果产品的形态跟生海胆相近的话,反而会让人提高期待。既然如此,不如加大加工力度,一开始就把它做成酱料什么的。这样一来,我们就不用顾忌海胆的形状了,所以或许不用明矾,或者尽量用最少量的明矾就可以……"

有人向大家讲了他在东京吃过的海胆奶油意面。他紧张得手心微微冒汗。

"做成意面用的海胆奶油酱的话,一开始就决定了用途……这样一来,吃的人就绝对不会期待它有着和生海胆一样的味道了。而一开始就知道这是用来调味的话,目标群体也会更容易下单,做饭时也能根据自己的喜好去调味。当然，我们这边也可以做一些让顾客有调味空间的基础口味，这样也可以掩盖酒精之类的味道……总之，我们可以尽量减少添加剂。"

尽管前一天已经在脑海里反复模拟过该怎么说了，但有人还是讲得磕磕绊绊，不停地卡壳，声音越讲越高，说话却吞吞吐吐。

"至于这款酱料的基础口味……凉学姐的妈妈给我做的那道炖章鱼的味道可以作为参考。那个味道和我在东京吃的不一样，要更有层次感。好像是用了什么鱼酱吧？我问了叔叔，听说是用鳕鱼做的鱼酱，是渔业协会那边做的。那种鳕鱼鱼酱，可以用在我们这儿的调味里吗？"

虽然他说得断断续续，但其他四个人都没有插嘴，而是认认真真地一边点头一边听着他的发言。

"所以……你们觉得把它做成海胆奶油意面酱怎么样？"

稍微沉默了一会儿，阿诚开口了。

"海胆奶油意面？那是什么？好吃吗？"

"很好吃哦。"桃花说道，"我在札幌吃过，挺喜欢的。"

"真的吗？既然是桃花说的，那就没问题了。"

"我没吃过，不过做成酱料倒是个不错的主意。"阿阳学长肯定道，然后冷静地分析起了这一方案的优点，"尤其是明矾这一点，如果一开始就不用顾忌形态的话，成本肯定也能降低不少。"

"嗯，有人的建议也太棒了。"凉学姐也附和道，"海胆奶油意面，听起来很有品位！就定这个吧，感觉很有可行性！"

阿诚、阿阳学长和桃花毫不犹豫地点头表示同意。

"太好了，终于定下来方向了。有人你太厉害了！"

凉学姐非常可爱地在胸前拍着手，阿诚也竖起大拇指说："有两下子啊。"

"那包装设计怎么办？"阿阳学长停下来问道。而凉学姐拉住桃花的手走在了前面，说道："我们俩来设计一个超可爱的包装！你们男生就负责想一些吸引眼球的标语吧。"

有人似乎察觉到一阵视线，转头看去，校长和森老师正站在教室里微笑着看着他们。

"有人，你也太厉害了。"旁边的阿诚拍了拍他的肩膀，"要不是你，我们根本想不到这个主意。我都想尝尝那个呢。"

——要不是你。

阿诚的话像一颗小小的火花飞向了有人。这颗火花落在了他心中，尽管很微弱，但的确温暖了他。

温暖。只要有温暖，就能生出新的希望，就不再是单纯的寒冷。

一切都不再是过去的样子。也许，会有所改变。这样的预感让有人的心跳加速。

他们去了渔协，买到了很多非常便宜的海胆，然后在学校的水产加工设施里去壳。去壳是阿诚的独门绝技。不过他在偷吃了两三个以后被凉学姐臭骂了一顿。

而烹饪则主要是由凉学姐和桃花负责，但调味是大家共同决定的。

"好了，这个怎么样？"

凉学姐看起来对试做的第一款酱汁很有信心。五个人各自用勺子尝了一小口，互相点点头，但当试着加入了酒精和明矾后，味道像酸碱试纸一样发生了变化。阿诚皱起了眉头，夸张地吐着舌头。桃花完全没有表情，而阿阳学长则开始大口喝水。森老师在旁笑个不停。

照羽尻高中之前从未制作过不含添加剂的罐头，而五个人的目标便是做出这样一款产品。森老师并没有反对。

大家一方面逐一记录着材料的用量，一方面不断调整味道，然后试吃并互相提出意见。渐渐地，他们自然而然地开始在放学后留下来。有人告诉叔叔自己没办法去诊所帮忙整理了，叔叔反而高兴地回应道："没关系，放心去做吧！"

渔协常以"反正这些也没法儿拿出去卖"为由，把海胆免费送给他们。而森老师为了给他们提供研究材料，从全国各地收集了多种号称不含添加剂的海胆罐头。

"盐加到这么多的话应该保存时间就足够长了。虽然也要进行杀菌和真空处理，但这样就不用加明矾和酒精了。"

穿着完全不合身的围裙的阿阳学长，终于在第二十几次试做后说道。

"如果味道太咸的话岂不就无法挽回了？"

"不过如果考虑到之后要和意大利面拌在一起，还是稍微咸一点儿更好。速食食品的味道一般比家里做的口味要重。"

"对了，桃花，我们要不要在包装上加一句'可以根据个人口味加入牛奶或者咖啡奶油'之类的话？"

"嗯，不过我觉得味道还差一点儿……有点儿不够浓郁。"

"桃花说味道不够浓。"

"那就再加点儿鱼露吧，盐稍微减一些。"

一勺浓稠的黄色奶油酱汁递到了有人嘴边。

"有人，尝尝看。"

阿诚一边递过勺子，一边劝有人尝尝。有人没有直接张嘴，而是接过勺子自己吃了一口。

"怎么样？是东京的味道吗？"

有人拼命地回忆着，以便表达他的感受："和我之前吃过的不太一样……我们这个的海胆风味更浓郁。不过东京的那个……怎么说呢，有一种冲击感，一种微妙的辣味。"

"微妙的辣味？辣有什么微不微妙的，是不是加了辣椒？"

"应该是放了胡椒吧？"在阿诚旁边的桃花说道，"应该是胡椒粒吧……像是培根奶油意面之类的奶油意面，最后都会撒上一些胡椒粒。"

"最后加的吗？"凉学姐显得有些犹豫，"那现在这个阶段加会不会不合适？"

阿阳学长是最冷静的："不管怎样，之后味道还是会变化的，因为还要经过杀菌加热处理。"

"哇，原来还要加热啊。"阿诚仰头感叹道。

试验和调整还在不断继续。

在森老师的指导下，大家穿上了白色的卫生帽和聚酯纤维的工作服，认真地进行着操作。由于一次做不了太多，放学后也会继续进行作业。

在完成杀菌和检查后，凉学姐和桃花设计的，印有明亮色彩的意大利面图案的标签也贴好了，到了七月，定期考试也迫在眉睫。包括试吃品在内，五个人一共做了一百三十个罐头。

加工小屋外面早已天黑。窗户只剩下一片漆黑，有人感觉自己仿佛置身在灯笼里。

"一看就是手工做的呀。"

凉学姐笑着戳了戳包装上的照羽尻高中校徽。不可否认，与那些排列得整整齐齐的大企业产品相比，的确显得有些逊色。但对于有人来说，将这一百三十个罐头全卖出去的想法让他既觉得有些不可思议，又有些舍不得。

阿阳学长拿出了手机，拍下了堆积整齐的罐头，凉学姐、桃花和阿诚也都纷纷跟着拍了起来。

"等一下，我来给你们拍。"

"那一会儿我来给桃花和凉学姐拍。"

"有人也来拍吧？"凉学姐自然地提出了邀请，"手机给我，你跟阿诚站一起吧。"

有人有些迟疑，但还是拿出自己的手机，切换到拍照模式递了过去。

"我们五个人一起来拍一张吧。"

阿诚说着看向了一直陪着大家的森老师。森老师故意摆出一副不开心的样子说道："都不带老师一起拍照啊？"然后又一脸笑容地接过了五个人的手机。五个人挤在一起。有人右边是凉学姐，阿诚在左边一边喊着"靠近点儿啦"，一边用力地把他往里推。

有人碰到了凉学姐的肩膀。凉学姐的肩膀很软，像是春天的花朵一样，散发着清新的香气。学姐平时都没喷过香水，实习时就不用说了，更别说在水产加工设施里了。

最终，老师也加入了他们，六个人挤在一起，努力伸长手臂自拍起来。

海胆奶油意面酱罐头在试吃时得到了田宫先生和渔协诸位的一致好评。

"还挺洋气呢。"

"因为提起海胆,我们这儿一般都是直接吃一整个的嘛。"

"今年这五个人真是有一套啊。"

最早提出要将海胆做成意大利面酱的人是有人。这件事也不知何时就传开了,岛上的人们一下子就都知道了。

"有人,你可真厉害啊。"

有人完全没想到,自己竟然会受到岛民们的如此称赞。

闭门不出的那段日子就不用说了,在此之前自己也从未得到过认可。和人总是会站在自己身前,自己只能躲在他的阴影之下。

即使是与学校或渔协无关的岛民,看到有人和其他人时,也会停下来提起罐头的事,露出微笑。他们的表情就像是看着在运动会上获得一等奖的孙子一样。

为什么这件事传得这么快,已经不再是有人心中的疑问了。毕竟这个岛上消息的传播,比起社交媒体上的热搜还要迅速得多。

明明只是在这座离岛上只有五个人参加的水产实习中,偶然提出了一个关于罐头的想法。明明原本对水产实习毫无兴趣。

即便如此,有人还是记住了大家对他的所有评价,并且不停地、不停地在脑海中反刍。每当他回想起这一切,隐匿在心底某个角落的热情也在悄然增长。

很开心。

有人接受了自己的情绪,并得出了一个新的领悟。

做成海胆奶油意面酱的这个想法,正是因为处在这座岛上,才能得到认同。正是因为在这座岛上可以直接吃到最美味的生海胆,所以才没有人想到要特意去加工成其他东西。也正因此,有人才能第一个想到这种方法。

正因为在这座岛上,自己才获得了认同。

当他这么一想,原本仿佛置身于深渊的照羽尻岛,似乎也发生了些许变化。

有人盯着大家一起拍的照片。自己和凉学姐两个人也拍了好几张合照。他在这些照片上都标记了喜欢。而那张大家的合影里,站在自己旁边的就是凉学姐。有人将自己和凉学姐的部分裁剪出来,另存为了一张单独的照片。

然后,他看着一排排的应用图标,发现了那款自己已经好久没玩的尚未通关的逃脱游戏。

他并没有点开。

水产实习的罐头制作环节结束了,在几天后的某个傍晚。

有人和叔叔一起坐在餐桌旁吃晚饭时,他第一次说出了内心的想法。

"……之前,叔叔你问过我来这里感觉好不好,对吧?"

叔叔停下了手中的筷子："问过。"

"我觉得……"有人把装着味噌汤的碗放在桌子上，"或许……"我感觉来这里挺好的。

他几乎就要说出口，但却又感到一阵害羞，赶紧转移了话题。

"比起这个，对了，我也想要一辆自行车。"

"自行车？"

"……有自行车的话出行比较方便，坐在阿诚的后座实在是太可怕了。"

"我明白了，我回头去买一辆。"

叔叔朝有人眨了眨眼，吃了一口饭。看到叔叔的表情，有人知道自己最开始想说的事情，叔叔已经明白了。

两人一起双手合十说了句"谢谢款待"后，叔叔突然抛出了一个新的问题。

"那接下来你想在这里做什么呢？考虑好了吗？"

有人诚实地回答："那个……我现在还没有想好，完全没想好。"

"知道自己还没有想好这一点，对于现在的你来说已经足够了。"

"嗯。"

"对了，我突然想起来。"叔叔像是突然回忆起什么，"你小时候不是说想当医生吗？"

有人低头看着喝完了的味噌汤碗。的确说过。那时的他很想成为一名医生。叔叔说的没错。

只不过，直到那一天为止。

"叔叔，我已经放弃这个梦想了。"

有人笑了笑，低声道："我来洗碗吧。"

## 4

"有人,你在那边过得怎么样?差不多已经适应了吧?"
"叔叔身体还好吗?"
"给我讲讲岛上的事呗。"
"偶尔也给我回个消息嘛。"

有人醒来后,看到放在那里充电的手机上跳出了来自哥哥和人的消息。手机放在老师们制作的习题集上,有人大致扫了一眼,没有回复,而是穿好衣服,看了看和凉学姐的合影,然后下楼去洗脸了。

"叔叔早上好。"

听到有人的声音后,在洗手间仔细地照着镜子的叔叔立刻站直了身子说道:"早上好啊,有人。"

"眼睛进沙子了吗?"

"没事的,习题集进展如何了?"

"还好吧。"

前几天，有人从照羽尻高中校长那里拿到了自己落下的那部分内容的自制教材和习题集。叔叔说，教材的内容基本上是按所需最低限度总结出来的，然后通过做题补充细节，提升应用能力，结构上非常合理，叔叔甚至非常佩服地说："感觉这教材拿去出版上市也不为过了。"

有人一点点地开始学习了。

轮到有人洗脸时，叔叔的声音突然从楼上传了下来："我听说了哦。"带着些许笑意。

"你星期四要接受报社的采访对吧？"有人不自觉地抬起了刚用冷水洗过的脸，水滴顺着下巴啪嗒啪嗒滑落在地板上。叔叔看着他说："擦擦吧。"

"叔叔你怎么知道？"

话一出口，有人立刻就意识到自己问了个非常愚蠢的问题。在这个岛上，根本不存在什么秘密。更何况，作为一位守护岛民健康的诊所医生，叔叔有着无与伦比的人望。聚集在诊所的人大多身体康健，都是为了聊八卦才来的。这些消息自然很快就会传到叔叔耳中。

"你从谁那儿听说的？"

有人换了个问题。叔叔简短地回了一句："是野吕先生的太太。"然后便一边揉着腰一边走向客厅。

是凉学姐的妈妈。

"不要跟我爸他们讲。"

有人朝着客厅喊了一声，然后迅速擦干了脸上和掉落在地板上的水滴。

大概是报社的采访小组预约了凉学姐家经营的野吕旅馆吧。

上周校长才告诉有人,照羽尻高中和全体学生将要接受报社的采访。刚刚完成海胆奶油意面酱制作,定期考试也结束了——还在追赶进度的有人,成绩并不理想,剩下的就只有等待暑假的到来了。而就在这时,大家被告知要接受这次采访当作课外实践。

这是以北海道内的小型学校为对象的特殊企划,报社表示想要采访这所学校。并且希望能够对每个学生进行专访,了解他们为什么选择这所学校、在学校和岛上的生活如何。当然,他们也表示,那些不愿回答的问题完全可以保持沉默,想说什么就说什么,希望大家能够配合采访。

虽然初中时也有类似的采访,但直接让学生来发表意见还是第一次,因此阿诚很是兴奋地说:"采访?太酷了!"桃花则保持着她一贯冷漠的表情。

然而,最先涌现在有人心里的是"可以的话希望不要采访我"。虽然阿诚一副兴致勃勃的兴奋模样,但作为被采访的对象,意味着你并不"普通"。如果大家知道这座小岛上有这么一所特殊的学校,可能会深入挖掘学生们的信息。即便是地方报纸,很多报道现在也都会进行数字化传播。如果这些采访内容也被数字化,那么家人,甚至那些曾经冷眼旁观的同学们,可能都会看到。

但另一方面,有人也觉得这是一个重新审视自己的好机会。大家对他海胆奶油意面酱这个创意的评价,以及一起制作罐头带来的成就感,让有人多少有了些自信。这也让他意识到,正是因为来到这个岛,他才得到了认可,找到了属于自己的位置。

既然如此,曾经让他觉得如同跌入深渊一般的这座岛,或许并没有想象中那么糟糕。毕竟这个地方接受了这样的他。

在东京上私立高中，然后像哥哥和人一样考上医科大学，这固然走上了一条精英路线，但仅仅如此也不足以成为媒体采访的对象。

这说明自己具备采访的价值，有人转念一想。照羽尻高中的五个人，是被选中的五个人。

自己已经有所改变了——应该是的。

在阳光明媚的周末或者放学后，有人会骑着叔叔给他买的自行车，环绕着这座拥有约十二公里海岸线的小岛骑上一圈。和阿诚那辆一样，这辆自行车也有电动助力。但即便如此，骑上通往展望台的坡道时依然十分吃力。有人晃晃悠悠地骑着，为了平缓急促的呼吸，中途还停下来休息了好几次。

好不容易到达了位于尖端的展望台，那里没有任何遮挡物，狂风猎猎。

有人用手机拍了些飞翔的海鸟。岛上有很多游客专门来拍这些海鸟。有人心想，既然如此，说明这些鸟儿也有被拍的价值吧。

曾经的他不想和任何人见面，只是一味躲在房间里。但现在，他偶尔也会去人比较多的港口附近走走，每次去都会有岛上的人向他搭话。

"在岛上适应得怎么样？"

"今天收获了可多海胆呢。"

"你看起来晒黑了点儿啊。"

"替我向医生问个好。"

在一切都彻底改变的那天，有人穿着尺寸不符的制服，但不论在中央线的电车车厢里,还是在从阿佐谷车站走回家的路上,都没有任何人向他搭话。

有人再次感慨这座岛的与众不同。

恐怕在大多数地方,大家都会选择和在东京一样的应对方式。

自己此刻正置身于一个与众不同的地方。

明明都是家里的二儿子,阿诚在学校里却总爱像哥哥一样照顾有人,但他不怎么陪有人一起骑车环岛。

"其实我是有工作的。"阿诚骑上自行车,准备离开时说道。

"工作?你是说兼职?"有人疑惑地问道。

这么小的一座离岛能做什么兼职呢?岛上又没有便利店。但阿诚对有人的惊讶毫不在意,而是挺起胸膛说道:"当然是给我爸帮忙。"

"这样啊。"有人有些失望,"有工资吗?没有的话可不算工作。"

"能不能拿到钱都无所谓啦。"阿诚按着刹车,稍微顿了顿,"当然,现在的确没有工资,所以不算是正式工作,但我是当成正式工作去做的。我将来想当个渔夫,所以现在就想开始干干这些活嘛。没有工资是因为我还不够熟练,不是因为这不算工作。"

说完,他骑着车朝港口方向飞驰而去。

下午到傍晚的这段时间也要出海捕鱼吗?

这时,凉学姐和桃花一起走出了校舍。有人不自觉地摸了摸自己的头发之后,才鼓起勇气向凉学姐搭话。学姐身上还是散发着好闻的香气。

"那个……凉学姐。"

"怎么了,有人?"

"阿诚他,是不是在他爸爸的船上帮忙啊?都快傍晚了也要去捕鱼吗?"

凉学姐顿时咯咯地笑了起来,声音清脆可爱。

"上船?不会吧,叔叔怎么可能让他上船。"

"但是他说他在帮忙。"

"有人,渔夫可不只在船上才干活啊。"凉学姐笑着说,"阿诚从小就很努力呢。"

有人听了,心里忽然有些莫名的触动。在去叔叔诊所帮忙之前的这段时间里,他漫无目的地骑着自行车在岛上四处徘徊。

有人自己也在叔叔的诊所帮忙打扫卫生,收拾收拾没放回原处的书和杂志、擦擦盆栽的叶子什么的。既然寄住在叔叔家,就当用干活抵生活费了。当然了,有人没有领工资,他也不曾有过想要领工资的念头。他甚至从未把这些看作是"工作"。

或许阿诚也跟自己差不多吧。既然是不用上船都能帮的忙,那想必工作内容也不会跟有人相差太多。就像中小学生帮忙刷洗浴缸或擦玻璃窗一样,能有什么差别呢?

——没有工资是因为我还不够熟练。

阿诚的话一遍遍地在他脑海中回响,久久没有消散。或许是因为这些话和"工作"有关吧。

一直到那一天之前,自己也曾有过憧憬的职业。有人不由自主地回想起那些记忆。

考虑工作,就等于考虑长大成人后的自己。

直到那天来临之前,有人也曾考虑过未来。

周四，报社负责采访的三名记者到访了这所高中。他们似乎是前一天刚到岛上的，第二天早晨便出现在了学校。取材小组的成员共有三位，分别是一对三十岁左右的男女，以及一位与校长同龄的男摄影师。

三个人甚至跑进了正在上课的教室。校长也是和他们一起来的。那时正在上世界历史A，教历史的石川老师显然知道会有采访，没有显露出任何惊讶的样子，而是继续用通俗易懂的语言讲解着教科书中《十六世纪的西欧》这一章关于文艺复兴和宗教改革的内容。记者们似乎有意识地避免打扰课堂，动作轻微，甚至连相机都没有发出快门声。然而，显然阿诚已经注意到了他们，像是忍着便意一样坐立不安。反而让有人更加注意到了他的异样。

微弱的快门声是在记者们走到走廊后才传过来的。声音来自教室后方，确保拍摄角度不会拍到学生的脸。

中午，二年级的两名学生也聚在一起后，记者们再次出现在学校，校长仍然陪同左右。看来直到采访结束为止，他们都会一同行动。

"虽然不是正式的采访，但是既然大家都在，我们可以一起聊聊吗？"校长温和地开口了。

来自岛外的有人、桃花和阿阳学长都没有说话，但阿诚和凉学姐却很自然地答应了。

"我们完全没问题！"

"我也可以的。"凉学姐向来自岛外的几个人保证道，"这几位记者都很温柔的。"

记者们都住在凉学姐家，也就是野吕旅馆里。凉学姐这番评价，估计是因为他们在旅馆里已经有过交流。

"抱歉，在吃饭时间打扰大家。我是北辰新闻社社会部的赤羽。"

开口的是那位女记者，她的声音非常平和温柔。在有人听来，她的声音既不显得过于强势，也没有轻柔到听不见的地步，像是温暖的橘色灯光。

"全校学生一起吃饭，真不错呢。大家关系都很好吧。"

有人偷偷看着其他四个人的反应。听到"关系好"这句话时，阿诚和凉学姐脸上都露出了开心的表情，而桃花则把视线投向了凉学姐，阿阳学长则依旧一副若无其事的样子，自顾自吃着炸虾。

"采访会安排在第五、第六节课。占用了上课时间，实在抱歉。我们会尽量加快进度，不好意思了。"

那个时间段正好是体育课。除了照羽尻学和水产实习之外，体育课因为学生人数原因，两个年级的学生是一起上的。而且关于采访会占用第五、第六节课的时间这件事，早上班会时大家已经听说了。

"不要太拘谨，我们也很期待和大家聊天的。首先呢，我们会问大家一些相同的问题，所以我们要先去体育馆。之后可能还需要一些时间，让我们可以进行一对一的采访。采访是依次进行的，地点就在校长室。"

赤羽和校长说的几乎一样。不想回答的问题就不用回答。

"那就等体育课时再见吧。"

记者们和校长一起离开了教室。

"他们午饭会去'Blackbird（黑鸟）'餐厅哦。"在目送三人骑上借来的自行车离开后，凉学姐说道，"他们问我这附近有什么推荐吃午饭的店，我就告诉他们了。还跟他们推荐了每日套餐和海鲜拉面呢。"

有人从未去过 Blackbird 这家店，但他在环岛骑行时常常看到。这家店孤零零地坐落在环岛马路的延长线上，似乎是由一栋平房改建而成，作为餐厅而言稍显狭小。店外面有一个非常简陋的户外立式广告灯牌，灯牌部分像是个薄薄的箱子，里面安装了荧光灯，一打开开关，就会从里面散发出光芒——显得有些像是家偏僻的酒吧。不过到了晚上好像确实会提供酒水，所以印在招牌上的店名上方，还写着"餐馆＆酒吧"。

要是在东京的话，这家店可能很难生存下去，但在这座小岛上却有不少客人，甚至在旅游指南上都有介绍。

可是，尽管海鲜拉面鲜美异常，但店里从未宣传过那道海胆奶油意面。食材本身足够优秀，自然容易使人停滞不前，停留在现状，不愿进步。

东京和札幌是有区别的。

从札幌总部报社来到岛上的三位记者，他们对这个岛的印象如何呢？有人大概知道。尽管如此，他也绝不希望被人看轻。

如果岛外的人轻视这座岛，那自己曾经在岛上获得的满足感和来自岛民的肯定不就烟消云散了吗？因为所有的这一切都是在这座岛上获得的。

午休结束后,有人和阿诚、阿阳学长三个人一起去了体育馆。早就在厕所换好了运动服的凉学姐和桃花已经在此等候,正在用排球练习互相传球。

看到排球,有人不由得想起道下的事。他赶紧挪开了视线。凉学姐开口道:"不愧是桃花,太厉害了!动作做得好漂亮!"

与宣传册上的照片一样,体育馆的地板部分确实有些弯曲变形。一些板材之间的接缝处,或是凸起一道小山脉,或是凹陷成了坑洼,这些都是由冬季的严寒和建筑老化导致的。在第一次上体育课时,阿诚就是这么告诉他的。

没过多久,校长、体育老师和记者们也陆续到达,采访开始了。五名学生坐在体育馆的一角,各自找了个自己喜欢的位置。有人坐在面向舞台的右侧,阿诚坐在他旁边,中间坐着凉学姐,桃花又坐在了凉学姐旁边,阿阳学长则坐在最左边。赤羽的膝盖和脚尖都紧贴地板,屁股坐在脚后跟上。以这样的姿势面对着五名学生。

"现在开始录音,大家同意吗?"

无人反对。

"上午虽然已经说过了,但还是再跟大家说明一下。首先呢,我们会问大家几个一样的问题。第一个就是大家觉得学校生活怎么样呢?开心吗?虽然比起一般的学校而言人数较少,但是不是觉得这样反而更好,又或者还是有什么不便之处呢?"

赤羽把视线转向了阿阳学长。显然,她打算从左边开始提问。阿阳学长回答道:"与初中时三十人的班级相比,确实有很大的不同,但也只是不同,并没有好坏之分。"阿阳学长给了优秀到足以让人生妒的优等生标准答案。

桃花也简单地表示了肯定:"……我觉得人少的环境更适合我。"

反而是岛民出身的凉学姐和阿诚提出了学生人数少的缺点。

"因为人少,一些球类运动或者铜管乐队之类的活动就没法进行,这方面可能有些不方便。"

"我们能做的运动真的很有限。我觉得自己在篮球上挺有天赋的,但在这儿根本没法儿打球。不管多想打也没办法。"

"原来如此。那川岛同学你怎么看呢?"赤羽能够将有人的名字和脸对上。这让有人不禁有些警惕。果然来自东京的自己尤其引人注目吗?

"我……"有人想说出让赤羽拍案叫绝的发言,"初中时就已经不去上学了,后来才来到了这所高中。"

在场所有人的目光都集中在了他身上。

"这里确实和东京或其他普通学校不太一样。换句话说,这里是个很特别的地方。有好的一面,有时候也会让人觉得不方便,但我觉得这些都是在这里才能体验到的、独一无二的、有价值的经历。"

他说完这句话,赤羽露出微笑:"你真的是个很坚强的孩子呢。"阿诚则笑着插话道:"你口才还挺好的嘛。"

有些开心的有人继续补充道:"如果没有来到这里,我现在可能还在东京躲在自己房间里不出来。水产实习这件事对我而言是个很大的转折点,但一般学校根本没有这样的课程。我来到这座岛无疑是个正确的选择。虽然这里的学习资源可能比不上东京，但我想人生中还有比这些更重要的事情。"

这时的有人，话比平时多了不少。

他感觉到一股格外热切的目光，便朝那边看去，校长正面带激动的表情，对有人的话频频点头。看见这一幕，奇怪的是，有人的目光不由自主地落在了自己抱着的膝盖上。不仅是因为有几分害羞，还有其他原因。

赤羽继续问了几个问题。为什么选择照羽尻高中，家人的反应，接下来的高中生活有什么想做的事情，等等。虽然问题比较常见，但赤羽每次都会表示："如果不方便在这里回答的话，之后在个人面谈时回答也可以。"多次借用这个"逃生通道"避而不答的人，就是桃花。她在回答为何选择照尻羽高中这个问题时，沉默了好一会儿。这一沉默不禁让有人觉得，她和自己一样，应该也有一些"特殊原因"。而对于同样的问题，有人没有触及这个"特殊原因"的细节，只是答道："是叔叔推荐我来的。"这算是一个既无害也非谎话的回答。赤羽并没有进一步追问。

有人心想，来自岛外的学生应该都有一些不为人知的隐情吧。正当他这样想时，阿阳学长主动提到自己是经过调查后，选择了照羽尻高中，这让他感到有些惊讶。赤羽随后表示，想在个人面谈时了解更多详细情况，阿阳学长也同意了。凉学姐显得十分高兴地听着他们的对话，这让他心里有些不舒服。

"那么，只剩最后一个问题就可以结束了。之后在个人面谈时我们还会详细聊聊，这里简单回答就好。"

赤羽这么说完，提出了最后一个问题："在你们毕业后，不管是选择升学还是就业,未来的道路肯定会有所不同。但如果你们因升学离开这座岛后,还会不会有一天想要回到岛上生活呢?"

听到这个问题,有人的内心感到非常不安。因为这是他早已放弃去思考的,关于未来的问题。然而,他也意识到,询问学生未来的去向是再正常不过的事,所以他随即又调整好了心态,认定赤羽的问题并没有更深层次的意思。

然而,他还是产生了些微的不安。

还想回到岛上生活吗?成年后也想继续待在这里吗?也就是说,毕业后在这里工作,和喜欢的人结婚,生孩子……是这个意思吗?他开始怀疑,是否真的会有学生考虑到如此细致的地步。有没有喜欢的人这个问题倒是可以先放在一边。

他瞥了一眼凉学姐,凉学姐正看着阿阳学长。而最先被要求回答这个问题的,正是阿阳学长。

这时,阿阳学长第一次陷入了沉默。在回答第一个问题时,他非常流利地给出了称得上"离岛留学生"模范的回答。但现在,那个像是对在东京走投无路、无奈来到这里的有人不屑一顾,骄傲地回答自己是主动选择来到这里读书的人却……

既然和自己一样对此心怀不安,不知如何作答,为什么不直接先回答升学还是就业的问题呢?阿阳学长到底在为什么困扰呢?此时,有人开始对这些"八卦"产生了兴趣,于是他转头看向阿阳学长。但阿阳学长只是低着头,双腿盘坐,眼睛看向地面。有人不由得感到几分疑惑。那副神情不像是困扰,反倒带着一些悲伤。

凉学姐关切地看着阿阳学长,眼神中充满了担忧。

空气中弥漫着一股微妙的气氛。赤羽敏锐地察觉到了这种不同寻常的气氛，迅速结束了这个问题。

"关于这个问题，等我们个别采访时再聊吧。如果不介意这些，愿意回答的话，那就真是太感谢啦。"

就这样，校长和采访组成员，以及作为第一个受访者的阿阳学长一起走出了体育馆。凉学姐默默目送着他们离开，平常那种明亮可爱的样子消失了，微微翘起嘴角的侧脸看起来像是被朋友们抛下的孩子。

剩下的四个人站在体育教师搬出来的乒乓球台旁，忽然打起了乒乓球。不一会儿，阿阳学长和校长一起回来了，凉学姐走了进去，接着是桃花、阿诚，最后轮到了有人。

当轮到有人时，已经到了第六节课的时间了。

他和校长一起走向校长室。校长一边走一边反复说："不用紧张，像在体育馆时那样就好。"并且还说道，"刚才听到你的回答，没想到短短时间内你成长了这么多，真让我感慨万千。"他边说边笑了笑，眼角挤出些微微的皱纹。

赤羽他们坐在校长室角落负责接待客人那一块区域。除了摄影师，其他人都坐在了沙发上，有人和校长一起坐在了对面。赤羽再次询问能否打开录音机，获得许可后便直截了当地开始提问。

"川岛同学是从东京来的对吧？刚才听你说曾经因为某些原因没有再去上学。"有人已经做好了被询问原因的准备，赤羽却微笑着说，"一定很辛苦吧。不过，听了你刚才的回答，我觉得你已经克服了这一切，真的很厉害哦。"

有人的脸一下子变得热乎乎的。就像水产实习那时候一样，那些肯定自己的话语，简直就像是毒药。一旦听到，便忍不住想要更多。

"为什么会把自己关在家里,这个问题我就不问你了。但我想问你,在那段时间里你都在想些什么呢?和家人有交流吗?"

有人没有隐瞒。他知道不隐瞒反而更能证明自己的坚强。

"什么都没想。和家里人也是通过连我沟通。我哥他……偶尔会从门外和我说几句话。"

"你有哥哥呀,大学生吗?"

"……今年春天,他考上了医大。"

"来岛上后有和他保持联系吗?"

"哥哥……他经常通过连我联系我。"

赤羽微微点了点头,接下来的问题主要是关于有人考入照羽尻高中的详细经过,但中间也插入了一些别的难题。

"说实话,你会不会觉得自己落后了一年呢?"

"有没有羡慕过以前的同学?"

面对这些问题,有人巧妙地避开了。

"确实是落后了一年,不过这里的老师们给了我很多帮助,我觉得很快就能追上。"

"我不羡慕他们。我在这里有着他们无法体验的经历。"

有人不知不觉间已经挺直了胸膛,坐得很端正。

"……刚才在体育馆没有来得及问。从这里毕业之后,你打算做什么呢?会想要回岛上生活吗?"

有人微微低下了头。虽然还是有点儿犹豫,但他意识到,这个问题并不是为了让高中生意识到结婚这件事,而是单纯地询问"就业升学",也就是"未来的梦想"这个问题。一群出于某些特殊原因来到这座离岛高中的学生谈论着未来的梦想,这无疑很适合写成一篇报道。

明白这一点的有人认真地回答道:"从更广泛的角度来说的话,这个问题是想问我未来的梦想是什么吧?在我看来,梦想是小孩子才有的东西。像是想成为职业棒球选手,或是成为油管博主之类的。我来到这里才三个月多一点儿,但在这里我经历了在东京无法体验到的事情,感觉自己有了一些变化,变得更成熟了。所以现在,我并没有什么明确的梦想。关于未来,也没有什么具体的决定,但我相信,在这里我能慢慢发现自己适合的道路,并自然地走到那条路上。"

一丝感叹的吐息从赤羽唇间泻出。

"谢谢你愿意这么坦率地回答我的问题,真是帮了大忙。这篇报道肯定会很精彩的。"

赤羽正准备关掉录音机时,忽然又问了一句:"暑假的时候终于能久违地和家人见面了吧?特别是和你哥哥。"

这个问题指向了有人完全没有料到的方向。也让他意识到,自己根本没有想过暑假时要回家。

赤羽看着沉默以对的有人,轻轻笑了笑,然后把录音机收进了包里。

"桃花和阿阳学长当然都回北海道本岛了,就连老师们也都回去了。"阿诚一边解开绳钩,一边停下来喝了口瓶装茶,"我没想到你竟然留下来了，说真的。"

"我不是说过了吗，我家里都是开业医生，连盂兰盆节都没时间，而且有的人还就要盂兰盆节的时候做手术呢……回去也没什么事可做。"

"确实，你看我家，事情多得很。"

说着，阿诚一边抱怨着天气热，一边撸起了 T 恤的袖子，准备去厕所。臂膀上结实的肌肉和已经晒黑的肩膀格外显眼。

"有人，我从阿诚那里听说了。"似乎是等着阿诚进厕所的时机，阿诚的父亲开口了，"你小子，采访时说了不少场面话吧。"

"完全没有，只是把自己想的说了出来而已。"

话音刚落，绳钩的尖刺就扎进了指尖，有人的话语一顿。

"没事吧？喏，纸巾。"

"谢谢。采访的那些问题，我都只是正常回答而已。"

"是吗？"渔夫灵巧的手指迅速解开了纠缠的网绳。

"要是对着你父母也能说出这些话，他们肯定能安心不少。"

把解开的网叠起来收进箱子里的阿诚的父亲，嘴角露出了笑容。

"……你再怎么担心，其实也什么都改变不了。天气和过去都是无法改变的。"

以前从阿诚那里听到过的那句话，从这位渔夫的口中再次说出。

"遇到暴风雨就不能出海，因为小命要紧；但如果风平浪静了就得出海，否则就没饭吃。"厕所里传来了冲水的声音。

"就算采访时能说些漂亮话应付，可是要是对父母依旧无言以对的话……或许说明,有人你内心的那片海依然风浪未休吧。"

阿诚甩着湿答答的手走了回来。阿诚的父亲沉默着没有再说话。有人也回到了手头的工作中。

阿诚的父亲精准地戳中了要害,却没有追问关于过去那一天的事情。这既让他感到意外,也有些如释重负。

虽然是暑假,但有人并没有回家。他在暑假开始的前一天晚餐时,告诉了叔叔自己不打算回去。叔叔看了他一眼,沉默了一会儿后,点点头道:"既然你决定了,就跟家里好好说一声,我没有意见。"回想起来,叔叔也并没有追问原因。

"不过,既然留下来了,你打算在岛上做什么呢?"

从未考虑过这一点的有人陷入了沉默之中。叔叔放下了还剩下一点儿饭的碗。

"我知道你开始努力学习追赶进度了。不过,既然留在岛上,试着做点儿别的事也不错。"

"兼职……之类的吗?"

"说实话,这岛上几乎没有什么适合高中生的兼职……不过,嗯,或许可以考虑一下。"

叔叔建议他去找阿诚聊聊。

"渔夫的工作可不单单是出海。"

叔叔说的话,跟凉学姐当时说的差不多。

于是,随着这番对话,在一个寻常的午后,有人开始跟阿诚一起帮阿诚的父亲干活。工作的主要内容就是整理用来捕捉鳕鱼的绳钩。

听到这份工作没有报酬时,有人尽管内心略有不满,但还是勉强忍了下来。阿诚的妈妈每天都会送来冷饮，而且回家时总会给他一些鱼。阿诚的妈妈总是一副心情愉快的模样，像在自己家里一样，总是哼着歌。

有人知道，斋藤家用于工作的小屋就在通往港口的急坡前。

这是他第一次帮忙的日子，刚走进小屋时，有人愣了一下。屋子里有两间房间，各六叠大小①。屋内杂乱不堪，除了陈旧的电视和收音机，还有座桌、毛巾、纸巾、冷藏箱，全都四处乱放着。地上还堆着一些木箱，箱子不高，似乎是叫"鱼箱"吧？里面放着玻璃和塑料两种材质的浮标，以及附有加重块、被卷成一捆一捆的绳索。绳索有粗有细，粗绳上还绑着几根细绳，像是老大带着跟班似的。细绳的末端固定着带有反钩的金属针。那些和食指差不多长的金属针，互相勾连在一起，乱成一团。

阿诚说这些乱成一团的绳钩，得一个个理顺，复原到明年渔获季节时能用的状态才行。

"这种活儿我们叫作陆上工作。因为在陆地上才能干啊。"

"阿诚你之前说的工作就是这个？"

"当然不只这些，还有捕章鱼的渔网之类的。你看，这就是整理好的。"

有人看了一眼装着理顺了的绳钩的箱子，顿时瞪大了眼睛。原本一团乱麻似的绳索和浮标、针、配重物，在这个箱子里，连针都全部挨着长边排列整齐，随时可以放到船上使用，井然有序。光是针就比想象中要多得多，起码有上百根。解开的绳索和渔网

---

① 约十平方米。

上方，压着浮标和配重物。中间排列着的玻璃浮标，在窗外的阳光下，宛如晶莹的绿水晶球。

想到要把这些东西整理成现在这个样子，不知道要花多少时间，光是想想就让人觉得头晕眼花。而实际的工作，比想象中更需要耐性。阿诚的父亲教他干活的步骤，他就一五一十照着做，但绳钩实在太长太大，追溯纠缠的根源时，常常迷失方向。绑在绳上的金属钩还会不时刺入他的手中，一不小心就会割破皮肤。用纸巾压住流血的伤口时，有人终于明白了，为什么阿诚手上总是伤痕累累。

当他对阿诚说没有工资就不算工作时，阿诚回答的那句话再次出现在他脑海当中。

——没有工资是因为我还不够熟练。

显然，不管是阿诚的父亲还是阿诚，处理事情的效率都比他要高得多。之前知道自己没有工资时的埋怨，不知不觉间已经烟消云散。阿诚的父亲本来就不需要有人帮忙。虽然没有工资，但至少这里给了他一块容身之处。

小屋没装空调，虽然岛上隶属于北海道，但夏天的阳光依然炽烈。为了散去淤积的热气，他们把屋内的门窗全部打开后才开始了工作。紧接着，风会从面朝大海的窗户进来。从海上游荡于此的风儿，总是带着阵阵凉爽和潮水的气味。

阿诚每天都会央求他父亲："都放假了，也让我去海上帮帮忙嘛！"他还打算拉上有人一起。

"有人也想去船上看看吧？对吧？"

"不行，我肯定会晕船的。"

"吃晕船药呗,我告诉你哪种最有效。"

阿诚死缠烂打,但阿诚的父亲很是严厉。

"我可不会让不能在船上干活的小孩儿上船的!"

"我又不是小孩!"

"你以为拉着有人一起,我就会让你们上船吗?太天真了。所以我说你还嫩得很呢!好了,快开始工作吧。"

"……我还不是希望有人也能觉得我爸很酷嘛。"

阿诚的父亲哼了一声,冷笑着说:"我才不管别人觉得我酷不酷,我就是个渔夫而已。"

看着闷闷不乐的阿诚,有人反而心里松了口气,为自己不用上渔船而安下心来。

如果是渔船的话,肯定比北海道本岛与离岛之间的渡轮或快船要摇晃多了。

他可不想在别人面前呕吐,就像那天在体育馆里一样。

但他并不是因为害怕晕船而不愿回去。

有人努力地让自己过着规律的生活。每天上午,他会努力学习以赶上落下的课程,打扫诊所的候诊室这项工作他也没有懈怠。晚上也在自习。偶尔,他会拿出手机看看凉学姐的笑脸,有空的话也会骑着自行车去野吕旅馆附近走走,或是到放长假后显得格外冷清寂寥的学校和教职工宿舍附近逛逛。有时甚至会跑到港口的对面,走到那片看起来仿佛从远古时代起时间就此停滞了的岛屿尽头。他的目光游移在悬崖边的岩壁、日光照射下的海面,以及飞翔在这片光辉之上的海鸟上,心中却思索着最根本的问题——自己究竟是为什么选择留在这座岛上的。

——这些都是在这里才能体验到的、独一无二的、有价值的经历。

——我来到这座岛无疑是个正确的选择。

他在采访中的确是这么说的。他也并没有撒谎。他在这座岛上得到了认可,那段经历也是真实发生的。

可是,他没法回到东京。

如果回到东京成为一个普通的高二学生,再加上有一个在医大上学的哥哥,即便是同样的一句话,也一定会冻结在口中,无法说出口。

自己为什么会有这样的感觉?他似乎能理解,又好像无法完全解释清楚。但对这一切,他已经不愿再想了。

叔叔和阿诚的父亲从来都没有抓着他的脖子逼问:"快说你为什么不回去!"显然是已经看穿了他回避的理由。

和人曾好几次在连我上联系他,刚开始只是一个劲儿地问他暑假怎么不回家,到后来更多的是告诉他家里的近况、关心他和叔叔的身体。但完全没有提到关于大学生活的话题。

"所以偶尔也回一下我消息吧!"

在被和人催促了无数次后,有人只好回复说为了赶上身边同学的进度,整个暑假的时间都会用在学习上。而且自己也一直有去叔叔的诊所帮忙。回复时,有人还顺便附上了一张在展望台恰巧拍到的海鸟照片。然后有人忽然想到,不知道和人交没交女朋友呢?

如果自己将来能和凉学姐交往的话……

这个自私唐突的幻想,不禁让有人有些脸红。但或许也不是完全没有可能吧？他一直没有忘记自己被海鸟撞到的那一天，凉学姐看到露出额头的他时，曾对他说过"很帅哦"这句话。自那以后，他每次都会剪短发。

暑假接近尾声，桃花和阿阳学长也回到了宿舍。这种消息，无论想不想知道，都会有岛上的居民主动来说。

有人终于把一张绳钩复原到了可以再次使用的状态。尽管这是阿诚和他父亲一天就能完成的事。他的手上依旧满是扎伤，总是到处都隐隐作痛，工作效率也因此降低，陷入了恶性循环之中。

"最开始我也是这样的。"

"阿诚你手上也有伤，不觉得疼吗？"

"习惯了。而且像这样总是被钩住的话，说明还不行嘛。"

阿诚还说，像他父亲的话，可以毫发无伤地弄好一张网。可阿诚父亲只是咧嘴一笑，什么都没说。

那天，凉学姐来到了小屋。手里还拿着一个便利店的塑料袋。

有人想起了第一次见到凉学姐的时候。那是在渡轮上，当时她的手里也是提着一个便利店的塑料袋。

"还好吗？我来慰问你们啦，这是伴手礼哦。"

正值暑假，是旅馆生意最忙的时候，但为了奖励她一直给店里帮忙，于是父母答应让她去旭川的亲戚家玩了一趟。

"然后呢，这是我在北海道本岛买的东西。"

从袋子里取出来的是淡绿色、黄色和红色的三色马卡龙。并不是什么名牌产品,只是便利店甜品区随处可见的西点罢了。

"哇,小凉,太谢谢你啦!"阿诚高兴得一把抢了过来,"一听说你去了旭川,我就在期待了。"

"叔叔也来吃吧。刚好有三个。"凉学姐眼睛圆溜溜的,目光从阿诚的父亲转向了有人,"有人你也吃呀。啊,你不喜欢马卡龙吗?"

大概是因为有人露出了一脸困惑的表情吧。有人连忙慌张地摇头道:"喜欢的。"

只是有些吃惊罢了。明明便利店里随处可见的东西,却被如此郑重其事地作为伴手礼送人。岛上没有便利店,这些东西自然会显得稀罕。但这种差异不仅是这座岛与东京的差异,也是他与以前的同班同学之间的差异。有人的心中再次涌现出一股复杂的思绪。

尽管如此,凉学姐一脸天真地将便利店里的甜品当作伴手礼的模样,依然让有人觉得格外可爱。最重要的是,凉学姐是为了他买的。即便在岛外,凉学姐也有想到他。有人咬了一口红色的马卡龙。

"对了,桃花和阿阳都回来了,暑假结束前大家要不要一起去放烟花呀?"

刚咬下去的马卡龙卡在了喉咙里,有人顿时咳嗽了起来。

"没事吧?"

"……没,没事。"

这个过于洋溢着青春气息的提议让他大吃一惊。和同班同学一起放烟花这种事情,有人从未经历过。

"喔喔，当然要！还是在那儿吗？"

"嗯，还是在我家后面的海边。"

两人迅速敲定了时间，就定在了明晚七点。

"有人，你大概提前五分钟到我家来吧。我带你去。"

虽然自认为岛上大致都转了个遍，但似乎还是被认定不知道放烟花的地方在哪儿。有人还没来得及询问原因，凉学姐就已经给出了答案。

"那里没有可以下到海岸的路哦。"

原来如此，是骑车去不了的地方。有人明白了，于是欣然接受了这一切。

有人来到诊所，正想跟叔叔说烟花的事，却发现他不在。桐生护士说："医生他现在正在洗手间。"

大约过了五分钟，叔叔出现了。他的表情有些凝重，但当与有人对上视线时，又恢复了平常的笑容。

"那真是太好了。"叔叔听到要放烟花的事情，笑容更深了，"你这小子，学习比我想象的还要认真啊。应该差不多赶上进度了吧？尽情玩吧。"

"嗯。"

"话说回来，你看中午的报纸了吗？"

中午的报纸，在这座岛上是指晨报。有人摇摇头表示没看过，叔叔挑了挑眉，像是开玩笑似的说道："关于你们的报道，明天好像就要出来了哦。"

"今天开始刊载特辑部分了，结尾预告说明天是照羽尻高中专题采访。"

放烟花那天，有人在诊所午休时看了当天的报纸。正如叔叔所说，暑假前的采访被整理成了文章登载出来。文章上还署着赤羽的名字。

而文章中提到的"来自东京的离岛留学生 A 君（高一）"的采访内容，没有任何多余的修饰或演绎，原原本本地记录下了有人说的话。想必其他学生的部分也是如此。

通过这篇文章，有人第一次了解到了这所高中的历史。

随着人口减少，学生数量也急剧下降，北海道立照羽尻高中曾因此面临着存亡危机。岛上孩子原本就少，加上大部分人考虑到未来，都选择了北海道本岛的高中，连续多年没有新生入学。最终，在昭和年代末期[①]，学校濒临废校之际，部分岛民站了出来。

如果高中消失，越来越多的孩子会离开这座岛。如果岛上只剩下老人，这座岛也就走向了衰亡。如果没有新生入学，那就由自己来填补空缺吧。于是，这些岛民选择了就读高中。有初中毕业后当了渔夫的人，也有已经退休的渔夫，还有一些中老年主妇，他们纷纷成为高一新生，从而延续了学校的生命。

之前听说阿诚的父亲也是照羽尻高中的前辈。可能他也是为了学校存续而入学的大人之一吧。

在这一过程中，教育委员会也开始提供支持。表示如果岛内孩子数量有限，那么也可以为那些无法适应城市学校的孩子提供宿舍，从全国范围内招收学生。这个构想最终成为现实，有人也是由此入学的。

---

① 昭和年代末期为一九八零年。

为了遏制限界集落化现象①，选择保留高中，并积极吸纳离岛留学生，这一事实中夹带着某种期望。

　　如果从外地来到岛上的学生喜欢上了这里，或许长大后会选择留在岛上生活。他们可能会在岛上成家，孕育出新的一代。

　　赤羽曾问过这样一个问题："离开这座岛后，还会不会有一天想要回到岛上生活呢？"知道了这些背景后，有人才明白了这个问题真正的含义。学生们，特别是外来学生群体，并不仅仅被视为普通的学生，更被看作"或许将来能够维持，甚至增加岛上人口的存在"。想到这里，有人忽然觉得自己倒有点儿而像那些濒危海鸟了。就在这时，他又想起了当时面对这个问题时一度语塞的阿阳学长。

　　文章中以"高二的 D 君"身份登场的阿阳学长，选择报考照羽尻高中的理由是"想听听角嘴海雀（北极海鹦）的叫声"。

　　这一理由着实让有人大跌眼镜，随后又觉得有些离谱。尽管通过在海鸟观测站的言行和凉学姐等人的描述，已经知道他的确非常喜欢鸟，但竟然就为了这个理由跑到照羽尻岛来。这无疑超出了有人的常识范围。

　　此外，他在大家面前说得支支吾吾的未来规划是："想继续深造，研究海鸟。"竟然因为这种小事而吞吞吐吐，这多少让人觉得有些不可思议，于是有人迅速翻过了这部分内容，继续看起文章中其他学生诉说的未来展望。尽管大家的名字都改成了代号，但因为总共也才三个人，所以分辨起来并不难。

---

① 限界集落化现象是指某地区出现了六十五岁以上的老年人的比例超过了 50% 的现象。

——我不想离开这座岛。我想在这座岛上，成为像我父亲一样的渔夫。

——我喜欢孩子，所以想要做幼儿园老师之类的工作，但还没完全下定决心。

——可能会结婚然后继承旅馆吧。不过如果结不了婚怎么办？

桃花喜欢孩子这点不免令人感到意外。而凉学姐之所以提到"结婚"这个词，大概也与照羽尻高中的存续这一背景有关，或许是意识到了岛上的高龄化和限界集落化等问题吧。有人用手机拍下了整篇文章，并不是特意为了发给和人看，而是自己想着至少要留下一份自己被采访的记录。

有人打开图片确认文字是否清晰，然后再次仔细阅读了自己回答的那部分。

回答得不错。校长也夸奖了自己。但心里却始终觉得哪里有些不对劲。

——要是对着你父母也能这样说的话，他们肯定能安心不少。

为什么在东京就说不出这些话呢？虽然曾一度放弃思考这个问题，但他决定再试一试。归根结底，自己为什么会在采访时说出如此肯定的意见呢？第一次看到这座岛时，令他感觉恍如坠入地狱深渊的港口之风景，至今仍然如初。难道是因为经历了水产实习后自己获得了成长，因而视角有所改变了吗？既然如此的话，那在东京也应该能挺起胸膛说出来啊。

还是说，"自己没有说谎"这一点本身就是错的呢？

"别想这些了"，藏在有人心底的那个小人提出了忠告，"找到答案也不会有什么好结果。所以，算了吧，别想了。曾经在东京尝到的自我厌恶的苦涩味道还不够吗？"

什么都别做了！也别再追究了！

有人听从了这个警告。

好好享受烟花吧，毕竟好不容易和凉学姐一起。怀揣着这样的心情，在差五分钟七点，西边的天空还留有些许微光时，有人就打开了野吕旅馆的玄关门。玄关相当宽敞，鞋柜上贴着大概十张彩纸，似乎是一些在电视节目企划中到访照羽尻岛的艺人和主播们的签名。

玄关旁边有一个玻璃拉门，里面就是前台，凉学姐的脸从里面探了出来。

"等一下，我马上出来。"

凉学姐穿着一件牛仔短袖连衣裙，外面披着一件薄薄的开衫，手里还提着一个大大的塑料袋和手电筒。塑料袋里面是烟花套装和打火机。趁着她系运动鞋鞋带的空当，有人接过了这些东西。凉学姐笑着说："谢谢啦。不过手电筒还是由我这个向导来拿吧。有人你跟着我走就行。"

在一条宽度勉强可供一辆小货车通过，且未铺设柏油的私人道路的对面，有着一栋两层楼高的木造建筑物。那座建筑的外墙呈现出深度焙煎过的咖啡豆的颜色，正是照羽尻高中的宿舍。阿阳学长和桃花刚好从宿舍门口走出来，几个人便顺利会合了。右手下方传来海浪的声音，四人沿着这条路往前走了一会儿。不久，西边的天空也暗了下来。

"我们就从这里下到海岸那边去吧，小心脚下呀。"凉学姐带头走向了斜坡。这个斜坡比想象中的还要陡,坡面上长着许多矮小的杂草,处处都是散落的小石头。有人打开了手机的手电筒,小心翼翼地往前走着。

来到海岸时,阿诚已经准备好了装满水的水桶、各种小零食和饮料,等在那里。

"快点儿开始吧!桃花,过来这边。"

阿诚把零食和饮料分给了大家,而凉学姐则给大家发着烟花。阿诚嘴里塞满了巧克力棒似的零食,关掉了手电筒,点燃了冲天炮。

烟花闪耀着带着些许蓝色的银光,划破了黑暗,飞向天际。

凉学姐也点燃了仙女棒,迸射出来的火花在黑暗中格外闪耀。

有人仰望着天空。数之不尽的星星在夜空中闪耀着。刚才走下的斜坡遮住了本就稀少的人家的灯火,海岸几乎是一片漆黑。即使是北海道本岛的灯光,也显得微不足道。这是在东京从未有过的黑暗。任何微小的光芒在这里都显得耀眼夺目。

仙女棒的火光照亮了凉学姐的笑容。

有人的心脏怦怦跳动,手心逐渐渗出了汗。

未曾对赤羽说过的、来到这个岛上让他感觉分外庆幸的事,的确是有一件的。有人深深吸了一口气。在烟火与火药的气味中,混杂着一丝甜美而华丽的香气,就像春天的花朵。这种香气,当时在水产加工处拍照时他也曾闻到过。

凉学姐是怎么看我的呢?如果将来真的交往了,约会果然还是得去岛外吧……

一直玩到零食和烟花都见底了,五个人这才罢休,开始沿着海岸散步。阿诚始终紧挨着桃花,而有人却一直看着夜空、烟花,还有凉学姐的脸。

当最后一支仙女棒的火星坠落时,五个人都叹了口气,连阿诚也不例外。

为了让有门禁的住宿生先行返回,凉学姐带着桃花和阿阳学长沿着斜坡上去了。有人一边和阿诚收拾着烟花的残烬,一边不时朝着逐渐远去的手电灯光望去。

"唉……暑假就要结束了啊。"

"……但这样就可以每天都见到桃花了,阿诚你不应该开心吗?"

有人故意暗示自己早已看穿了阿诚的心思,但阿诚却毫不慌乱,反而眯起眼睛笑着说道:"喔,对哦。那暑假结束也不错嘛。"

"你果然就是喜欢她,对吧?"

"桃花真的很厉害啊。我就是喜欢这种又酷又漂亮的类型。"

"你不打算告白吗?"

有人明明自己都还没鼓起勇气向凉学姐表白,现在却把这些抛在一边,反而问起了阿诚。阿诚轻松地拎起了两袋中较重的一袋垃圾和装满脏水的桶。有人则接过了装满了零食包装等垃圾的袋子。

"真正想说的事,不需要用语言表达!态度和行动就能说明一切。这才是属于大海的男人该做的。"

尽管如此,桃花的态度始终未见变化,这样你也无所谓吗?有人正犹豫着要不要说出这句有些刻薄的话,突然——

"要说喜欢的话,凉学姐好像喜欢阿阳学长吧。"

"什么?"有人手中的垃圾袋差点儿掉了下来,"阿阳学长?为什么?"

那样一个毫无特别之处的海鸟爱好者？确实，凉学姐刚刚一直贴心留意着阿阳学长还有没有烟花，但她同样也给有人递了烟花啊。而且她还夸过有人露出额头的样子很好看。在水产加工处那里拍照时，他们也是并肩站在一起的。

"我怎么知道为什么。总之，去年秋天的时候她向阿阳学长表白过，结果立刻就被拒绝了。可就算这样她还是喜欢阿阳学长。大概她就是喜欢那种适合穿白大褂的类型吧。呃，不过也不一定？"

阿诚一边说着，一边用手指堵住一侧的鼻孔，从另一侧鼻孔里用力擤出了什么东西。

"阿凉她啊，初中的时候还喜欢我哥呢。不过我哥和阿阳学长的长相可完全不像啊。这么一说我哥也拒绝了她。说什么从小一起长大，现在完全没办法用男女朋友的眼光去看她。"

"哎……"有人不禁脱口而出，"太过分了吧……"

"阿凉她其实还挺容易动心的。不过，她现在还喜欢着阿阳学长，这次倒是很专一。"

那一刻，有人对凉学姐悄然滋生的那点情愫，彻底粉碎了。然而，即使被拒绝过一次，她依然喜欢着阿阳学长。这让人无法理解。那张侧脸或许还算不错，但除此之外还有什么特别的吗？他竟然是为了听角嘴海雀的叫声才考入照羽尻高中的，这种说法换种方式讲就是个怪人。那天他看着角嘴海雀归巢时，还狼狈地晕倒了。即便在罐头制作实习时，他也没有特别出色的表现。

"有人，你怎么了？肚子疼？你……"

"不是的，没什么。"有人打断了阿诚的话，然后在经过野吕旅馆时将垃圾袋交给阿诚，骑上自行车飞快地回了家。

叔叔已经入睡了。有人悄悄地溜进自己的房间，几次重重地捶打着自己的枕头。

隔着薄薄的墙壁，隐约能听见叔叔翻身的声音。有人最后狠狠地一拳砸向枕头，然后将脸埋了进去。

让他最受打击的，是凉学姐依然喜欢着阿阳学长。

在他还没有来到岛上的时候，凉学姐喜欢上别人无可厚非。然而，即便在遇到他之后，她仍然喜欢着一个早已拒绝她的人，这让有人一阵心痛。明明她总是那么温柔地对自己微笑，甚至还带了马卡龙作为伴手礼，可这些只在她眼里，却从未放在心上。

有人看着手机里和凉学姐一起拍的照片。说起来，放烟花那晚他们竟然没有拍一张照片。因为他早已忘了拍照，满心满眼只想着凉学姐。

他伸手想去点删除键，删除那张照片，却又停下了。

手指始终无法按下去。

暑假刚结束时，就迎来了考试。尽管依然沉浸在烟花之夜的打击中，但有人在假期里一点一点努力学习的成果还是有所体现。在英语和数学考试中，他略微超越了阿诚。

"不会吧，真的假的？你太厉害了吧！"

"我觉得主要是老师们做的教材很好。"

"可就算是这样……"

阿诚抱着头，满脸难以置信，而一向冷静的桃花在他对面忍不住笑了出来。

尽管如此，有人依然倍感沮丧。他对凉学姐的好感，从初见时就隐约存在，经过水产实习后，这份感情便愈发强烈。他甚至还暗自幻想，如果到时候要约会的话，一定要去北海道本岛。然而，当他得知自己完全是一厢情愿，而学姐早有了喜欢的人，摆在眼前的这些事实让他备受打击。

考试成绩公布那天，有人在回家的路上，碰巧和顺路要去诊所的阿阳学长同行。学长像六月时两人第一次一起回家时一样，没有主动开口说话，这让有人感到莫名的恼火。"胜者的从容"这样的词语在他脑海中不断闪烁。

"……听说凉学姐向你表白了，但你拒绝了，是吗？"

最终，在莫名怒火的驱使下，他还是忍不住开口说了这句话。话一出口，他便觉察到自己的失败，心生悔意，但已覆水难收。

阿阳学长的声音，平淡得像死人身上的心电图一样："你也对这种事感兴趣吗？"

"也不是感兴趣……"

"是谁告诉你的？斋藤？"

不知是不是错觉，那黑框眼镜后的眼神似乎变得锐利起来，有人心生怯意，低头望着地面。这让阿阳学长似乎心中了然。

"这样啊。的确，你知道这些事也是正常的。"

就在有人开始帮忙收拾诊所的第二天，诊所里就挤满了蜂拥而至的岛民。这座岛上的信息基本是完全公开的，高中生的情感八卦就更不用说了。阿阳学长应该对此心知肚明才对。

明知会如此，他还是拒绝了凉学姐吗？凉学姐肯定哭了吧。这样一想，有人也忍不住想大哭一场。得不到回应的感情是如此的凄凉。

阿阳学长忽然加快了脚步。

"在这么小的岛上，真是可怜。"

这只是有人的自言自语，完全没有想要让学长听见的意思。也正因如此，他才敢说出口。可就在这个时候，海上吹来的风儿却偏偏恶作剧似的，将他的低语送到了阿阳学长耳朵里。

阿阳学长突然停下了脚步。

糟了，有人冷汗直冒。他回想起在海鸟观测站的经历，阿阳学长是那种会冷静地发怒的类型。凉学姐很可怜——这话虽然不假，但阿阳学长要是冷冷地丢来一句"与你无关"，有人甚至都没有立场去反驳。

有人想着要不要先道个歉，但当他偷偷瞄了一眼阿阳学长的脸色时，顿时吓了一跳。

阿阳学长面沉如水，简直可以用"阴郁"作为标题装进画框里。

"……的确。"

他的声音比表情还要阴沉低落。阿阳学长丢下有人，一个人朝诊所走去了。

说起来，那天赤羽的随口一问，不仅让他感到苦恼，还让他看起来很是悲伤。那个问题，大概是隐晦地询问大家将来是否会留在岛上，成家立业之类的意思吧。

阿阳学长的反应，大概不仅仅是因为回想起和凉学姐的事情而尴尬。应该还有比尴尬更深层的原因。

阿阳学长来到岛上的理由，或许并不仅仅是因为鸟类吧。有人的脑海中闪过这个想法，但很快他又踢开脚边的小石头，觉得这些事情都已经无所谓了。他无法相信学长所谓的那些理由，会比自己过去的经历或此刻正承受的痛苦还要难以忍受。

尽管暑假已经结束了，有人依然会时不时和阿诚一起帮忙解开纠缠的渔网。他觉得忙点儿什么事情，心情会好一些。然而，他比暑假快结束时更频繁地被渔网钩到手指。忙活了快一个小时后，他骑车返回诊所，整理杂志、擦拭盆栽的叶子。

但他的心情并没有丝毫的好转，甚至都无法稍稍转移自己的注意力。无论他在做什么，凉学姐明媚的笑容、肩膀相触时的柔软、那淡淡的甜香都会在记忆之海中浮现，而阿诚那句刺耳的"小凉还是喜欢阿阳学长"不断掀起巨浪，冲击着他的心。

凉学姐的照片，果然还是舍不得删掉。他知道自己有些太过优柔寡断了，但他就是做不到。好不容易成绩跟上了大家，现在却又无法专心其中。有时和叔叔吃饭时也是一言不发。

即将步入九月的某天早上，和人偶然在网上看到了报道，于是立刻发消息联系有人。

"居然接受了采访，太厉害了吧！"

有人选择了已读不回。

九月一日的早晨。起床后，有人下楼来到了客厅，发现叔叔正在烤刚好够有人一个人吃的吐司。

"早上好啊，我有话要跟你说。"

叔叔的语气十分郑重，有人久违地认真打量了叔叔一番。随即察觉到他脸色不太好。自从放烟花的那晚以来，有人一直被自己心中郁结的失望困住，而没想到的是不知不觉间叔叔好像消瘦了一些。正当他这么想的时候，叔叔开口了。

"事情可能有些突然，我必须离开岛上了。"

这句话对有人而言如同晴天霹雳。连之前因恋爱幻想破灭而产生的打击也瞬间烟消云散。叔叔露出一抹悲伤的笑容，说了句"对不起"。

"为、为什么？"

叔叔并未说明理由，只是沉默地将手放在有人的肩膀上，意味深长地说道："这不是谁的错，也不是你的错。有时候就是会有这样的事情。"

"这样的事情……？"

"啊，你倒是长了点肌肉啊。"

即便是休假期间也会随身携带手机、随时准备处理急诊的叔叔，竟然要离开这座岛？年初叔叔来他家时，就已经是许久未见了。如今，居然要离开这座岛？有人无法相信这一切。

然而就在一周后，叔叔真的要离开照羽尻岛了。他自作主张地为有人办理了入住宿舍的手续，甚至没等接任的医生到任，就匆匆登上了离岛的船。

为了送别叔叔，港口几乎挤满了岛上的居民。

有人呆呆地看着站在甲板上挥手的叔叔，而站在有人旁边的阿诚的父亲开口道："港口聚集这么多人，我还是头一次见到。"

依依不舍的啜泣声，在人群中此起彼伏。

# 5

"改建的时候，我可是加了很多保温材料进去的，所以没看上去那么冷。"

照羽尻高中宿舍的管理员是后藤夫妇，而后藤阿姨正向有人介绍着宿舍的情况。

"这里原本是建筑公司的办公楼。"

据说在那家公司倒闭后，这栋建筑便被搁置了许久，后来被教育委员会改造成了学生宿舍。由于叔叔离开了岛上，独自住在为在职医生准备的住宅也不太合适，有人别无选择，只能入住宿舍。

宿舍比想象中更加现代化。供学生使用的七间房全部是单人间，并且可以使用 Wi-Fi。男生和女生的居住区域完全分隔开来，一楼是女生和后藤夫妇居住的区域，二楼则是男生的房间。浴室和厕所也是男女分开的，厕所还配备了温水冲洗坐便器。从玄关到一楼的食堂和谈话室是男女共同使用的区域，室内还规定必须穿拖鞋。

宿舍提供一日三餐。后藤夫妇在担任宿舍管理员前曾经营民宿，所以做饭也由他们负责。只有星期天需要住宿生自己做饭，不过宿舍内也有供大家自由使用的厨房和冰箱，据说还允许在自己的房间里放一台小型冰箱。

宿舍的费用是每月四万日元。从十一月到次年四月，每月另需八千日元的取暖费。不过据后藤夫妇说，有人的叔叔在办理手续时已经一次性支付了今年一年的费用。

"话说回来，川岛医生怎么突然离开了？医生他没有特殊理由，一般是不会离开岛上的呀。"

"有人，你有听说什么吗？"

即使后藤夫妇开口询问，有人也只能摇头表示一无所知。

有人被安排住在二楼，是走廊一侧靠海的三间房里最中间那间。靠里的房间住着阿阳学长，其他房间不用说都是空着的。

通过双层玻璃窗，可以看到大海和北海道本岛，宿舍前面还能勉强看见之前放烟花的地方。野吕旅馆就在隔壁，但因为方向不同所以看不到。

从叔叔家搬来的东西中除了日常用品外，还有一台电视、一套被褥和叔叔书房里的电脑。仅仅这些东西，加上原本就配备的暖炉和书桌，就让这间六叠大小的房间顿时显得有些局促了。

似乎是考虑到有人接下来会用，叔叔已经把电脑恢复到了初始状态。叔叔为什么会突然离开这座岛呢？可惜叔叔并没有留下日记之类的线索。

岛上的居民一见到有人，就纷纷询问叔叔离开小岛的原因，但最想知道答案的，恰恰是有人自己。

不过答案很快就揭晓了。就在叔叔离开岛上的第二天，哥哥和人发来了消息：

"雅彦叔叔在这边住院检查了。"

"你有没有发现什么异常？"

叔叔身体不适到需要住院检查，这对有人来说完全是个晴天霹雳。无论怎么从回忆中挖掘细节，叔叔看上去也都过着再正常不过的生活。只不过，最近记忆中关于叔叔的片段其实并不多，这也是事实。他开始正常上学，水产实习也让他绞尽脑汁；到了暑假，大量的时间都被学习、帮阿诚家干活和骑车环岛占据了。随后，他又突如其来地陷入情感的打击之中，就像走在路上被突然从阴影中冲出来的失控卡车撞了一样，有人的世界发生了天翻地覆的变化，自然和叔叔的对话就随之减少了。

可如果细细回想，叔叔的食欲似乎真的有所下降。比如吃饭的速度变慢了，有时还会剩饭；早餐时，他只烤了有人的份，没有给自己准备；从诊所厕所出来时，他曾脸色凝重。有人甚至还听到过他在睡梦中痛苦地呻吟。或许，他站在洗手间镜子前，是在确认眼睛是否出现黄疸。

有人想起了这一切。但即便是健康的人，平常也难免会有这些"小小的异样"。

可实际上，叔叔的身体状况真的出现了问题。

暂时来说，每周有两天，北海道本岛会派遣临时医生来岛上，进行半天左右的诊疗。然而，岛上的氛围并未因此平静下来。

没有医生坐镇的离岛。有人亲身感受到了这让岛民们有多么不安。

所有人都在期盼着叔叔的回归。有人在宿舍食堂墙上挂着的、与叔叔家里一样的日历上数了数，从住院检查消息传来的那一天算起，检查应该会持续一周左右。如果接下来需要治疗，恐怕得做好一个月见不到叔叔的准备。有人盘算着，等叔叔回来了，他就从宿舍搬出去继续和叔叔住在一起，这次一定要按照柏木说的，多帮忙做家务。

现在与有人一起围坐在餐桌前的，是桃花和阿阳学长。有时候后藤夫妇也会一起用餐。饭菜种类丰富又美味，口味上也很贴合高中生的喜好。比如叔叔家的餐桌上从未有过的汉堡肉、姜汁烤猪肉、炸鸡等，这些都会和鱼类相关的菜肴交替出现在餐桌上。

后藤夫妇性格直爽、健谈，还经常照顾他们。但换句话说，他们也有些爱管闲事。

比如，有人刚住进宿舍不久时的一次晚餐，阿姨就抛出了这样的话题："阿阳啊，拒绝小凉也太可惜了呀。她那么好的女孩，很适合做老婆的哦。"

后藤夫妇知道凉学姐和阿阳学长之间的事尚且可以理解，但在饭桌上抛出这样敏感的话题，却让有人感到十分尴尬。换作有些人，可能会愤然离席，或者觉得难堪至极。然而，阿阳学长却一句话也没说，只是放下筷子低下了头。

但桃花却毅然开口了："凉学姐已经完全不在意了，阿姨你别再说这种话了。"她的语气令人惊讶。平日里少言寡语的桃花展现出了让人陌生的一面，这一幕让有人印象深刻。

就这样，住进宿舍后，有人和阿阳学长、桃花的距离稍微拉近了一些。

此外，有人还发现了阿阳学长的一个秘密。他每次饭后都要服药。除了普通的药片，每天早饭后还要服用一种透明的药水。而阿阳学长似乎非常讨厌这种药。他总是拖拖拉拉地吃饭，挨到最后一个吃完,像是不想被人看到喝药。有一次,有人回餐桌取忘拿的手机时,正巧看见阿阳学长将当天要喝的药水倒进了水槽里。发现被有人看到之后,他只能仰起头叹了口气,双手合十请求道:"别告诉后藤叔叔和阿姨。

"这药太难喝了,喝完我反而更不舒服了。"

"但既然开了药,还是喝比较好吧。"有人笃定叔叔不会随便开奇怪的药,于是说道,"就是因为你总是不喝药,才会在海鸟归巢时倒下吧?叔叔好不容易给你开的药,你怎么像个小孩子一样。"

或许是被戳中了要害,阿阳学长陷入了沉默。有人想起了凉学姐,看到这个白费了叔叔一番心血的人吃瘪,他也感到了一丝满足,同时又厌恶起了生出这种满足感的自己。他很清楚自己只是因为最近生活上的剧变积攒了太多压力,才想发泄一通、借机撒气。

入学第一天跟阿诚起了冲突时,是对方率先道歉的,事情才得以顺利解决。但阿阳学长似乎就没有那么好相处了。更何况,这次的对象还是住在同一屋檐下的人。整整一天,有人都在等阿阳学长主动搭话,可对方毫无动静。等他洗完澡回到房间时,也只能一个劲儿地叹气。这时,他收到了连我上的信息。

"你们学校二年级里,是不是有个成绩特别好的学生?"

是和人发来的消息。他不明白对方为什么会突然问这个,但还是回了句:"二年级只有两个人啊,怎么突然问这个?"

"模拟考试的成绩优异者里有一个说是照羽尻高中的。我在做家教时辅导的学生也参加了这次考试。"

和人还附上了一张图片,是暑假期间某大型补习机构主办的模

143

拟考试的成绩截图。一名理科综合偏差值①69.7的优等生，所属学校确实标注为"照羽尻高中"。

　　有人吃了一惊。像这种离岛上的高中居然能出现在全国模拟考试的优秀名单中，怎么想都觉得不可思议。而且这一定是阿阳学长。暑假期间凉学姐除了去旭川玩了一趟，基本都在岛上。而阿阳学长则回老家去了。

　　这次不是为了找搭话的机会，而是纯粹地为了确认真伪。有人拿着手机来到了阿阳学长的房间。阿阳学长开门时，手里正拿着平板电脑，右耳上还戴着一只耳机。

　　"学长，你看这个。"

　　他把图片递给阿阳学长看，后者则疑惑地歪了歪头问："这个怎么了？"平板电脑上正播放着某个课程。原来阿阳学长用宿舍的 Wi-Fi 在这座离岛上参加了某大型补习机构的网络课程。

　　"你之前不是说过，在这种环境里根本不可能成为医生吗？"

　　听到这话，有人立刻想起了开学第一天跟阿诚起冲突时的情景。阿阳学长平静地说道："学习手段是有的，但能不能达到医大或是医学院的入学水平，这就不好说了。网络课程很大程度上都是靠自己。"

　　他的语气既没有为自己的成绩而自豪的感觉，也没有因为曾被有人讽刺而显得耿耿于怀，始终保持着一如既往的淡然。

　　有人回到房间后，搜索了阿阳学长参加的补习机构的网站，发现确实有专门针对医学部考试的课程。不知道这些课程能不能通

---

① 偏差值是日本人对于学生智能、学力的一项计算公式值。通常以 50 为平均值，在 50 以上就属于成绩较好。

过网络参与。这个问题明明只需要滑动几下屏幕就能解决。但有人什么都没做。就算真的有网络课程，那又如何呢？在这座岛上上课吗？要在这里追逐曾经的梦想？这些想法让有人觉得毫无希望又格外空虚。

阿阳学长为什么要跑到这座离岛来认真备考，有人也搞不明白。据采访得知，他来照羽尻岛是因为"想听角嘴海雀的叫声"。至于未来的打算，他表示"想考大学，从事海鸟研究"。可等成为研究者之后，海鸟的叫声还不是想怎么听就怎么听吗？既然如此，优先考虑升学才是正常的选择。哪怕报补习班，待在札幌也才是更好的选择。

阿阳学长主动选择照羽尻高中，这份积极的背后总是若隐若现地透出一股违和感。毫无疑问，他的身上一定有什么隐情。

桃花也同样对过去讳莫如深。采访时也总是模棱两可，含糊其词。这栋宿舍就像是为有着各种隐情的岛外学生提供的避难所。

但即便如此，有人并不打算因此而产生什么"同病相怜"的感情。他总觉得自己过去的经历才是最悲惨的。而且只要叔叔一回来，他就会离开宿舍。为了刚刚康复的叔叔，这次他一定会帮忙料理家务。

然而，这样的决心很快被一则消息击得粉碎。

刚进入十月还没几天，叔叔离开岛上还不到一个月。晚饭前，有人的手机响了。并不是连我上的消息，而是哥哥打来的电话。这让他感到一阵不安。

他滑动接听键，在短暂的空白后，听到了哥哥的声音。久违地听到哥哥的声音，但那声音却充满了紧张和急促。

"有人,你冷静听我说。你立刻赶回来,叔叔快不行了。"

在渡轮上,有人觉得这一切就像一场意外。

听到叔叔病危的消息后,有人的内心犹如地动山摇。于是立刻向后藤夫妇说明了情况,没有吃晚饭就开始准备回去。但因为错过了当天的末班渡轮,只能乘坐第二天早上的第一班船回去。后藤夫妇让他吃点儿东西,但他拒绝了。内心的激荡让他感到一阵恶心。

然后,在第二天即将到来的时候,哥哥再次打来电话。

这一次,他带来了叔叔的死讯。

第二天早上,有人吃了几口后藤夫妇准备的粥,就被他们送到了港口,乘上了当天的第一班渡轮。叔叔去世的消息似乎还没有传开,港口的大人们见到有人,纷纷问他:"有人,今天不上学吗?你要去哪儿?"有人没有回答,送他来的后藤叔叔低声解释了一句。

明明吃的晕船药还是来岛上时叔叔给的那个,可有人却没有半点儿困意。几个要前往北海道本岛的岛民似乎听到了后藤叔叔说的话,来到他身旁,安慰他道:"没想到会变成这样。""加油,别太伤心了。"还有一些人一边安慰着有人,一边流着眼泪。

面对这些安慰的话语,有人连一句完整的话都说不出来。只觉得脑子一片混乱,眼前的一切晃动不定,整个人难受无比。

沿着来岛的路逆行而上,有人在傍晚抵达了羽田机场。迎接他的是哥哥和人。久别重逢的哥哥对他说了句"欢迎回来",然后轻轻拍了拍他的肩膀。

"得去买件守灵穿的西装了。"

起初,哥哥还是一副若无其事的语气,但很快他的声音就哽咽了。听到这里,有人的眼眶也一下子湿润了。

有人一直觉得,自己与叔叔的关系比哥哥与叔叔要更亲近些。毕竟他从小就立志要成为叔叔这样的人,而和人却一直没有明确的人生方向,只是为了继承父亲的事业才考进了医学院。

和人这样哽咽的声音,有人还是第一次听到。所以他只能低下头,努力挤出一个"嗯"字作为回应。

在一家连锁西装店买下成品的黑色西服和皮鞋后,有人参加了叔叔的守夜仪式和葬礼。葬礼仅限家属参加,这是叔叔本人强烈要求的。然而,即便如此,仍有许多希望参加的朋友、熟人前来吊唁。照羽尻岛上也有很多人询问能否参加。

有人没有去问究竟是什么疾病如此迅速地夺走了叔叔的生命。只是从大人们的谈话中,隐约可以得知那是一种预后①非常不佳的癌症,而且叔叔可能是在身体状况恶化的情况下,勉力坚持到了最后,继续为岛上的人们尽心尽力。

在白色花朵环绕的灵柩中,叔叔的脸庞和离开岛那天相比,似乎并没有消瘦多少。一般长时间患病的人往往会瘦得皮包骨,样貌大变,而叔叔却还没来得及等到那种程度。只不过,他那宛如

---

① 预后是医学用语,主要是指临床医生根据临床数据来推测患者的治疗有效率以及生存时间。

焦糖色的肌肤显示出毫无生气的质感，让有人不由得屏住了呼吸。

如果用笼统的语言来表达此刻的情感，那或许只能是一个平凡的词语——难以置信。但这份难以置信之中，蕴含了许多复杂的构成要素：混乱、悲伤、无处发泄的愤怒，以及深深的无力感。

为什么叔叔身上会发生这样的事情？和自己一起吃饭、帮自己做便当，叮嘱自己擦拭诊所的绿植叶片，即使是周末也坚持阅读医学文献，为了岛民的健康制作宣传海报，毫无保留地奉献着一切的叔叔，竟然再也无法苏醒、无法说话、无法行动了。这让他无论如何都无法接受。

"就算一出现自觉症状就开始接受痛苦的治疗，最多也就能多活一年。雅彦他自己也明白这一点，所以才选择了无论如何也要作为一名医生给他人提供治疗，直至最后。这就是他选择的路。"

在守夜的致辞中，担任丧主的父亲这样说道。但在守夜后用餐时，他又忍不住说道："如果不是在离岛那种环境，他或许还能再坚持一段时间。"

如果是在城市里担任医生，就能通过定期体检早期发现病症，也就不会如此之快地走向生命的终点了。

有人能够理解父亲的意思。

周末举行的守夜和告别仪式结束后，叔叔的骨灰被带回了有人家。父亲在和室里设立了一座小小的祭坛，准备四十九日法事。在祭坛上摆放着叔叔的骨灰、遗像，以及点心、水果和佛花。

包括幸子伯母在内，几位亲戚也陆续来到了家中。叔叔的突然离世给家族带来了巨大的冲击，但随着这一连串仪式的进行，亲戚们的谈话中逐渐开始夹杂着一些闲言碎语。

"有人之前是和雅彦一起住在照羽尻岛对吧？"

在亲戚聚集的客厅，有人明明为了不引人注意已经缩在角落，却还是最先被爱聊八卦的幸子伯母盯上了。

"那是个很小的离岛吧？你们是一起住的吧，那是个什么样的地方？"

和叔叔一起生活的有人，已经被反复询问过关于叔叔患病的征兆、生活的情况了。可得到所有回答的幸子伯母的兴趣又转移到了有人身上，尤其是他从东京的学校辍学后，在离岛上度过的高中生活。

"那么小的岛上居然有高中？听说是雅彦帮你联系入学的吧。有多少个学生？二十人左右？"

"我这么说可能不太好，但好像好久都没见到你了。"

"今年过年也是吧，一直待在房间里没出来。"

有人曾闭门不出的这一事实，现在却又成为一个理所当然般的话题，有人恨不得立刻逃回自己的房间。

"雅彦都已经这样了，你还不打算回东京吗？"幸子伯母的问题越问越多，语速也越来越快，"要说学习的话，在那种离岛上肯定不方便吧？要想上大学的话，还是回来比较……"

"伯母，有人的学长可是非常优秀的哦，我当家教时辅导的那些学生都比不上呢。"

和人及时帮有人解了围。幸子伯母脸上却露出了讶异的表情。

"这样吗？在那种偏僻小岛的学校里？"

"好像是通过补习机构的线上课程学习的，对吧有人？"

有人点了点头。他从没想过这时候阿阳学长会成为从天而降的救世主。然而，关于离岛高中生的学习能力，显然在场的亲戚们，包括幸子伯母在内，都充满了怀疑。

"那孩子的具体情况我不知道，但一般来说还是比较吃亏的吧？"

"学校有没有什么特别的课程？比如针对升学的补习之类的？"

特别课程就是学习当地乡土知识的"照羽尻学"和"水产实习"。

这句话有人实在无法说出口。特别是通过水产实习制作出来的海胆奶油意面酱，这件原本给予有人极大自信与光芒的事，但却好像一旦在这些亲戚面前说出来，那份自信的光芒很可能会立刻被消磨殆尽。

"那所学校有没有什么特色？比如推荐入学什么的？"

——这些都是在这里才能体验到的、独一无二的、有价值的经历。

——我来到这座岛无疑是个正确的选择。

——虽然这里的学习资源可能比不上东京，但我想人生中还有比这些更重要的事情。

有人想起了接受赤羽等人采访时说过的那些话，然而这些话却被阿诚父亲的一句话无情地戳穿了。

——就算采访时能说些漂亮话应付，可是要是对父母依旧无言以对的话……或许说明，有人你内心的那片海依然风浪未休吧。

有人没有回答，低着头走向了厕所。

从厕所出来之后他并没有回到客厅，而是径直回到了二楼自己的房间里。

去岛上之后，母亲似乎也曾替他打扫过房间。有人坐在收拾得比他曾经待在房间闭门不出时要干净整洁得多的床边，穿着西装的上半身往后一躺。

和正月时一样。他不愿被问东问西，只好逃离这些亲戚，龟缩在自己的安全地带。

为什么暑假没能回家？明明可以像在赤羽他们面前一样，挺直胸膛将那些话对父母再说一遍，为什么却做不到？每当有人试图思考这些问题时，总是本能地感到内心深处有一道阻拦的屏障。他下定决心静静思考为什么会这样。方才被问话时，他还是什么都说不出来。

赤羽他们去吃午饭时，自己究竟是怎么想的呢？

不想被轻视。

对，就是这样的念头。所以，他必须肯定那个认可过他的岛屿和学校，否则，连带着自己存在的价值都会一同烟消云散。

正因如此，他才会刻意说这些漂亮话，而这一切不过是为了他自己罢了。如果不把岛屿说成一个特殊的存在，那么只能存在于那里、只能在那儿被认同的自己，会显得愈发可悲。一旦回到东京，自己眼中真正辉煌耀眼的东西就会现身，比如在医学院学习的哥哥的身影。所以，他才回不了家。

那些话语，只是为了自我欺骗而诞生的。

自己推导出的这一答案让有人感到无比难堪，以至于全身如同脱力一般。存在这样的思维屏障是有原因的——他不愿直面这样的事实，可在内心深处，他又早已察觉到这一切。

深渊之底，仍是深渊。

当他承认了这一点后，有种恍然梦醒的感觉。

在岛上生活了半年左右，结果什么都没有改变。那点儿因为做了海胆奶油意面酱被夸奖而感到的小小喜悦、为弥补落下的课程努力学习、解开一团乱麻的绳钩而让手上伤痕累累的暑假、五人一起玩烟花的那个夜晚，甚至对凉学姐的憧憬，现在回想起来竟然都显得那么可笑。

如果真的什么都改变不了，那是不是就没必要再勉强自己去岛上了？就待在这里，将时间冻结、停止不动，就不会有失败，也不会再受伤。反正自己的未来早在那一天就已经结束了。

如果就这么留在东京，阿诚会怎么想呢？凉学姐、桃花、阿阳学长，还有岛上的大家，会不会像楼下的亲戚们一样，趁着他不在随意编派起他的流言蜚语？还是说……

有人看向了手机。他没有用连我和阿诚他们联系。因为在平常相处的时间太多了，他一直没觉得有必要用社交媒体联系。不过，他还是将手机号码告诉了他们。四个人也分别发来了短信。

"昨天老爸整理绳钩的时候，手被针扎了。今日也是。老妈一直在哭。但最难受的肯定还是你吧。"

"有人，尽情哭吧。哭出来会轻松很多的。不用勉强自己打起精神。最近温差很大，小心别感冒了。"

"虽然没怎么和医生说过话，但我会为医生祈愿冥福的。"

"由衷地表示哀悼。我一直很感谢医生的照顾，无法前去悼念，感到非常遗憾。"

如果就这样停滞不前，或许就再也不会和他们相见了。他翻看着在水产加工处拍下的照片，一张张点开，然后逐一取消了收藏标记。接着，他找到了一张裁剪成只剩下自己和凉学姐的合影。不禁对自己竟然做出这样的事而感到羞耻。那些曾经在寒冷的深渊中感受到的一丝温暖，仿佛能让自己有所改变的感觉，或许也不过是幻觉罢了。

在手机屏幕上的一排应用图标中，他发现了一个熟悉的应用。是那个一直未能通关，后来便再也没打开过的密室逃脱游戏。有人久违地点了进去。

玩了一会儿之后，依然毫无进展，未曾有片刻的灵感降临。他想着，自己果然没有变，明明一点儿都不好笑，但他还是忍不住发出了干瘪的笑声。

有人将手机放到枕边，闭上了眼睛。

就在这时，楼下的固定电话响了。

是不是谁得知了叔叔讣告后打来的电话？今天早上的报纸上，父亲已经按照亡者的遗愿，刊登了只邀请亲属参加葬礼的讣告。

脚步声从楼下传来，接着有人的房门被敲响了。

"有人，有电话找你。"

是哥哥的声音。为什么是打给自己的电话？他根本就没有会往家里打电话的朋友吧。然而，真正的惊讶还在后面。

"那个，是道下同学。"

"吓了一跳吧？"

道下说的话当中,"ra"行①的发音虽然有些不太清楚,但还是可以听懂的。

"……的确吓了一跳。"

在同一个教室短暂相处的时间里,有人与道下除了寒暄之外几乎没有任何交流。有人用桌上那杯超大杯黑摩卡碎片星冰乐的吸管,戳弄着奶油的顶端。

"为什么会联系我呢?"

道下点的是一杯焦糖星冰乐中杯。

"语言康复的老师认识川岛同学你的叔叔,而且早上的报纸上也有报道,所以我想你应该回来了吧。"

"语言康复"这四个字像刺猬锋利的尖刺一样,狠狠撞进了有人的心里,让他不敢正视道下的脸。那原本漂亮地卷成旋涡状的奶油顶一点点塌陷下来。

"……既然知道我回来了,那你也应该知道我现在在哪儿了。"

"川岛同学的父母现在依旧还会时不时给我家送东西,为当时的事情表示歉意。我一直跟他们说,是我自己疏忽了,请不用在意。"

父母一直在替自己道歉这件事,有人一无所知。

"他们还附上了信。信上写着,川岛你去了照羽尻岛的高中。应该是今年夏天中元节时提到的。"

有人戳弄吸管的手停了下来,而道下则轻抿了一口焦糖星冰乐。

---

① 日语基础发音称为五十音图,"ra" 行为其中一行。

两人正坐在荻洼①的咖啡厅里。

电话中道下问能不能见一面,有人惊讶得头发都差点儿全掉下来了。更何况,有人并不想见道下。可他心中始终对道下怀着亏欠。因为自那天以后,他们再没见过,而他也从未亲自向道下道歉。

约在荻洼车站见面后,有人换上便装出门了。

道下先到了,并很快认出了有人。有人并未立刻认出挥手的少女就是道下。穿着连衣裙外搭牛仔夹克的她,比记忆中的模样更加美丽。嘴角的轮廓清晰了些,脸上还化了淡妆。说起来,事情发生的那天,道下还戴着牙套。她将长发扎成了半马尾,发丝飘动,举手投足间都吸引着周围行人的目光。

初中时,曾有一个叫上原的女孩很受男生欢迎,而现在的道下,容貌远胜于她。

正因如此,她在发音上那一点小小的瑕疵,就变成了近乎致命伤般的缺陷。若是没有这个问题,她会更加完美。

尽管如此,道下说话时却丝毫没有犹豫。

"听说高中部要新开设医学部入学课程了。虽然之前隐约听说过,但好像这次是真的要开设了。是从下学年开始的,川岛你知道这件事吗?"

怎么可能知道呢。有人默默地摇了摇头。

"川岛,你不是想当医生吗?虽然我们一起待的时间不长,但我记得这件事。那天好像也是,男生们都在讨论这个话题。"

道下的记忆力真是了不起。正如她所说,在去体育馆之前,有

---

① 荻洼是日本东京都杉井区中部的一个地名,是东京近郊的别墅地。

人确实和班里的男生有过类似的对话。

现在想起来,那些同学当时内心肯定是在不停地冷笑吧。

有人用吸管将已经塌掉的奶油搅得稀烂。

"你是那种一开始就会全部搅拌均匀的类型吗?"道下举起了自己的杯子,"星冰乐真的很好喝呢。"

在照羽尻岛根本喝不到这样的东西,凉学姐和阿诚可能都没喝过吧。

"川岛你点的黑摩卡碎片星冰乐,我是不能喝的。因为原材料里面含有小麦。"道下小啜一口后接着说道,"焦糖星冰乐是乳制品和大豆,这些我都没问题。我很喜欢焦糖的味道。"

听到这里,有人低下头,把双手垂在膝盖上。他必须道歉。如果现在不趁着这个机会说出口,就会错失良机。

有人的指甲陷入了紧握着的手心之中。

"……对不起。"

"你说什么?川岛同学?"

"都是因为……我那天做了多余的事……"

喉咙一阵哽咽,话只说到了一半。有人不断干咳,试图缓解紧缩的喉咙,但他却怎么也做不到。眼角也变得滚烫。

"都怪我……明明什么也不懂……就擅自跑过去……"

他的下巴几乎抵到胸口,头低得更深了:"给……给道下同学你造成了无法弥补的……"

像是故意要让有人听见一样,一声重重的叹息落在了桌面上。

"别这么说行吗?"道下的声音虽轻,却带着一丝怒气。

"当时第一个冲上来的是你,我一直很感激。关于那件事,我完全没有生气。我已经通过父母说过很多遍了，你都没听到吗？最大的责任就在我自己。因为我已经到了该学会自我管理的年纪了。"

有人抬不起头。在道下长篇大论的时候，他不自觉地数起了她说话时出现不自然发音的次数。

"喂，你在听吗？"道下纤细的手指敲了敲桌子，"我想见川岛你，是因为我想亲口为那天的事对你说声谢谢。"

世界上的一切似乎都在一瞬间停止了运转。道下重复了一遍。

"听到了吗？我想感谢你，为那天发生的事。所以，我才会特地打电话说要和你见面。"

"……感谢？"

"是的哦。那些女生都觉得很恶心，一个个都站得离我远远的。只有川岛你向我跑了过来。那个时候，只有川岛你一个人来到了我身边。你知道我当时有多高兴吗？你不知道吧。正因为不知道，所以才在这里道歉。但我当时真的非常高兴。"

"可是……我不懂怎么用肾上腺素笔，还被老师和我爸骂了……"

"因为我刚转学过来没多久，没来得及告诉大家肾上腺素笔的用法，这也是没办法的事情。如果大家都知道我的体质，情况可能就不一样了。老师骂你了吗？是谁？班主任老师吗？什么时候？"

"班主任老师……等救护车的时候。吼了我几句。"

"真是没想到。后来他还到医院来看我了呢，他完全没有责备你的意思。可能是救护车来的时候太着急了吧。在那种情况下，大家都会不自觉地提高音量的。"

听她这么一说，或许真是如此。然而，那天的事，有人还是尽量不愿去回想。他仍然低着头,而道下的手指用力地敲了敲桌子。

"不过,我是有点儿生气了。"

有人的肩膀猛地一震。插在他面前星冰乐里的吸管也跟着动了一下。

"当然不是因为那天的事。是因为刚才的事情我才生气的。"

他低着头,小心翼翼地抬起视线瞟向道下。道下的眼神十分锐利,像是要将逐渐缩成一团的有人钉在原地。

"川岛你随随便便就决定了我的人生,这点让我很生气。"

"……我没做过那种事……"

他试图辩解,但道下完全不给他机会。

"你有啊。你刚才不是说了吗?你说了'无法弥补'对吧?虽然被我忍不住打断了,但你刚才的确是想说,很抱歉导致了无法弥补的后果,对吧?从语境来看是这个意思吧?"

确实如此。有人只好点头。道下再次叹了口气,然后咬住焦糖星冰乐的吸管,小口啜饮。

"川岛你从那天起就没来学校了吧?确切地说,第二天来了之后很快就早退了,此后就再也没出现了。我还听说你一直把自己关在房间里。川岛你父母第一次来道歉时,跟我提起过这件事。"

道下的声音不大,但也没有刻意压低。"把自己关在房间里"这句话深深刺痛了他,随之而来的,是周围人投来的如尖刺般的眼神。他如坐针毡。然而,道下却丝毫没有顾虑他的感受。

"我可是回到了学校的。说实话,还真的挺难的。一开始,大家都是一副'快看哪,那个在体育馆里那么恶心地倒下的人回来了'的表情。大家当然都不想再看到那种场景,对吧?我明白的。

我自己也不想让人看到那样的我。而且那个时候，我的发音比现在要别扭多了。所以大家就更觉得我'恶心'了。但我没有请假，没有早退，也没有保持沉默，更没有躲在家里闭门不出。呵呵，真是想想就觉得好笑呢。"

有人抬起头看向道下。道下微微抬起有着漂亮曲线的下巴，脸上浮现出一种带着挑衅意味的微笑。

"我一直在想，如果川岛你还在为那天的事情耿耿于怀的话，这些感谢的话我一定要跟你讲。但到这里之后，我更想说的是另一件事。我可以说吗？"

道下微笑着，但瞳孔深处却燃烧着愤怒的火焰。

"不要把我跟你混为一谈。也别硬把我拖去当你'无可挽回'的同伴。或许你把自己关在家里，是因为你觉得那一天改变了自己的人生。你说一切都无可挽回了。也就是说，你认为原本一切顺利的话，自己本该有着光明的未来，但因为那一天，一切都永远地失去了。你是这么觉得的对吧？你是不是觉得我的语言障碍也会一辈子拖累我？不好意思，真是不巧，你错了！我可没有那么软弱，就这么一点儿事，还不足以让我的人生偏离轨道。"

道下嘟起柔软的脸颊，一口气喝完了手中的焦糖星冰乐，然后"咚"的一声把空杯子放在桌上。

"我可是活得好好的，还有好多想做的事情呢。'自己的人生已经完蛋了'这种想法从来没有在我的脑海中出现过一丝一毫。但川岛你却擅自下了定论，认为你和我的未来都毁了。你知道这有多蛮横吗？就像我已经死了一样。请别擅自将我宣判死刑可以吗？"

店里的客人都在朝这边看。道下也在看着有人。从四面八方投来的视线仿佛聚光的放大镜一样，众人目光所及之处，将有人灼烧得遍体鳞伤。那炙热的视线甚至深入体内，将隐藏在他脑海深处的内核暴露无遗。

未来根本就不存在。

他一直以来的这个想法，的确跟死了没什么区别。

"如果要妄下定论的话，带上你自己就够了。我可没空把自己关在家里不出门。"

有人被压得喘不过气来，但还是提了一个问题。

"……你有考虑过未来的事吗？"

"我从小就想当一名同声传译员。小时候在纽约的时候我读过米原万里①的随笔，从那以后，这个梦想就没变过。现在也是一样。"

同声传译？那可是全靠语言表达的工作。那她"ra"行的发音怎么办？但道下没有停下，而是继续说了下去。

"这并不是谁告诉我，让我去做的，而是我自己想做的。所以我才不会退缩。虽然'ra'行的发音对我而言如同逆风而行一样，但我相信自己的动力会更胜一筹。"

原来道下是这么坚强的一个人吗？从她转学过来，一直到事情发生的那一天，自己都没有和她有过深入接触。明明连她是个什么样的人都不知道，有人却擅自认定她和自己一样，也被夺走了未来。

"我来猜猜看吧。我打电话的时候，后面好像还有好几个人，那些应该是你的亲戚吧？毕竟葬礼刚结束嘛。然后电话被放在那

---

① 米原万里，生于东京，是著名的作家、文化学者和俄语翻译。

里好一会儿你才来接,这说明川岛你不在那群人之间,而是在自己的房间里,对吗?"

有人点了点头,而道下则面无表情地说道:"果然呢。

"又想把自己关在房间里不出来吗?应该是这样吧。现在的你感觉还是什么都没变呢。"

道下的话如同锐利的长矛,每一句都精准地刺入了有人的软肋。

"不过,这样也挺适合你的。反正你大概也当不了医生了。"

道下拿起自己的托盘,站起身来。

"其实,我本来只是想跟你说声谢谢的。毕竟我是真心很感谢你。但没想到我竟然会这么生气,不好意思啦。不过,拭目以待吧。十年后,我一定会成为一名同声传译员。而到了那个时候,念叨着什么无可挽回、郁闷气馁的你,大概还待在自己房间里吧。"

道下说了句"再见",然后露着一排整齐洁白的牙齿,转身离去。道下的背影英姿飒爽,令人哑然。她穿着牛仔夹克的背影笔直挺拔,目光始终向前,一次都没有回头。道下的身影越走越远,很快就消失不见了。

有人深刻地感到,自己被抛下了。

原以为和自己一起失去了未来的那个人,现在彼此间的距离已经拉远到连对方的影子都看不见了。

然而。有人拿起那杯道下说她不能喝的黑摩卡碎片星冰乐,仰头猛然一饮而尽——明明已经真心实意地低头道歉了,却还是被狠狠数落了一番。自己的话里的确有惹人不快之处,但也不至于被这样狠狠地数落一顿吧?尤其是最后一句,真是太过分了。

161

对有人来说，道下是唯一和自己共同背负着"那一天"的巨大痛苦的存在。即便如此，比起那些嘲笑他的失态并大肆挖苦的同学，道下却投来了更加严厉的话语。

——不要把我跟你混为一谈。

不想被道下耻笑。

连接着那一天与绝望的细线，似乎"啪"的一下断掉了。

和道下见面的两天后，不等头七那天的法事，有人便启程前往照羽尻岛。

和人陪他一直到了机场。

"我一个人可以的。"

"这不是之前都没能好好跟你聊一聊嘛。"

哥哥想和自己聊聊吗？但坐上电车后，他却没怎么开口。每当他准备说点儿什么时，又总是因为列车的行驶声或车内广播而打住，渐渐地就只是默默看着窗外发呆了。

哥哥的头发比以前更长了。

大学生活很是忙碌，再加上叔叔的事情，他似乎一直没空去理发。有人想到三月份离开家时，自己的头发比他还长，于是轻轻摸了摸在吉田理发店修剪得整整齐齐的运动风短发。有人抱紧背在胸前的背包，在哥哥旁边闭上了眼睛。

有一瞬间他在想，哥哥在医学院里有没有交女朋友呢？

到达了羽田机场，时间还比较充裕。

"要不要买点礼物？"和人指了指旁边一排商铺。有人突然想起暑假快结束时，凉学姐曾买了便利店的马卡龙作为礼物。所以他想着是不是也看看马卡龙什么的，于是走向了一家卖西点的店，就在这时——

"那个，还记得吗？叔叔带我们去二世古町滑雪回来的那次，在飞机上那件事。"

有人自然而然停下脚步，回头一看，和人笑了。

"自从看到那时候的叔叔以后，你就说想当医生了。"

为什么这个时候突然提起这件事呢？当年天真地四处宣扬自己想当医生的往事，他已不想再回顾了。有人感到自己的脸僵住了。

"……那是很久以前的事了。"

"是因为想变得像叔叔那样对吧？"

和人没有理会有人说了什么，而是自顾自说着一些有人从未听过的话。

"我明白的，因为我也一样。"

机场特有的提示音响起来了。

"我啊，在叔叔去世的两天前去探望过他。当时，我跟他说，我那时候也像有人你一样，觉得他特别帅气。那时候叔叔说话都已经很困难了，但还是对我说了一番话。他问我：'和人你想当医生，是因为觉得我当时很帅吗？如果换成除我之外的其他人做了同样的事情，你也会觉得他很帅气吗？'"

听着哥哥说的这些，耳边好像响起了叔叔的声音。

"叔叔之外的人……"

有人从未想过这个问题。而和人则是烦躁地拨开额前的刘海。

"我当时回答,就算不是叔叔,我大概也会觉得那样很帅吧。"

有人双手抓紧了背包的肩带:"然后呢?"

"叔叔一脸欣慰地说:'这样就好。如果你是这么想的话,那证明让你觉得帅的并不是我这个人。'"

"那是谁?"

"谁都不是。它源于一种行为、思维方式,一种人生理念。"

——是人生理念的问题。

有人想起,父亲曾经对叔叔的"多管闲事"提出过批评,而叔叔当时回答了这么一句话。

"所以说,想变成像叔叔那样的人,并不意味着非得成为医生。不过我是打算当医生的啦。"

机场的提示音再次响起。和人继续说道:"只不过啊,当时如果叔叔没有回应机组的询问,没有挺身而出采取行动的话,我们又怎么会明白这些呢。所以啊,有人,我想说的是……"

和人隔着背包拍了拍有人的背,有人身体不由得向前一倾。他狠狠瞪了和人一眼,而和人却毫不在意,还竖起了大拇指。

"无论是在东京还是在岛上,要动起来,要行动起来。明明可以做些什么,却依旧停滞不前,这真的毫无意义。那些停滞不前的时间,也是无法挽回的东西之一。"

"当然,我指的是不违反公序良俗的行动。"他补充道。

最后,他笑着说了一句:"你这家伙,好像长了点肌肉啊。"说完,和人便转身离开了。明明劝自己去买礼物,却都不陪自己看看。

就像道下一样,和人没有回头,就这样消失在了纷沓的人群中。

"……什么嘛。"一声小到无人能听见的喃喃自有人的脚边飘散,他用力攥紧手中抓着的背包带,"我接下来才刚要出发回岛呢。"

正月时,直到有人从厕所出来为止,都一直守在走廊里的叔叔,与今天本不必来却一直送他到机场的哥哥的身影,竟然莫名地重叠在了一起。

不知从何时起,哥哥越来越像叔叔了。

或许实际上从很早以前开始,在有人还没有搬到岛上生活之前,哥哥和叔叔就已经很像了吧。只是自己没有察觉到而已。

可以确定的是,两个人心中都挂念着自己。

有人吸了一下流下来的鼻涕,像是挑衅似的抬头盯着显示出发航班的电子屏幕。

接着,他走进了一家出售西点的伴手礼商店,买了一盒刚好够学校每人一份的马卡龙礼盒。

轮渡的引擎声变了音调。船头上,船员开始准备粗大的绳索。

照羽尻岛的港口渐渐映入眼帘。与轮渡并肩飞翔的海鸥叫声聒噪,而三月份时还遮天蔽日地翱翔在天空中的黑色海鸟却明显少了很多。可能是繁殖期结束后离开了岛上吧。

客舱中同船的几个岛民都眼含泪光,向有人表达对叔叔的哀悼。

"川岛医生不在了,真是令人寂寞啊。"

走到甲板上,海风狠狠地拍打着有人的脸庞。海风一如既往的猛烈，但这一天却显得格外刺骨。

港口上站着几道人影。有人眯起眼仔细一看，凉学姐似乎也在其中。现在这个点已经放学了，或许她是和作为旅馆老板娘的母亲一起来迎接旅客的吧。

这座岛终究还是一如既往的荒凉而偏僻。如果荻洼的咖啡厅出现在这里，恐怕会比出现 UFO 还要奇怪吧。

轮渡靠岸，舷梯架设好后，有人第一个走了下来。

"有人。"凉学姐快步走上前来，"……欢迎回来。"

有人在心里揣摩着"欢迎回来"这句话。这个岛是我可以用"回来"这两个字的地方吗？对于自己的这个问题，他依然没有勇气坚定地点头认可。但无论如何，他回来了。

凉学姐的表情显得比平时更加关切。

"辛苦了吧。"

"没事的，我回来了。"还无法发自内心地说出"我回来了"这句话的有人，像是要弥补这份愧疚一样，举起了手里的纸袋。

"我给大家带了伴手礼，是马卡龙。明天我会带到学校去的。"

"真的吗？太开心了，谢谢啦！"

凉学姐的语气和表情都没有表现出"太开心了"的程度，但她还是对有人展露出了笑容。

"对了，桃花说，好像有寄到宿舍的邮件。"

"给我的？"

凉学姐的母亲正在和住宿在野吕旅馆的一对老年夫妇商量，看能不能让有人一起坐上前来接送游客的车，顺道送他去宿舍。老年夫妇态度宽厚，很快就答应了。

"欢迎回来。"前来玄关迎接的后藤夫妇齐声说道。

有人低下视线回应："我回来了。"这地板虽然老旧，但打磨得很干净。他漫不经心地想着。

"有人。"后藤叔叔递来一个大大的茶色信封，"这是你不在的时候寄来的。"

"谢谢。"

信封有两份，其中一份竟然是寄给叔叔的。

"这是？"

有人指着寄给叔叔的信封问道，这次是后藤阿姨解释了来龙去脉。

"那一封，是有人你去东京那天寄来的。川岛医生已经不在了吧，所以就暂且交给和他住在一起的有人你，配送员转交过来的时候是这么解释的。"

在其他地方的话，这种情况可能会将信件退回给寄件人，但这里是照羽尻岛。配送的包裹会被直接放在家门口的玄关里。有亲人同住的话，做出这样的判断在岛上也并不奇怪。

"另一封是今天刚送到的。"

这份是快件，的确是寄给有人的。是内侧带有缓冲材料的软质信封。

两封信的收件栏标签上的字体看上去是一样的。翻到背面，果然，寄件人也是同一个人。

——柏木道大。

六月份曾来叔叔诊所拜访过的那位医大学生的名字，赫然写在那里。

# 6

川岛雅彦医师尊前

敬启：

　　仲秋时节，恭祝先生身体康健，万事顺遂。

　　去年以来，在您鼎力支持之下，研究论文的草稿已整理妥当，特随信附上，一并寄来。草稿中引用了一部分川岛先生您的发言，如有不妥之处，烦请随时联系告知。

　　此外，先生近期身体状况如何？衷心希望您身体安康，日日平安。

　　谨上

　　　　　　　　　　北海道大学医学部医学研究科博士三年级

　　　　　　　　　　　　　　　　　　　　　柏木道大

　　从东京回来后，有人在宿舍自己房间里，打开了刚刚拿到的寄给叔叔的信。

　　看到信封中装着的论文草稿的标题后，有人这才知道了柏木的研究主题是什么。

　　——《各种疾病中转地疗法的有效性与无效性探讨》。

所谓转地疗法，就是为了疗养而离开熟悉的地方，改变生活环境。因此柏木才会来到这座离岛的诊所。如此一来，他和有着慢性病的阿阳学长曾经聊过也就不难理解了。

一瞬间，有人的心里忽然泛起一阵涟漪。

在他把自己关在房间里闭门不出时，父母曾带着他去看心理医生。柏木今年六月已经是第三次来岛上了。

叔叔为什么要带我来照羽尻岛？

有人翻开了那份用 A4 纸装订好的草稿。

"有人，我做了些饭团，你稍微吃点儿吧。"后藤阿姨的声音从门外传来，"我放这儿了。"

过了一会儿，他打开门一看，放在盘子上的两个小饭团裹着保鲜膜，旁边还有些泡菜。有人拿回房间吃了一口。

有人刚才说过今天不吃晚餐了。柏木这份草稿的内容使他丧失了所有保持健康的欲望。从东京一路到这里，只喝了一瓶能量果冻饮料，但却一点儿都不觉得饿。甚至油炸天妇罗那油腻的味道让他感觉一阵胸闷恶心。

连作为夜宵的小饭团吃了几口就感觉吃不下去了。但他心想，至少吃了一些，后藤阿姨应该也会认同他的努力的。于是他把剩下的饭团端回了厨房。这时，后藤阿姨正把清洗过的盘子放进橱柜。

"……抱歉，没吃完。"

"是不是不舒服？不会是感冒了吧……要是川岛医生还在的话，

哪怕是这个点他也会看诊的。"

有人猛地摇了摇头："没事，只是有些累了。今天我就先睡了，晚安。"

有人迅速跑上二楼，冲进自己的房间并锁上了门。

此刻，叔叔在他心里的形象已经变了。就因为柏木的这份草稿。

现在正放在桌子上的那份草稿，让他觉得像是死去的老鼠或蟑螂般令人作呕。

要是没看那份草稿就好了。

有人粗暴地铺开被子，衣服都没换便钻进了被窝。

叔叔曾以那种眼神看着他。

柏木的草稿中，不仅有阿阳学长，还有有人。

作为一名病人。

"十六岁少年，在东京抗拒上学，因抑郁症而足不出户，心理创伤，来到离岛两个月后便恢复到了重新上学的状态。"

草稿大致就是这么描述的。

而符合这些描述的，只有有人。

草稿中介绍了叔叔："作为北海道的离岛——照羽尻岛的常驻医生，从初级预防医学的角度出发，持续支持当地医疗。"并且附上了叔叔的评论。

"如果从东京到离岛的这种重大环境变化，对他产生了积极作用，那这无疑是个令人满意的结果。"

叔叔原来是把我当作病人吗？他邀请我来岛上，并不是单纯为我着想，而是希望把我当作病例来观察？

——要不要试着想象一下未来的自己？

叔叔的这句话到底是什么意思？

的确，在东京时，他曾有一段时间一直在看心理医生，还吃了药。但这些方法并没有解决任何问题。他知道自己并没有生病。

在飞机上看到叔叔面对紧急情况挺身而出时，有人曾无比崇拜叔叔。他一直梦想着成为叔叔那样的人。如果那时坐飞机的不是叔叔，而是别人，他也会和哥哥一样，觉得对方很帅。但无论如何，别人不过是种假设。挺身而出的是叔叔，只有他一人。这就是事实。

然而……

周末也坚持研究，为了随时应对紧急情况手机从不离身的叔叔，在有人眼中充满着对地区医疗的使命感。可是，有人现在才知道，真相并非完全如此。

草稿中有一个章节，内容是接受采访的各位医生谈论各自对地区医疗的看法。而让有人的目光停留的，自然是叔叔的那段话。

"即便是休假日，也很难下定决心离开岛屿。岛民心目中的医生形象与城市中截然不同。在这里，没有任何私人时间，时刻都要作为医生给岛民提供医疗服务。与普通的医生所承受的压力与束缚相比几乎不可同日而语。尽管如此，我也没有期望岛民们能理解这些内情和我个人的想法。地区医疗就是这样的存在。"

曾经在岛上与岛民们亲切交往，总是收到海胆和晚餐的小菜等东西，一直作为医生受人尊敬的叔叔，他的内心深处，也曾对岛民的不理解而叹息吗？休息日也忙于阅读文献，手机片刻不离身，难道这些都是因为屈服于岛民们无言的压力吗？

草稿中那个表示并不期待岛民能理解的叔叔，宛如一个陌生人。但即便想去询问叔叔内心的真实想法,他也已经不在人世了。

其他医生也各自讲述了地区医疗的难处。虽然在这之中,叔叔的言辞已经是比较温和的了,但有人依然满怀失望。

此时此刻,有人的憧憬被狠狠地踩在了脚下。这一路走来对叔叔的仰慕究竟算什么呢?

尽管备受尊敬与爱戴,背地里却把侄子当作病人叫到岛上来,还怨叹着岛民的自私。有人一点儿也不想知道叔叔这样的一面。

而且,这让他对这座岛和岛上的居民也更加失望。叔叔的独白中对这座岛及岛民的负面评价,与自己当时来到这座岛时所感到的"寒冷的地狱深渊"的印象相互印证,让这种印象变得更加强烈了。

回到岛上,是命运的安排。在久违地回到东京,回到自己的房间之后,他几乎已经下定决心不再回来。但道下就像用棒球棒给他的内心来了个全力一击,精准地击中了有人内心中最脆弱的地方,这才让他又决定从东京飞到了这座遥远的岛屿。不仅如此,这也是叔叔一直坚守到最后一刻的地方。每当他想到多年来一直憧憬的叔叔的"人生理念"时,照羽尻岛便无法从思绪中抹去。

在机场时,哥哥的话仿佛在说,你去那里吧,去看看能不能找到你想做的事情。

然而,刚一回到岛上,便面临着这样的情形。尽管自己努力想要振作起来,但想着叔叔的事情,知道了其中的内情之后,心情反而愈发低落。不知何时起,这个会受到"欢迎回来"的迎接的地方,现在却让有人倍感无助和孤独。

另外一个缓冲材料信封上写着"内有易碎物品"。摸起来能感觉到里面有薄而坚硬的东西，应该是 CD 或 DVD 之类的光盘。

然而，有人并没有打开它。

在草稿中他被视为患者。如果这里面的记录也是关于身心治疗或健康指导的内容，那无疑会让他的心情更加糟糕。而且，十有八九就是如此。毕竟是寄给自己的。

"……真糟糕啊。"

他拼命忍住眼泪，独自躺在床上低声说道。

今天是能与"那一天"相匹敌，甚至更糟糕的一天。有人紧咬着嘴唇，心里暗暗想着。

他告诉管理宿舍的后藤夫妇，今天身体不舒服就不去上学了。后藤夫妇还特别为他做了蔬菜粥，然后给学校打了电话。

"可能是因为你叔叔的事，再加上长途跋涉，有些累着了吧。"后藤阿姨看着体温计上显示的正常体温，还是伸手去摸了摸有人的额头，"要不去诊所看看吧，以防万一。"

"我觉得休息一下就好了。"

他知道自己并没有生病，只是看到那份草稿后受到的冲击太大了。所以让后藤阿姨不要担心，但她还是摇了摇头。

"还是得去看看，免得总是担心。周一的时候新医生就已经来了。"

于是，在后藤阿姨的陪同下，有人在上午九点左右去了诊所。作为伴手礼的马卡龙则交给了桃花。

诊所的等候室里已经坐着十几个岛民。桐生护士和负责医疗事务的森内也在场。唯一不同的是，诊室里的医生不再是叔叔了。可就这一点点的差别，却让候诊室的氛围截然不同。不同于叔叔在时的轻松和缓，现在的诊所仿佛空气中都带着静电，令人不自觉地感到一丝不安。

"星泽医生是八点四十五分才到的，感觉他有些阴沉啊。说了一声早上好之后就立刻去诊疗室了。"一位常常来看病的中年妇女开口道，其他岛民也纷纷跟着议论起来。

"感觉比川岛医生要老气横秋得多，不会跟我差不多大吧。"

"他看了一眼病历，然后问了几句'身体还是老样子吗'之类的话，就让我去拿药结束问诊了。"

"我还跟他说了呢。我说之前川岛医生都是八点就来诊所的，而且又仔细又热情，还经常陪我们聊天呢。"

"川岛医生刚来岛上那天，有个小孩子突发急病，就是川岛医生给看的呢。还记得吗？就是斋藤家的阿诚嘛。"

"还没叫我进去，要是一会儿态度不好我可会直接当面说的。"

从这些对话中，有人得知新来的医生名叫星泽，是一位一只脚已经踏入了老年的男性。显然，他已经惹恼了不少岛民。

"川岛医生的离开真是让人遗憾。有人，你要节哀顺变，阿姨我们也都很伤心的。"

吉田理发店的阿姨宽慰了有人几句，而有人甚至都不敢直视她的脸。

——我并没有期望岛民们能理解我的想法。

叔叔的这句话就像是在自己和岛民之间画下了一条黑暗而宽阔

的分界线。而理发店的吉田阿姨正因为不知道这句话，所以才会为叔叔感到悲伤。这沉重的秘密，压得有人抬不起头。

"你是不是还有点儿不舒服？快来这儿，在这儿躺会儿吧。"

坐在候诊室沙发上的几位看上去很健康的岛民赶紧站了起来，把位子让给了有人。森内带着体温計过来量了量他的体温后就走了。

过了一会儿，桐生护士叫有人去诊室。终于轮到他了。他在后藤阿姨的陪同下走进了诊室。

星泽医生身材微胖，戴着一副老花眼镜。往后疏拢的头发略显稀疏，透着不自然的黑色。他微微压低老花眼镜，从镜框上方打量着有人，这番举动让有人生不出一点好感。

"……你是川岛医生的侄子吧？"

星泽医生的第一句话并不是问他的身体状况。

"川岛医生的信徒可不少啊。还请你节哀顺变。"

"信徒"显然是指岛民。星泽医生挥手示意他坐在患者椅上。

"所以你今天是怎么了？体温显示是正常的。"

"说是感觉不太舒服，而且没什么食欲。"有人还没回答，后藤阿姨就开始解释了，"这孩子就像我自己的家人一样，我实在是有点儿担心他。"

星泽医生摸了摸有人的喉咙。他的手冷冰冰的。

"张嘴。"

有人按照他的要求张开了嘴。星泽医生立刻在病历上写下了"没有红肿迹象"这样的诊断。

"这应该是疲劳引起的。"星泽医生的判断和后藤阿姨一样，

"亲人离世会给人带来很大的压力,没必要吃药。今明两天好好休息休息,吃点儿易消化的食物就行。这不是疾病,不过即便悲伤,还是要继续生活下去。这才是最重要的。"

"好了。"星泽医生宣告了诊疗结束。连五分钟都没到。

"真是个冷冰冰的医生,跟川岛医生比差得太远了。"

一离开诊室,后藤阿姨就小声对有人说道。说是小声,但也足以让星泽医生听到了。

还是川岛医生好。

要是是川岛医生的话。

如果川岛医生还在。

叔叔离开人世还没到四十九天,这些话就已经变成了岛民们的口头禅,似乎随处可见。

"你回来之后好像一直都没什么精神啊。"

大约是在十一月初,也就是叔叔去世大概一个月时,阿诚对他说道。

"我知道你心情不好,我也觉得很难过啊,大家不都是这样吗?"

桃花也在一年级的教室里。她好像在听着两人的对话,但没有插嘴。

"星泽医生周五下午都休诊的,你知道为什么吗?"明明是自己提的问题,但阿诚又自顾自地给出了答案,"他回家了,回北海道本岛了。周五傍晚坐最后一班渡轮回去,然后周日坐最后一班渡轮回来。"

"……他好像是一个人来岛上的，应该是回家了吧。"

"海老原叔叔说看到他在后茂内的酒吧喝酒。"

海老原叔叔是阿诚父亲的朋友，也是岛上的渔民，经常和阿诚的父亲一起组团出海捕鳕鱼。三十多岁了，至今单身，而且还有点儿小肚子。

"他说他去跟星泽医生打招呼的时候，星泽医生露出了一副非常嫌弃的表情，然后立刻就离开酒吧了。"

星泽医生冷漠的样子，还有海老原叔叔讲这些事情时的口吻，有人能轻而易举地想象到。

——新来的医生，真是冷漠啊。和川岛医生完全不一样。

有人去过一次星泽医生那里，自然也知道星泽医生有多么冷淡。即便是刚刚上任没多久，他也已经厌烦了与叔叔这个前任医生的比较。

有人曾经与自己的哥哥和叔叔一起生活过，知道被拿来和别人比较是多么令人厌烦的一件事。

而且，星泽医生刚来岛上时心里的想法，也许有人也能猜到。

地狱深渊。

即便提前了解了一些相关信息，但当亲眼看到这个偏远的岛屿时，还是会被深深震撼。潮水的气味、海鸟的叫声、呼啸的狂风。当从渡轮上看到逐渐逼近的港口时，星泽医生就不得不面对离岛上这些残酷的现实。他一定觉得自己来到了一个可怕的地方。如果从一开始就被要求和叔叔一样，那难免会感到不满。

有人每天都会被岛民搭话——"比起新来的医生，还是你叔叔要好得多。"这简直成了一句问候语。

每次有人听到这些话，就会想起柏木的草稿，然后不由得低头看向地面。那些曾经闪闪发光的憧憬，已经消磨破碎，散落在脚下，变得肮脏不堪。

对于自己所怀揣的这个秘密，有人迫切地想要分享给某个人。如果那个人也认为"川岛医生真让人失望"，那被当作患者的自己也就得到了救赎。

但是，他始终保持着沉默。叔叔去世以后，在岛民中的声望却与日俱增。要是宣扬对叔叔的不满，恐怕得不到任何人的支持。搞不好还会被大家反驳："不可能！""你在说谎吧？"如果真是那样，情况只会更加糟糕。

"久保阿姨她们很担心呢。因为有翔马在嘛。"

在港口附近经营旅馆的久保一家非常疼爱即将迎来周岁生日的翔马。岛内仅有的三个婴儿的名字，连有人都已经烂熟于心。

"我猜星泽医生以后周末也会待在岛上了。"五个人一起吃午饭的时候，凉学姐说道。

"我听说，上个周日的时候，医生他刚回来就被大家抓住了，然后在港口直接开始谈判了。"

"谈判？"有人问道。正在吃后藤阿姨特制炸猪排盖饭便当的桃花和阿阳学长也停下了手中的筷子。阿诚从旁边接过话来："啊，我也听说了。翔马周五晚上发烧了，然后星泽医生那天不在，就只好带翔马去找桐生护士了。"

"对的。所以久保叔叔和阿姨，还有家里也有小宝宝的村雨、松本他们家也全家出动去了港口，跟星泽医生谈判。"阿诚继续说道,"川岛医生周末也在岛上,电话也随时能打通,所以岛民们都很放心的。可现在的话,万一小宝宝出了什么问题该怎么办啊?"

"所以直接去港口谈判了?"阿阳学长语气平淡地确认道。

"一大群人在那儿等着周日的最后一班船到,星泽医生应该吓了一跳吧。"

"嗯,听说他真的吓了一跳。桃花,这个橙子给你。"凉学姐拿着一盒切好的橙子递给了桃花,"幸好翔马的烧退了,不过要是那种刻不容缓的急病的话就糟了。"

"……没有医生真是麻烦啊。"桃花拿了一瓣橙子,"札幌的话,休息日或者晚上都有医院轮流负责急诊的,而且还可以叫救护车。"

"还好吧,万一情况紧急,没有救护车的话,还可以叫直升机。"曾经叔叔说过的话,又由阿诚的声音再现了。

"不过那天翔马发烧的时候,天气很不好。我爸也没出海,这种情况还是挺危险的。"

"阿诚有次也是这样的,是在小学三年级还是四年级的时候?"

"啊,你说那次啊,当时是川岛医生……"

之前在候诊室听说的事情,现在由当事人亲口说了出来。但有人根本无心去听。他甚至觉得在这座被海鸟占据了一半以上地盘的小岛上,此刻与他心境最为相近的,应该就是星泽医生了。

"有人。"阿诚突然叫了有人的名字,"你怎么了?肚子痛吗?"

阿诚的语气里不带半分挖苦。有人明白,他是在担心自己。内心虽然纠结过是否要告诉阿诚关于那份草稿的事,但最后有人还是只回答了一句:"没事……"

阿诚是在这座岛上长大的,是属于这座岛的人。这是不容辩驳的事实。

而没过多久，照羽尻岛诊所的入口处贴上了一张公告。

北海道立照羽尻岛诊所体制之情况

现任医师星泽医生将于十一月二十日正式辞职。关于接替医生，我们正在努力进行安排，在此期间将由派遣的医生提供诊疗服务。

此外，星泽医生辞职后的诊疗时间将会更新，待接任医生确定后将会另行通知。

若带来不便之处，烦请诸位岛民多多理解，并给予必要的配合。

"他到底把我们这些岛民当什么了？"

"他从一开始就一副不情不愿的样子。"

"就算这样，也没必要这么快就离职吧？"

"真怀念川岛医生。川岛医生无论什么时候都会为我们着想，就像神一样。"

这张公告张贴出来之后，岛民们完全不再隐藏对星泽医生的不满，这些不满和对川岛医生的赞美就像是跷跷板的两端。两者被视作同一件事，一方越是下降，另一方也就越抬越高。

星泽医生即将卸任的某日放学后，有人决定去诊所看看。岛上正一步步走向冬季，即便穿着羽绒服也难免感到寒气逼人。尤其耳朵更是格外的冷。有人和要来开药的阿阳学长一起来到了诊所。阿阳学长身上穿着厚重的衣服，手戴着手套，耳朵上还戴了耳罩，防寒工作做得十分到位。不知道是不是偷偷扔掉那个难吃的药的坏习惯还在继续，阿阳学长的脸色不是很好。

因为柏木的草稿，有人无意中得知了阿阳学长的病名。这份草稿的内容，无法对任何人言说。被孤独感折磨着的有人，看着同样作为患者被记录在内的阿阳学长，心想或许他多多少少能理解自己的心情。虽然他们俩同处于一个屋檐下，关系也没有变得亲近起来，但至少，他们都是岛外来客。

不知道他是如何看待岛民和星泽医生的冲突的。

"那个……"有人压低声音试探地向他搭话，但阿阳学长只是沉默以对。这个人果然让人不爽。有人暗暗想道，但随即又想起偶然得知的阿阳学长的病名，看见阿阳学长戴着耳罩的样子，心头涌现出来的淡淡烦躁也就烟消云散了。

当诊所的屋顶清晰可见时，阿阳学长倒突然开口了。

"那封信怎么了吗？"

"什么？"

完美的攻其不备。有人根本没法轻飘飘地转移话题，不由得伴随着一声怪叫停下脚步。

"是因为柏木寄来的东西吗？让你感觉身体不适，第二天也没来上学。"

"你怎么知道？"

"啊，果然是这样啊。"

是试探？还是他早就猜到了？不管是哪种情况，阿阳学长都没有问"写的是什么？"他没有问，所以有人也没法说出来。

为什么阿阳学长不让自己说说详细情况呢？明明自己已经做好准备，只要他开口问，自己就会一五一十地告知。

就在刚才，自己还以为阿阳学长或许能理解自己。但那只伸出的手却突然又收了回去，有人心中的不满像火种一样在胸口燃烧。

"那我就先走了。我打算一会儿顺便去趟海鸟观测站，晚餐之前我一定会回来的。"

看着他那无情的背影消失在诊所之中，有人默默地向里张望着。以前叔叔在诊所的时候，候诊室总是挤满了岛上的居民，而现在，候诊室里面一个人影也没有。

后来，听说星泽医生搭渡轮离开岛上时，没有一个人去港口送他。

没有医生的岛上，笼罩着一种不安的气氛。岛民们一见到有人，就拿星泽医生和叔叔做比较，怀念起曾经的川岛医生。有人感到自己仿佛变成了一个专门用来装星泽医生坏话的垃圾桶。

每当岛民向他投来那些抱怨，他都很想为星泽医生辩护一句："星泽医生真的是个那么坏的医生吗？"医生也是人，休息日想要好好放松，有什么值得批评的呢？如果岛上没有可以放松的地方，医生要回北海道本岛也是理所当然的。即便是作为医生的他的父母，休诊日也是拥有自己的时间的。在都市之中，这都是再正常不过的事情了。但岛民们却指责称"这是对我们的不重视"，甚至围住了乘坐渡轮归来的星泽医生。

明日の僕に風が吹く

当听到这些事情时,有人突然感到一阵震惊,也更加了解到这座小岛的封闭性。像是家里从不锁门,快递就直接放在玄关这些事情,在岛民眼里似乎都是完全没有任何问题的事情。

在回来之后,他反而越来越讨厌这座岛。而一旦心生厌恶之后,他也就更加深切地意识到,除了这里无处可去的自己是多么的缺乏价值。哥哥在机场时曾鼓励他,让他行动起来。但在这种地方他能做什么呢?这样的自己行动起来又能做什么呢?有人看不见任何可能性。

不知不觉间,有人开始怨恨起邀请自己来到这座岛的叔叔。如果说叔叔是出于好意才邀请自己过来的,那也就罢了。但从草稿之中,他已经得知自己只不过是个实验样本。就连叔叔告诉自己他将要离开这座岛时说的那句"这不是任何人的错",也变得像是预见到了如今的情况,为自己找借口罢了。

相比起现在,他甚至觉得曾经把自己关在房间的日子更好,至少心中没有任何怨恨。而现在,他像是一个已经身处深渊底部,却还在不停往下挖洞的人。

此刻有人的内心远比绳钩更为复杂纠结,他迫切地希望出现一个能够理解自己的人。如果有人陪伴,那至少他也能获得一些慰藉。然而,从岛民对星泽医生和叔叔的言谈举止来看,他知道这个愿望几乎不可能实现了。

时间来到了十一月末。在体育课上课前。

"啊，疼！"

正在和桃花互相传球的凉学姐突然将右手抱在胸前。桃花迅速跑了过来，关切地问道："怎么了？"

"可能是扭伤了。"

"让我看看。"桃花轻轻抓起凉学姐的右手一看，脸色沉了下来，"是食指吧，有点儿肿起来了。希望不是骨折。"

"小凉，怎么了？"

有人和阿诚一起，朝着两个女生跑了过来。凉学姐答道："我觉得骨头应该没事。"她伸出有些肿胀的食指，弯了弯给大家看。

"能做出这些动作的话，倒是稍微放心一点儿了……"桃花转向体育馆的门口，"我们去找老师吧，早点儿去冰敷。"

"不要乱动比较好。"孤身一人坐在角落的阿阳学长突然提出了警告，"跟腱可能已经被拉伤，要小心别撕裂了。"

"阿阳学长，不要说这种吓人的话啊。"

看着凉学姐和桃花离开体育馆去找医生之后，阿诚低声说道。

"想拍 X 光都没医生。唉，谁会想到他才一个月就辞职了呢。"

接下来，赞扬叔叔的言辞开始了。有那么一瞬间，有人默默在心里祈求："完全不想听这些，要是时间能停止下来就好了。"但显然，时间并没有停下。

"川岛医生一直都在岛上，而且温柔又可靠。"

差不多该适可而止了。没有人能理解我的想法。

这样的心情，在不知不觉间化作言语脱口而出。

"……你们根本就不了解真正的叔叔。"

"欸？"阿诚听到了这句话，"不本来就是这样的嘛！话说回来，你说真正的叔叔是什么意思？难道还有假的川岛医生不成？"

有人移开了视线："这不过是种修辞手法而已。只不过大家太……"他舔了舔干裂的嘴唇。

"大家夸叔叔夸得太过头了……为什么大家对叔叔评价那么高呢？"

"哎呀，这不还是因为川岛医生真的很厉害吗？他是医生，自己得的病应该早就知道了吧。但他几乎到生命的最后一刻都还在岛上陪伴着我们，不是吗？你看星泽医生，一到周末就去北海道喝酒。"

阿诚一边倒地为叔叔辩解着。于是有人又将视线转向从岛外来的阿阳学长。阿阳学长面色苍白，开口道："你是不是在想，为什么岛上的大家会这么需要川岛医生呢？"

这时，经过应急处理的凉学姐和桃花回来了。

"小凉，没事吧？"

"嗯，中指用夹板固定了，又贴了膏药，感觉好多了。"凉学姐对周围的气氛格外敏感，"怎么了？出什么事了吗？我没什么事的。"

阿诚挑起下巴示意有人的方向："还不是因为这小子说了一些奇怪的话，问为什么岛上的人都这么夸川岛医生。可是星泽医生和川岛医生比起来，本来就是天壤之别嘛。对吧？"

"……你叔叔被这么夸奖，你不喜欢吗？"

桃花的话让有人感到一阵刺痛。阿诚也理所当然地支持了桃花的看法。

"是啊，听起来就像不高兴似的，还说什么'真正的叔叔'之类的。"

"那个，有人，我一直在岛上，所以川岛医生来之前的事我也知道。"

凉学姐把那只缠着绷带，还有些痛的右手轻轻放在自己的脸颊上，摆出了一个像是在思考的姿势。但或许是伤处还有些痛，很快她就把手放低了。

"以前就跟现在一样，岛上是没有医生的……大家身体不舒服的时候也只能尽量忍着。你们还记得负责医疗事务的森内吧？他父亲就是心脏病发作去世的。当时岛上正好没有医生，打电话叫直升机也来不及了。而且，医生最多也就待一年，之后还是会走，大家也都习以为常了。但川岛医生不一样。到最后……他在岛上陪伴了我们七年。妈妈也说，像川岛医生这样的医生，她还是第一次遇到呢。"

"我听我爸说，川岛医生最开始来这里的时候，也是计划只待一年的。"

有人没听过这个消息："是因为任期之类的原因吗？"

"不知道是不是因为任期，但刚来的时候，川岛医生的确说过一年后就会换下一个医生来的。这是我爸亲耳听到的，所以肯定没错。我爸还说，到离岛诊所工作的医生，应该都是这样的。不过后来一直都没找到接替的医生。"

也就是说，虽然他们一直在寻找继任者，但没有人愿意接手这份工作。

"虽然川岛医生说是因为这里的海鲜好吃才留下的，但我觉得他其实是为了岛上的人才留下来的。像他这种人，难道不应该尊敬吗？"

但这只是表面上的原因。只有读过草稿的有人才知道事情的真相。岛民们肯定也有说过"如果川岛医生任期到了，那岛上不就没有医生了吗？"之类的言辞。这些看似恳求的话背后，隐隐含着威胁的意思。毕竟岛上的常识就是如此。有人随便想一想，脑海中就浮现出了许多张会说出这种话的面孔。

"稍微晚来了一会儿，现在开始吧。"

体育老师来了，有人闭上了嘴巴。阿诚则盯了他好一会儿。阿阳学长向老师请求在旁休息。说起来他的便当也没吃完，是不是身体不太舒服？凉学姐坐到他旁边，关切地说道："要是诊所还开着的话，至少还能给你输液。"

最终，阿阳学长提前离开了。他连走路都快走不动，只能被阿诚背着离开了体育馆。

"你是不是遇到了什么事？"放学后，阿诚跟在回宿舍的有人后面说道。

"你回岛之后，肯定发生了什么事吧？"

对于单刀直入的阿诚，有人掩饰着内心的狼狈，慌乱地问道："你为什么这么想？"

"因为马卡龙。"阿诚直接回答道，"你是为了我们特意买的礼物吧。一看就不是在便利店买的，而是那种看起来很高级的马卡龙。小凉还吓了一跳呢。"

"确实是在羽田机场买的伴手礼。"

"你在港口对小凉说,明天会带去学校。也就是说,直到在港口的时候,你还是打算好好来上学的。小凉还说了,你看起来虽然有点儿累,但还没到卧床休息的地步。你是在回到宿舍之后,才突然身体不舒服的。"

阿诚指出的每个细节都是对的,有人也只能默默点头。阿诚显然知道了关于邮件的事。

"川岛医生的信应该已经送到你那里了。然后,还有一封同一个人写的,寄给你的信,因为时间差应该也拿到了。你拿着那些信回到房间后,就没去吃晚饭了。那信里到底写了什么?"

"……没想到阿诚你很敏锐嘛。"

"八成都是阿阳学长说的。"因为最近一段时间阿诚注意到有人的行为怪异,所以在背着阿阳学长走的时候,就向他询问了情况。

"学长明明都那么虚弱了。"

"不过他还是告诉我了。嗨呀,要是你心里有事,可以讲给我听啊。我脑子笨,肯定没法儿给你提建议。但有时候把心里的苦水倒出来就会畅快很多的。我爸也说过,晕船时吐一吐,就能暂时轻松一点儿。"

"你就不能举个好点儿的例子吗?"

有人虽然皱了皱眉,但阿诚的话让他有些感动。确实,他一直背负着岛上的大家所不知道的叔叔的另一面,感觉越来越迷茫,压力越来越大。有人的确希望能有个人来听他说说心里话。

"那……我会告诉你的。你能跟我一起去宿舍吗?"

有人得到后藤夫妻两人的同意后,带着阿诚走进了宿舍,让他换上客用拖鞋后，有人从自己房间里拿出了那两封信，然后和阿诚一起去了谈话室。

"其实……"

然后，他开始讲述在柏木草稿里发现的叔叔的另一面。

最开始，他还是一边看着阿诚的脸一边讲述的。阿诚始终一脸认真地听着有人的话。渐渐地，有人越说越顺畅，这既是将积压在心里的情感通过言语表达出来，也是真正客观地面对叔叔隐藏的另一面。有人再一次被叔叔的另一面所刺痛，不时哽咽，但还是把草稿上的所有内容全都告诉了阿诚。

"……哎，你说的这些……"在有人说完一切之后，阿诚开口说的第一句并非有人期待听到的话语，"是在说川岛医生的坏话？"

"不是坏话，是事实。叔叔在劝我来照羽尻高中的时候，说了一些什么想象一下未来的自己之类的，让人摸不着头脑的话。当时我以为他是为了我这个把自己关在家里的人着想，所以才邀请我来这里。可事实并非如此。那些话，是对病人说的话。他的意思是，如果继续这样下去，是无法振作起来的……所以还是接受治疗吧。"

"你是说川岛医生把你当作转地疗法的实验样本？不，不可能不可能。医生他不是那种人吧？是不是你把医生想得太坏了？你可能是有点被害妄想症了。"

从深秋即将踏入初冬的照羽尻岛，天黑得格外得早。外面已经是暮色昏沉，谈话室里则更显幽暗。

"我不相信川岛医生是勉强自己待在岛上的。"阿诚耸了耸肩，"勉强自己留下的人，怎么可能那么受大家的敬仰呢？这种情绪总是会外泄的。就像我看出来你不对劲一样。"

"既然如此，你自己看看这篇草稿吧。给你。"既然所说的一切都被否定……面对着曾经恐惧的事情即将变为现实的不祥预感，有人也拼尽全力了，"叔叔的看法也是会变的。说得直白一点儿，阿诚你之所以会替叔叔说话，是因为你是属于照羽尻岛的人。岛上的人对星泽医生的态度，说实话，我有点儿看不下去。星泽医生并没有做错什么，他那样才是正常的。"

"所以只有川岛医生是最特别的啊！我们不是一直这么说吗？"

"这种特别不是你们强加于人的吗？你看草稿，就是这里。"有人翻开草稿，指向叔叔谈论地区医疗的部分，"他说即便是节假日也不能离开岛上，这里的生活和在城市中截然不同，但他并不指望大家能理解。叔叔才不是什么圣人君子。他虽然内心有想法，但是考虑到岛上封闭性的环境，还是选择了沉默。这是他为人处世的手段而已！这才是真正的叔叔。"

"就像你说的，我从小就是在照羽尻岛长大的，可能在你看来，我是个土到不行的乡巴佬吧。"阿诚脸上露出一丝不甘心的表情，两道凛然的眉头拧在了一起，凝视着沉入夜色之中的海面，"从我上小学开始，不管发生什么事，都是川岛医生给我看病的。无论你怎么说，我心中永远都有一个独属于我自己的川岛医生的形象。那样的川岛医生绝不会把自己的侄子当作实验对象，他为了岛民，一直肩负着巨大的责任。如果你说的是真的，那么无论是作为个人，还是作为岛民，我都会感到非常悲伤。"

北海道本岛的方向，渐渐亮起了一盏小灯。

"为什么你不打开另一个信封呢？"

"……里面好像是 CD 还是 DVD 什么之类的东西。我大概知道里面是什么。"有人猜测应该是为有心理问题的病人准备的什么东西,"我不需要。"

"难道是采访录音?"

这个猜测让有人有些意外:"你是说把采访的内容都录下来了?就像赤羽那样?"

"欸,你以为是什么?不都已经写出来了吗?当然有可能了。"

"即使是这样,我也不想听。"

自己受到的创伤、闭门不出的事实,以及从上岛到上学这段时间的身心状态,这些将会由叔叔作为"病人病历",亲口讲述出来。这些都是他绝不想听的内容。如果听到这些,心里某个角落的伤痕就会开裂成一道深渊。今后的每一天,只要想起,这些声音就会从深渊溢出,再次缠上自己。所以,有人选择将未开封的信扔进了谈话室的垃圾桶。

"你怎么丢掉了?"

"既然是寄给我的东西,我当然可以任意处理。"

"那既然你扔掉了,这就不再是任何人的东西了。"阿诚捡起信封,"那就让我来听听看吧。"

有人脸色铁青。不管这里面装的是寄给自己这个病人的信,还是采访录音,都一定会提到自己竭力想要忘记却无能为力的,在体育馆发生的那件事。甚至还会提及那天他所做的事情。那些自己极力想要掩盖的污点,将会为人所知。

"等一下,这是我的隐私吧?"

"那你干吗把东西丢到我面前?"阿诚没有还给他,"我不关心你的隐私。我只是想听听川岛医生的声音而已。我也很喜欢医生啊。我小时候差点儿死掉，川岛医生刚来岛上的第一天就救了我。他是我的救命恩人。除非真的听到他在这里面说岛上的坏话，不然我是不会相信你的。"

"你不愿意的话我是不会告诉其他人的。"阿诚郑重其事地做出保证以后，小心翼翼地把信放进了背包里，然后离开了宿舍。

进入十二月后，雪下得越来越频繁。风很大，雪还没来得及积起来就被席卷而去，所以路面上的柏油依然清晰可见。但很快这里就将化为一片雪白的世界。只是时间问题罢了。

以船队形式进行的鳕鱼捕捞行动开始了。这是冬季独有的捕鱼期。暑假让他手上伤痕累累的绳钩，如今全都搬到了阿诚父亲的船上。

"那个，果然是录音。"阿诚似乎已经仔细听了里面的内容。

"你也听听吧。"

"……我已经知道里面说的是什么了。"有人的目光躲闪，没有看向递过信封的阿诚，"是关于那一天的我。"

"那一天？不是吧，根本没说过这些啊。"

"嗯？真的？"

"我知道的，你曾经有过一段痛苦的经历。不过，这里面说的并不是这些。"

有人有些意外，紧接着又松了口气。至少在他刚来岛上时，身边的人就已经知道他来这里是有原因的了。

"说的好像是什么好撒玛利亚人的宝藏？说实话，里面太多我没听说过的单词了，你应该知道吧？"

"没有，我也不知道那是什么意思。"

其实，有人记得似乎听过这个词，但他还是否定了。

"反正我送过来就是想让你听听。"

"是你自己要送过来的，又不是我让的。"

阿诚仍坚持让他听。从阿诚的态度来看，恐怕里面并没有说关于这座岛的坏话。虽说如此，有人仍无法确定这些内容能否让他解脱。他始终无法下定决心要不要听听这份录音，每当推开阿诚递过来的信封，有人就感觉四周又多了一块名为孤独的积木。

北海道本岛派来照羽尻岛的临时医生，由于恶劣天气导致的渡轮停航，未能按计划到岛上。这一切也发生在了十二月初。随着进入冬季航运期，渡轮每天只剩下早晚各一班，医生每周只来一次岛上。随着冬季正式到来，停航的情况会更加严重，岛上没有医生的时间也会增加，这是连有人都能预见到的事。

在照羽尻高中的每一天，都会有人提醒大家："小心不要感冒啊。"因为岛上没有医生可以为大家看病。特别是有慢性病的阿阳学长，更是被百般叮嘱。岛上就像是出现了一个不祥的阴影，让所有人都陷入了不得不小心提防的氛围之中。

接下来发生的事件，更是让这层阴影更为浓重。

桐生护士受伤了。她准备把家里的窗帘取下来清洗，结果在踩着椅子上去拆卸的时候不小心跌倒了，肩膀受到了重创。桐生护士忍着剧痛，乘坐渡轮去了北海道本岛，最终被诊断出了脱臼和骨折，就此入院。

这个噩耗很快就在岛上传播开来。

"翔马生病的时候幸好有桐生在才没出事，可现在……"在医疗方面，照羽尻岛已经成了不毛之地。

在这个关键时刻，地方报纸发布了一篇报道。

——《照羽尻岛目前处于无常驻医生状态，现任诊所医生已于十一月中旬离职》。

虽然被归类于社会新闻版面上，篇幅也不算太长，但在此工作了许久的叔叔的去世、接任的医生在一个月左右就离职了、临时医生因为渡轮停航没能按计划来岛这些事情全都一五一十写了下来。

"我妈妈深受打击。"午休时，在三年级的教室里，凉学姐边吃便当边抱怨着，"她说可能客人也会因此减少。虽然是淡季，但寒假期间还是会有一些人来的。这种情况算不算受到了诋毁啊？"

缺少医生的这篇报道，已经在网络和社交媒体上引起了讨论。

"乡下就是这样的。"

"像这样欺负外地医生把他们赶走的事情，其他县的村子里也发生过。"

"恐怕前任那位去世的医生也是想辞职但辞不了，所以耽误了治疗吧。简直就是被这乡下地方害死的。"

只要在搜索框中输入"照羽尻岛"，就会出现"霸凌医生"这样的词条搜索建议。岛民们经常使用网络，他们比外界想象中的更加活跃地使用互联网，这一点也是有人在来到岛上后才意识到的现实之一。

"那些人根本不了解我们这里的情况,只知道随意指手画脚,真是让人生气。"阿诚愤愤不平地说道,"一口一个乡下,简直就是在看不起我们嘛,这些可恶的家伙。"

这时,桃花开口了。

"……如果是我身在札幌,然后只看了那篇文章的话,可能我的想法也会和网络上的人一样吧。"

阿诚的脸上露出震惊的表情。凉学姐也微微垂下那双大眼睛。

"真的会这样吗,桃花?"

"嗯……星泽医生在港口被围住那件事,给人印象不太好。至少从表面看来是这样。"

正因为说出这些话的是平时沉默寡言的桃花,所以她的每一句话似乎都沉重地掉落在教室之中。连阿诚也陷入了沉默之中。

与此同时,桃花的话也让有人感到缠绕着自己的孤独似乎有了一丝裂缝。终于有其他人也开始质疑岛民对星泽医生的态度了。在这片深沉的黑暗中,有人看到了微弱的光明,于是便紧紧抓住这份光亮追随而去。

"说实话,我也觉得那件事有点儿过分。在东京,这种事是完全不可能发生的。岛上的大家都一副受害者的样子,但医生之所以这么快就辞职了,坦白讲,不就是因为没有得到岛上大家的理解吗?"

他一边为星泽医生辩护,一边似乎也在吐露自己心中对叔叔和岛屿的种种不满。

然而,这样的想法瞬间被桃花那冷漠的眼神所制止。

"我可没这么说啊,有人。"

桃花的眼神和语气非常清楚地在说"别把我跟你混为一谈"。明明长相和声音都完全不像，但有人还是不由自主地想起了在咖啡厅里坐在他对面的道下。

有人感到脸颊一阵发烫，但这并不仅仅是暖气的缘故。他完全不明白自己是哪里搞错了，他把剩下的三明治放进便当盒里，盖上了盖子。

"有人，听我说……"

凉学姐试图缓和气氛，但有人直接站起身，整理好自己的东西，回到了空荡荡的一年级教室。

他站在窗边，透过玻璃看着窗外。海面上远比夏天更加黑暗沉郁，白色的浪花如同云朵般连成一片。水产实习时制作罐头的小屋、道路、房屋的屋顶、天空，所有色彩都显得十分黯淡。渐渐地，他的呼吸在窗玻璃上留下了一层薄薄的雾气。

"有人。"

背后传来阿诚的声音。当他转过身时，发现阿诚手里拿着那封自己几次推辞的信封。

"……你真是执着啊。"

"我不知道你身上到底发生过什么，我也不想知道。可我看得出来，你现在还在纠结着那些事。"

"……所以呢？听了那个就能解决吗？"

"无论你怎样想，天气和过去都是无法改变的。"

"这话是你爸说的吧……那我做什么都只是无用功而已。"

"不过我……"

"抱歉，我不想听你说教。"

有人打断了阿诚的话，背过身坐回了椅子上。

过去是无法改变的，的确如此。正因为这些无法改变的过去，他才会身处此地。

第二天是周六，学校放假。住在宿舍的每个人都是各自度过这段时间的。有人吃完早餐后，就待在了自己的房间里，他安装了一个拼图游戏，想以此打发时间。

那些通关的、玩腻的游戏他全都卸载了。但在这之中，那个在东京时就已经下载的游戏他一直没删。

是那款逃脱游戏。

他偶尔会点开思索几分钟，但始终找不到逃脱的方法。曾经对逃脱游戏颇有自信的有人，开始怀疑是不是游戏出现了漏洞，没显示出该有的道具。

冬日阳光下，暮色已早早逼近。

"有人，能到一楼来一趟吗？"

是后藤叔叔从门外叫他。他看了看手机上的时间，快到下午三点了。

"桃花在楼下找你。"

有人几乎不敢相信自己的耳朵。桃花找自己干什么？虽然都住在宿舍里，但他们之间的关系完全谈不上亲近，昨天在午餐时甚至一度让气氛很是紧张。

"你先收拾一下吧。"

后藤叔叔的意思是准备好出门的衣服。有人疑惑地歪了歪头，还是听从后藤叔叔的意思走到了一楼。

在食堂里，桃花穿着亮白色的长款羽绒服，围着围巾，戴着针织帽，静静地等着他。桃花的目光并没有被帽子或是围巾挡住，那锐利的眼神径直盯着有人，令他有一种被俯视的感觉。

"有人，能跟我一起出去一趟吗？"

"啊，现在？去哪儿？如果有话要说的话……"有人本想说在谈话室说不就行了吗，但桃花打断了他的话。

"去海鸟观测站，阿阳学长也在那里。"

道下和桃花两张截然不同的脸庞莫名开始重叠在一起。他从桃花身上感受到了一股不容置疑的气势。

有人不敢拒绝，只好跟着桃花一起骑上了自行车。

迎着寒风，两个人骑着自行车，在即将结冰的道路上不断向前。

# 7

两人像在与寒风相抗般，骑着自行车努力前行。行至半途，到了冬季禁止通行的路段。两人无视铁管做成的简易大门，从旁边绕过，拣着干燥的路面继续向前，终于抵达了海鸟观测站。海鸟观测站建在面向欧亚大陆一侧的断崖之上，与冬季阴郁的海面相映衬，显得格外渺小和孤独。

嘴巴呼出的气让围巾微微结霜。桃花的呼吸并没有像有人那样急促。她没有回头，径直走进了观测站中。

屋内，阿阳学长正独自看着望远镜。他盘腿坐在不知从哪里带来的折叠椅上，像体育课上坐的姿势一样。黑色羽绒服包裹着他蜷缩成一团的身体，像是因寒冷而蓬起羽毛的鸟儿。他手里握着一次性暖宝宝，耳朵上戴的耳罩已经被取下，耳垂冻得通红。

"嗯？你们怎么来了？"阿阳学长有些不解地放下双腿，"我能待在这里吗？会不会打扰到你们？"

"请留下来。我希望阿阳学长也能加入我们的谈话。"桃花坚定的语气让有人有些吃惊。阿阳学长也挺直了腰背。

"天气太冷了，我就直接说了。"桃花站在房间中央，目不转睛地盯着有人，"有人，你是不是觉得这座岛，还有岛上的人，都特别讨厌?"

如此直率开口的桃花,在有人心中逐渐与道下的身影相重叠。

"你从东京回来后一直在为某些事苦恼吧?这些事大概跟川岛医生,还有这座偏僻异常的小岛有关,对吗?"

一语中的。有人看向阿阳学长,疑心桃花的话是不是跟阿诚来自同一个消息源。

"我是受人所托的。是凉学姐。"桃花立刻否定了有人的怀疑,"她说你一定是有什么心事,所以让我来跟你聊聊。"

"凉学姐?"

既然如此,那为什么不自己直接来问呢?有人心里又生出了这样的疑问,但桃花似乎早已准备好回答。

"她说自己跟你聊的话可能不太顺利,因为之前你和阿诚发生过争执,所以她觉得可能你不太想和岛上的人沟通。"桃花没有看向阿阳学长,只是一直盯着有人。

"七月份的时候,有人你还一直在为岛上说话,可现在好像不一样了。关于川岛医生的事情也是……是不是发生了什么事情让你开始讨厌这一切了呢?所以岛上的大家夸赞川岛医生时你才会那么难受。昨天你不是说岛上的人对星泽医生的态度太过分了吗?说岛上的人都理解不了。"桃花认真讲述着把有人叫到海鸟观测站的原因,"所以凉学姐让我们这些住宿生来找你聊聊。她觉得你现在很讨厌岛上的人,所以她或者阿诚来都是没用的……如果是来自岛外的我和阿阳学长的话,可能你会愿意说点儿什么。"

有人低下了头:"……所以,你们想要我在这儿说什么呢?"

他的确想要将自己关于岛上和叔叔的种种心结化作言语倾诉

出来。但前提是,说出来后能得到对方的认同和共鸣。若非如此,他只会陷入更加孤独的境地之中。跟阿诚坦诚一切之后,他就明白了这一点。

"我觉得烦恼这种事情,不应该强迫别人说出来吧。"阿阳学长一边揉着手中的暖宝宝一边说道,仿佛是在为自己没有主动伸出援手辩解。

"每个人都有不想说出口的心事,我明白。但凉学姐是真的很担心你……"桃花深深地叹了口气,像是下定决心一样,闭上了眼睛,"所以,就让我先来讲讲自己的事吧。有人,如果你愿意的话,可以听听我为什么会来到这座岛上。你一定也好奇过这件事吧?"

住宿生。来自岛外的三人组。同样也是,怀着某些过去的三人。

不管是桃花还是阿阳学长,都是因为某些缘故才没有继续留在札幌,而是来到了这座小岛。就连有人自己,如果不是因为道下倒下的那一天发生的事,他也不会身处此地。

可是,这些事情比叔叔的事更难开口。这些充满着屈辱和悲惨的过往,如果从第三者那里得到诸如"原来如此,的确是毫无未来可言了"这样给予最后一击的评价,那自己肯定会想要一死了之。敞开心扉是高风险行为,这点对于桃花而言也是如此。

"在初中的时候,我……"

但是,桃花真的开始讲起了那段往事。

"我本来打算通过排球进入企业球队的。"

桃花开始讲述她的"那一天"的故事。

我从小学四年级开始打排球。因为身高突出,受到了当地排球俱乐部的邀请。我当时的身高应该是全校最高的,比六年级的学生都还要高。大家都叫我"电视塔"。就是札幌大通公园旁边那个塔。要说是东京晴空塔的话,可能还更像样点儿吧。

运动员的身体条件也是一种天赋。从这一点来看,我应该是有天赋的。而且我一直很擅长运动。我们俱乐部虽然不是全国顶尖的强队,但也让我得以顺利进入当地公立中学,并很快就成为主力边攻手。在初一体联地区赛上,一位常年入围春季高中排球联赛的名校教练向我发出了邀请。是的,算是特招吧。虽然还有两年才毕业,具体事项暂时没提,但他说希望我能在心里留个念头,毕业后可以来他们学校试试。

我当时非常高兴。社团的朋友和前辈也为我感到高兴。

都跟我说什么:"能被那所学校的教练注意到,真是了不起,才一年级就被看中了。"

毕竟我们初中的队伍并不算强,大家都觉得能在地区赛上进入八强就已经很好了。除了我,大家都只是把排球当作一个课外活动而已。只有我一个人憧憬着长大后要成为排球运动员,最好是能参加日本国家队的那种。

然而,在二年级的初中体联比赛上,另一个招募者找上门来了。

那个人是一个娱乐公司的星探。他告诉我,初中毕业后可以去东京做模特,邀请我加入他的公司。除了名片,他还给我看了驾驶证。原来像这种时候,还要把证明身份的证件一起给别人看呢。

对方是在大家都在的时候叫住了我,所以他说的这些话大家都听到了。

我对这些并不感兴趣,虽然有些吃惊,但还是当场拒绝了。

然而，大家的反应变了。与之前被排球教练招募时的反应完全不同。明明我还是之前的我，但因为被星探看中，大家就觉得我开始变得高傲、自大，转眼间，我就被同学们排挤了。

没过多久，消息就传遍了整个学校，不仅仅是在社团里，就连班上也有人开始在我背后议论纷纷。是谁具体说了什么我不知道，但可以确定的是绝对不是什么好话。大家说我拒绝只是故作矜持，内心其实开心得不得了，甚至说我私底下早就已经跟对方联系上了。我的运动服和球衣都被弄得破破烂烂，一个月要买三次鞋子，因为老是被人丢掉。有时还能在垃圾桶里看到它们破破烂烂的残骸。

我更拼命地打排球。没人理我，所以我只能自己努力。我一定会拿到高中保送名额。无论比赛中有多少人拖后腿，我也要用自己的方式争取那一丝机会。

于是，我受伤了。就在初三的初中体联地区大赛前夕。是腰椎分离症，简单来说，就是腰部的疲劳性骨折。

比赛那天，我只能待在医院里。因为必须要住院治疗。

为了获得推荐名额，进入企业球队，让所有人都对我刮目相看，我拼命训练，结果却适得其反。我没能参加比赛，受伤的消息很快就尽人皆知。初一时曾经招徕过我的教练，肯定会选择别人吧。明知如此，我还是不愿放弃希望，暗自期待着他能来医院看我，但是……他始终没有出现。

不管是被霸凌还是被无视，这些事情我都能忍受。但当我意识到一直以来的梦想终究是破灭了的时候，我的心化作了一地的碎片。

出院之后我开始经常请假。我退出了社团,也没有人再欺负我,可我已经什么都不在乎了。对升学也提不起半点儿兴趣。

我不想待在札幌。要是偶然看到曾经想去的高中的校服,或是曾经被霸凌过的那所初中的校服,或是再遇到那些曾欺负过我的人,我一定无法忍受。

在第三次的升学咨询时,升学指导老师跟我父母提到了照羽尻高中。虽然当时我并不在场,但得知这个消息后,我就决定来这里上学了。

去照羽尻岛的话,就不会再看到那些不想看到的东西,也不会遇到那些不想遇见的人了。

"我是逃到这里来的。"桃花的语气变得平静,像是下定了决心。

"说实话,这里什么都没有,大家都是有原因才来这里的……"

桃花和有人不自觉地把目光投向了阿阳学长。"所以,阿阳学长说喜欢这里才来的,这个理由我至今还是不相信。"

阿阳学长像是正在接受面试的学生一样坐直了身体,隐藏在黑框眼镜背后的眼神开始游移不定。

"我们班里曾经发生过霸凌事件……不过被霸凌的人并不是我,而是另一位女同学。"他说话有些吞吞吐吐,但语速却很快,"如果她知道照羽尻高中的话,说不定也会来参加考试的……但暑假之后她就转学了。"

阿阳学长说话的语气完全不像是平常的风格,有人不由得怀疑,阿阳学长不会站在了他和桃花的对立面,是霸凌者一方吧?但这一假设又让他感觉不太可能。

"学长你说是因为想听角嘴海雀的叫声所以才来的对吧？看了赤羽小姐写的报道之后，我还想着，这说法未免也太老气横秋了吧。"桃花果然也对阿阳学长的理由感到困惑。有人同样也心怀疑问。为什么一定要现在来呢？阿阳学长在采访中表示想成为一名鸟类研究者。可成为研究者之后，不是可以随时想听就听吗？又何必非得现在来呢？

在有人从柏木的草稿中得知了阿阳学长所患的疾病后，他才终于明白了阿阳学长必须现在就来这里的原因。

"是因为生病吗？"

阿阳学长患上了一种慢性疾病。之前去看角嘴海雀归巢时，他还在大家面前突然倒下了。

对于有人脱口而出的这个如此失礼的问题，阿阳学长依然很平静。

"嗯，我是在初二那年的六月份发病的。"

三个人命运的转折点都发生在了初二。有人心想，真是巧合。

"我得的是一种让人头晕目眩的病。病因在于内耳，所以耳朵的听力会逐渐恶化。经过各种检查，最后确诊的时候，医生们都说这种情况非常罕见。一般来说，这种病会在年纪稍大一点时发病，大约三十岁时为高发期，没想到一个初中男生居然会得这种病。"

关于这种病的起因目前还是众说纷纭，但有人在阅读草稿后得知，其中一个最常见的诱因就是压力。

"通常得这种病的人只有一只耳朵会出问题，但我从一开始两只耳朵就都不断恶化。我至今还记得确诊时医生说的话。"

"他说了什么呢？"桃花问道，"如果你不介意的话……"

"没关系的。他告诉我，照这样下去，我最终会失聪。"阿阳学长回答。

虽然不是经常发生，但的确有时候向阿阳学长搭话时，他完全不予理会。有人觉得这样给人观感很差，但其实他只是单纯没听见而已。

在被明确告知有可能失去听力后，阿阳学长开始积极配合药物治疗，但听力始终无法恢复到之前的状态，而且每次出现晕眩症状之后，病情就会进一步恶化。

"所以，考虑到将来可能会失聪这一情况，我决定趁现在尽可能多地去听不同的声音。我列了一份自己想听的声音清单，排名第一的就是角嘴海雀的叫声。所以我才来到了这里。在这里待上三年的话，这些声音应该就可以听到忘不掉了。我咨询过校方，宿舍有 Wi-Fi，只要自己努力，在哪里都可以好好读书。"

"你父母没有反对吗？"桃花问，"如果像我这样，出于一些原因无论如何都不想留在札幌，父母大概还是能理解的。但学长你有慢性疾病，还跑到这座离岛来上学的话……"

有人也点了点头。一般来说，这种情况下，无论孩子自己的意愿多么强烈，父母也很难高举双手支持。

"我有三个父亲，而且还都在世。"阿阳学长突然这样说道。

"我第三任父亲跟我妈妈结婚的那年，我刚好参加中考。所以我离开家的这个选择，他们应该挺高兴的吧。之前我一直是独生子，或许以后会有一个年龄差距很大的弟弟妹妹吧。"

也就是说，阿阳学长的妈妈离过两次婚，结了三次婚。

"学长的妈妈，长得像凉学姐吗？"

面对有人的这个问题，阿阳学长一愣："为什么这么问？"

有人觉得，如果是自己的话，肯定会尽量避免和长得很像自己妈妈的女生交往："不是因为凉学姐长得像你妈妈，所以你才拒绝她的吗？"

"长得完全不像……"阿阳学长说着，原本挺直的背部略微弓起，像是右边的后槽牙疼了起来一样，抬起手捂着自己的右脸，低下了头。这个人居然拒绝了那么可爱、活泼的凉学姐。起初自己也难以置信，甚至有些嫉妒，但看到他现在这副沉默的模样，有人反而觉得阿阳学长有些过于自责了。

"凉学姐已经完全不在意这件事了。"桃花马上开口道，"而且她还说，自己连续被阿诚的哥哥还有学长拒绝以后，终于开始认真思考将来的事情了。"桃花没有忘记事先取得凉学姐的同意。凉学姐说，如果有人真的是因为岛上的事情而烦恼，那么这些事情告诉他也无妨。

凉学姐说，被两个人拒绝以后才意识到，自己可能完成不了结婚这个目标了。既然如此，自己就必须要考虑自立和工作的事情了。但照羽尻岛上很少有适合女性的工作，最多就是诊所或者幼儿园吧？如果是兼职的话可能还有一些……剩下的就只能是自己开店，或者是继承家里的旅馆了。自己刚好是旅馆家的女儿，就这一点来说还算是幸运。但如果自己不适合这种个体经营的生意的话……那就很难了。没办法，这座岛以渔业为主，但也从没听过有女孩子去当渔民的。自己很喜欢这座岛，想在这里住一辈子。但如果自己做着全职工作，然后过着独自一人的生活，未免有些太煎熬了吧。

"有人和阿阳学长你们或许不知道,岛上的阿姨们常常开玩笑说,'干脆嫁给谁谁谁算了吧'。当然,她们没有恶意,只是开开玩笑而已。可每次听到这些话的时候,我就会想,难道自己存在的价值就是成为这里某个人的妻子吗?你们知道吗,岛上很多渔民的妻子都是从岛外来的。像阿诚家就是这样。和从岛外来旅游的人结识,然后结婚。基本都是这个模式。"

在看完赤羽小姐写的报道之后才了解到,岛外的高中生们承载着给岛上带来下一代的期望。而关于这一点,可能女生身上承载的期望要更大一点儿。因为女生如果想要独立生活的话,就只能离开岛上去寻找工作机会。恐怕至今为止都是如此。而男生则有更多机会能够留在岛上,比如继承父业成为渔夫。但与此相对的,也就更加缺少结婚对象了。

"在这座岛上生活,真的很艰难。虽然我当初是逃到这儿来的,但这里的确存在许多札幌所没有的困难。"桃花的语气愈发坚定,并逐渐逼近了核心。

"有人,让我们回到最初的问题。七月采访时,你还在为岛上说话,但你现在的想法是不是已经变了?是不是发生了什么事情,让你觉得这座岛简直糟糕透顶?"

事已至此,已经没有必要再去否认了。

"是的。我觉得照羽尻岛简直就像是'深渊地狱'。"

有人依次和两个人对视了一眼,接着又说道:"这里的人不了解外面的世界,一味地坚信岛上的常识才是对的。岛上的人彼此之间没有距离感,又很自来熟,但也因此变得非常封闭。让人觉得压抑又狭隘。我已经后悔来这里了,说不定继续把自己关在东京的房间里还好些。"

如果什么都不做，至少还能保持现状不变。

"……你们两个不觉得这里很糟糕吗？"

"现在暂且不提。"或许是天气寒冷的缘故，平时眼神冷漠的桃花，眼角正带着些微的红晕，"一到这儿我就意识到了，岛上的人和我们这些外来者的想法是不一样的，很多地方都无法相互理解。"

阿阳学长也点了点头："岛上的环境封闭且缺乏外部交流，大家简直像是独自进化出来的。"

"有人你感到厌恶和烦躁的那些事情，并不仅仅是你一个人的烦恼，所有岛外来的人都是如此。你还没来上学的时候，我其实也不喜欢走在外面。大家都会主动跟我打招呼，感觉一直活在别人的视线之中，透不过气，但是……"

来到海鸟观测站之前，有人总觉得桃花就像是在居高临下地俯视着自己，但不知不觉间，似乎两人的目光已然平行。

"让我来帮你的是凉学姐啊。她也是在岛上长大的。"

有人忽然恍然大悟。

尽管最终几近决裂，可最早向他了解情况并伸出援手的阿诚，也是岛上的人。

"虽然岛上的人的确毫无距离感又自来熟，但换个角度想想，正因为彼此之间没有距离感，凉学姐才会察觉到你的烦恼，而且，她既然找我帮忙，也就意味着她知道岛上的人和外来者之间存在着无法相互理解的地方。刚到岛上的时候，我也不想在外面露面，不想被别人随便搭话，而察觉到这一点的就是凉学姐。她还跟我说，自己被阿诚的哥哥和阿阳学长拒绝之后，把这件事情告诉了妈妈,结果没过多久岛上就都传开了。所以自己也明白岛上的确有着让人痛苦的一面。她一直陪伴、安慰着我……所以,刚才我才会选择先讲出自己的经历,这只是在模仿凉学姐而已。"

听着桃花的话,有人突然意识到,桃花的声音比自己想象的要温柔许多。

"昨天,关于星泽医生的话题,我之所以会说自己并不那么认为,摆出一副不要把我跟你混为一谈的态度,是因为有人你现在只看得到岛上不好的一面。的确,大家在港口围堵星泽医生肯定是不应该的,但这么做难道不是为了翔马那孩子吗?他们做这些并不是为了自己,而是为了他人。当然,这并不代表为了他人就可以为所欲为,但反过来想想,至少你应该是可以理解凉学姐的想法的。在来到这里之前,我从没有遇见过像凉学姐这样的人。"

桃花的话和声音,如同春日的雨滴。

"你觉得最糟糕的情况,可能并没有那么糟糕。你可以选择继续封闭在自己的世界里,这是你的自由。但如果你愿意开口,事情或许会有所不同。"

桃花的话如同淅沥雨滴,一点一点耐心地敲击着有人的心墙。终于在他身旁那道用孤独筑成的墙壁上,打开了一道口子。

不管是道下还是桃花,为什么自己总是被这么漂亮的女孩说得哑口无言呢?桃花的经历和自己很像。她曾遭受过毫无道理的霸凌,梦想破碎,逃到了这座岛上。无论是遭受霸凌、身体受伤,或是苦苦期待的教练最终还是没来的时候,她内心的痛苦无疑是无法言喻的。即便如此,桃花依旧坚强。

自惭形秽。不,或许正如道下所说,自己实在过于软弱。可即便如此,他也没有被抛弃。在这里,总是有人愿意向他伸出援手。

一种难言的失败感悄然袭来,同时心中也萌发出了与桃花和阿阳学长的同伴意识。

"……从东京回来的时候,我收到了邮件,你们应该也知道的。邮件里的一些内容,现在天色有些晚了,你们要听吗?之后告诉凉学姐也无妨。"

于是,有人把邮件的内容以及与阿诚的争执,全都原原本本地告诉了他们。桃花和阿阳学长都非常认真地倾听着,没有评判谁对谁错。阿阳学长点头道:"原来邮件里写着这些。"而桃花则微笑着说:"谢谢你愿意跟我们分享这些。"

夜幕低垂,三人骑着自行车沿着昏暗的小路回到宿舍。宿舍的玄关正开着,温暖的空气迎面扑来。因寒冷而僵硬的脸庞渐渐松缓。恰好是晚餐时间,食堂里飘来了一阵熟悉的香味。

"今天吃的是大家做的海胆奶油意面哦。"后藤阿姨明亮的声音响起,"还有南瓜炖菜、卤鸡翅和沙拉,快去换好衣服,洗手来吃饭。"

桃花和阿阳学长换上拖鞋,走进宿舍,而有人在玄关停了下来,深深地吸了一口从食堂传来的意面香气。

原来味道这么香吗?

自从叔叔去世以来,他早已遗忘的那种健康的饥饿感,现在竟然又从身体中复苏。他的嘴里不自觉地分泌出唾液,肚子也随之咕噜一声响了起来。

有人脱下羽绒服，回到房间洗手漱口，然后走向食堂，和桃花、阿阳学长一起帮忙端菜，后藤夫妇也坐到了桌前。虽然没有吃意面用的叉子，但用筷子也一样。

有人的肚子咕咕直叫，但他依旧慢慢地将海胆奶油意面送进嘴里。

"有人，怎么样？阿姨做的好吃吗？"

后藤阿姨笑着问道。右边虎牙后面的银色假牙闪闪发亮。原本觉得俗气至极，现在却觉得假牙泛起的银光格外耀眼好看。于是他一边吃着嘴里的食物，一边点了点头。

桃花和阿阳学长也异口同声地说道："很好吃。"

有人把桌子上摆着的食物一口一口放进嘴里，细嚼慢咽、郑重其事地吃着。久违地打心底里享受着这顿美食。桌上的食物被他一扫而空。

有人又稍微添了一些意面。后藤阿姨见状笑得很是开心，银色的假牙又绽放出闪耀的光芒。

把餐具送到厨房后，有人正准备回自己的房间，阿阳学长却突然叫住了他。

"关于那份草稿，能让我看看吗？毕竟上面也写了关于我的内容。"

对于自己被视为病人这件事，阿阳学长似乎完全不放在心上。或许是因为他早已被下了迟早会失聪的诊断，自然也就觉得理所应当。有人回想了一下关于阿阳学长的草稿内容，记得其中主要讲的都是关于转地疗法的内容，并没有关于病情的悲观描述之类的可能会让学长遭受打击的记录。

"我知道了,我去给你拿。"

"谢谢。"

有人和阿阳学长一起上了二楼,学长在走廊稍等片刻后,有人把草稿装在信封里一起交给了他。

把草稿交给学长后,有人又忍不住把耳朵贴在隔开两个房间的墙上,想听听那边有没有纸张翻动的声音。有人躺在床上,反复思考着阿阳学长的事情,感觉相比昨天,两人之间的距离似乎亲近了许多。桃花来到这里的理由自然无话可说。可关于阿阳学长,有人还是觉得似乎另有隐情。

病因可能是压力过大。

关于这一点,阿阳学长并没有解释清楚。如果他和自己还有桃花一样,属于遭受了霸凌的弱势方的话,事情就简单明了了。

话虽如此,有人虽然说出了自己对于叔叔、照尻羽岛还有岛民的心结,也告诉了他们作为导火索的草稿的存在,但对于自己来到岛上真正的原因,也就是关于"那一天"的事情,他依旧保持了沉默。或许对于是否要吐露心声太过犹豫,也或许只是因为时间太晚了。

这时门被敲响了,是阿阳学长。

"你已经看完了?"

时间仅仅过去了不到三十分钟。

"我只读了和我、你还有医生相关的部分。谢谢你。"

阿阳学长盯着交还到有人手上的草稿的一角看了几秒,然后转身准备离开。

"那个……"

对于叫住自己的有人，阿阳学长确实予以了回应。

"怎么了？"

"你……最近身体怎么样？"

"不算特别好……"学长轻轻按了按他黑框眼镜的鼻梁部分，"怎么了？哦，对了，那上面有写我的病名吧。你有去查这个病吗？"

"似乎偶尔会有一些艺人得这个病，我稍微查了一下，抱歉。"

"没事，其实大家都知道的，你没听他们说过反而比较稀奇。"学长若有所思地笑了笑，"原来如此，怪不得我感觉最近听你说话更清楚了，是因为你现在声音故意说得比以前大了吧。"

得了这种病后听低频声音比较困难，所以有人现在会故意提高自己说话的音量。而看到有人点头之后，阿阳学长又说了声"谢谢"，准备回到自己的房间，忽然他又停下了脚步，思索了片刻。

"……音频文件是在斋藤那里对吧？我也想听听。如果可以的话，能把那个也借我吗？"

阿阳学长解释称，想听听关于他自己的那部分内容。

"因为是寄给你的，所以里面可能会剪辑成只有你的部分，但我还是想听听看。"

既然已经给阿诚听过了，那这些应该也就不再是秘密了。而且有人也想确认一下里面究竟有没有关于道下的内容。既然阿阳学长希望能听一听，自己似乎也不太好拒绝。于是有人回答道："我没意见，你直接去找阿诚拿吧。"

阿阳学长第三次道谢，回到了自己房间。

有人打开回到手中的草稿,没有看关于自己的部分,而是再次浏览着上面关于阿阳学长的内容。

"十六岁少年。生于札幌市。十三岁五个月时确诊为两耳梅尼埃综合征①。低频听力损失严重。进入照羽尻高中后,随着环境的改变,眩晕发作的频率略有减少。"

第一次看到这部分内容时,有人满心都是自己的事情,而如今再看,却发现关于阿阳学长的记载之中,出现数字的频率要多得多。当看到问答概要时,有人这才发现原来阿阳学长还接受过问卷调查。

在被问及关于环境和生活习惯变化的问题时,阿阳学长表示现在比在札幌时步行时间增多了,还学会了骑自行车。只要天气不是太差,阿阳学长每天都会去海鸟观测站。

叔叔的评论如下:

"无论是哪种疾病,适度的运动对保持健康至关重要。因此,通过改变环境来促进生活习惯的改变,这一点是有利于病情的。此外,患者的性格有些神经质,很容易感受到压力,但在当下的环境中,患者观察野鸟这一爱好成为日常性行为,对舒缓压力有着极大的帮助,从而也使得病情稳定了下来。睡眠质量也有所提高。"

自己和桃花已经放弃了理想中的未来,而阿阳学长尽管无法乐观地面对完全失聪的可能性,却依然坚持着成为研究者的梦想。有人想象着自己和阿阳学长易地而处会是怎样:如果只有一只耳朵失去了听力还好,两只耳朵全都失聪的话,未来已无处可走的绝

---

① 梅尼埃综合征是以膜迷路积水为主要病理特征的一种内耳疾病。本病以突发性眩晕、耳鸣、耳聋或眼球震颤为主要临床表现,眩晕有明显的发作期和间歇期。

望必定会席卷而来。有人想象着一个情景——要通过叫声来寻找一只看不见的鸟儿。

恐怕连小学生都明白这是不可能的。

为什么会产生这么大的差距呢？阿阳学长又是如何看待自己的未来呢？

——要不要试着想象一下未来的自己？

如果阿阳学长听到这句话会怎么想呢？

听声音，阿阳学长似乎从隔壁房间走了出来，大概是要去洗澡了。

关于海鸟观测站发生的一切，包括草稿的事情在内，有人都主动告诉了凉学姐和阿诚。因为希望桃花和阿阳学长也能在场，所以有人选择在午餐时间和他们聊了这件事。他还向凉学姐表示了感谢，感谢她给了自己说明这一切的机会。同时他也没有忘记为之前的争吵向阿诚说"对不起"。

"没关系的哦。"凉学姐笑着露出了洁白的牙齿，然后把一个硕大的橙子分了一半给他。阿诚则带着羞涩的笑容，从桌子下轻轻踢了他一脚。然后他又像什么事都没有发生一样，开始自豪地讲起他父亲今年去捕捞鳕鱼时收获有多么丰富。阿诚依旧是那个阿诚，从不掩饰对父亲的崇拜。有人回想起第一次和阿诚起争执的那个六月。阿诚就是这样一个人，从不拖泥带水。

如此看来，阿诚之所以劝他听一听那个音频，大概也是出于作为朋友的真心吧。

"关于柏木寄来的那份音频。"这时阿阳学长对阿诚开口了,"能借我听一下吗?川岛同学已经同意了。"

"有人说可以的话那就没问题。"

阿诚从背包里拿出信封,递给了阿阳学长。他嘴边依旧带着笑意,但眼神中却带着几分认真。"听了这个之后,"阿诚用蓝色的午餐布包好吃完的便当盒,然后紧紧打了个结,"我觉得川岛医生真是太帅了。"

叔叔真是太帅了。有人内心的湖面泛起了微波。

"……是吗?"

有人偷偷瞄了桃花一眼。如果是桃花的话,这时候她肯定会点点头说:"那我也听听看吧。"毕竟她总是比自己走在更前面。有人带着些许羡慕的心情,始终没有勇气开口说一句"我想听听看"。

阿阳学长很快就听完了音频。当天晚上十点多,他便来到有人房间物归原主。

"谢谢,这个我直接还给你就行吧?"

有人心想,如果这个时候让学长去还给阿诚未免显得有些幼稚,于是便接过了信封。与此同时,他还注意到阿阳学长手里正拿着一个便携式 DVD 播放器。

"如果你没有播放器的话,这个可以借给你。"

有人说自己有电脑,所以不需要这个,便只接过了信封。

"东西已经还给你了,那么,晚安。"

"那个,学长。"

继还草稿那次之后，有人又一次叫住了阿阳学长。而他也毫不犹豫地停下了脚步。有人鼓起勇气问道："为什么，你会想成为一个鸟类研究者呢？"

"因为喜欢鸟啊。"

"当被告知这样下去可能会失聪的时候，你不会觉得自己的梦想破灭了吗？要做研究的话，有时候还是必须要听听鸟的叫声吧？即便如此，为什么你还能坚持下去呢？"

透过眼镜的镜片，可以看到学长眼旁的肌肉似乎紧绷起来。握紧的手放在了嘴边，脸上显露出苦苦思索的表情。

"那个，对不起，问了个这么奇怪的问题。"开着暖炉的室内与走廊的寒冷形成鲜明对比。有人打开门，寒气迎面而来。"忘了吧。"

然而阿阳学长并没有离开，而是站在原地好一会儿。

"……可以进屋里说吗？这里太冷了。"

阿阳学长开口道，指了指有人的房间。有人回头看了看自己那间六叠大的房间，让学长走了进来。房间里多少有些凌乱，就先暂且不管了。

有人让他坐在椅子上，但阿阳学长避开了铺在地板上的床褥，跪坐在地板上。

"你喜欢野吕同学吗？我听斋藤说的。"

突然的坦率表达让有人的脸立刻变得滚烫："那个，这个问题跟现在有关系吗？"

"有关系。"阿阳学长的表情变得黯淡，"这和你的问题有关。"

尽管有人很想说这一切好像完全没有任何联系吧，但看着学长那凝重的神情，他还是没有说出口。

"你知道'假鸟（decoy）'这个词吗？"

"是指设置在悬崖上的海鸟模型吧？有了它，鸟群就会误以为那里有伙伴，进而成为繁殖地。"

"对。其中最著名的案例就是信天翁的繁殖项目。这一项目中，出现了一只对某个特定假鸟产生了执着的个体。它的名字叫'德科（deco）'。在长达九年的时间里，它一直对着22号假鸟跳求偶舞。殊不知，对方连求偶是什么都不知道。"

"居然被取了那样的名字？"

"信天翁一旦选定了伴侣，就会至死不渝。我在知道德科的故事后，才对鸟，特别是海鸟产生了兴趣。要说为什么的话……"

"可能是因为我跟德科很像吧。"阿阳学长如此说道。

"我完全不明白喜欢或者想和某个人交往这样的情绪。至今为止，我从未产生过这些情感。"

有人愣住了，阿阳学长低下头说道："你现在的表情就像是在说，这家伙在说什么胡话。"

"我并不是在开玩笑。那些歌手唱的都是关于恋爱的歌，恋爱电影也总是大受欢迎，恋爱题材的漫画和小说比比皆是，明星的恋情更是新闻头条的常客，大家似乎都对恋爱很感兴趣。她也是如此。"

"她？你是说凉学姐吗？"

"不，是我初中时的同学。当时她受到了一些霸凌，而在那个时候，她向我表白了。在初一的情人节那天。"

有人本想翻个白眼问他是不是在炫耀，但却看到阿阳学长的眼神愈发黯淡了。

219

"我当场拒绝了她,说自己根本不懂这些事情。她哭得很厉害。更糟的是,当时好像被别人看到了。女生们都在取笑她,说她是'被人冷漠拒绝的发情期母猪'。我当时并没有将这些放在心上。毕竟,突然面对那些我完全不理解的感情,我自己也倍感困惑。"阿阳学长先提前说了一句,自己的言辞或许比较尖锐,然后继续说了下去。

"那些满脑子想着恋爱的人,在我看来就像外星人一样,和我压根儿就不是一个世界的人。所以,对于她的遭遇,我并没有伸出援手。即使事情已经明显超出了玩笑的界限,我也依旧什么都没做……在五月,她从教室的窗户跳了下去。幸好是二楼,只是脚踝骨折了。但自那以后,她再也没来上过学。有些人对我说,如果你答应了她,不就不会发生那样的事情了吗?我回了句不可能,然后那位不在场的女孩又被嘲笑了。之后不久,我开始每天半夜都会醒来,直到某天早上醒来时,整个世界好像都在高速旋转。"

"啊……原来是这样。"

尽管其中包含着许多复杂的因素,但有人还是明白了,这就是阿阳学长压力的来源。直白地说,声称自己完全不懂恋爱是怎么一回事的阿阳学长,可能才是让人难以理解的一方。但换个角度来说,阿阳学长或许也知道,自己在别人眼里,可能才是那个外星人般的存在。

"你跟凉学姐说了吗?关于你说的那个……"

"说了。我告诉她,我大概一辈子都不会和谁交往。"

"果然,她应该很惊讶吧?"

"不知道。但可能我带给她的伤害比我自己想象的更加严重,似乎让她胡思乱想了很多事情。

"尽管如此，她对我的态度依然没有改变，这让我多少有了些安慰。"阿阳学长笑了笑。

在接受赤羽小姐采访时，只有一个问题让阿阳学长陷入了困窘之中。那就是"即便将来因为升学离开这个岛，之后还会想回到岛上来生活吗？"或许是因为他看出了这个问题背后隐藏着的关于这座岛的真相。来自岛外的他们，就像濒危的海鸟一样，如果阿阳学长也想到了这一点，那么他如此难以回答这个问题也就在情理之中了。不管是否会回到这座岛，考虑到他的身体情况，阿阳学长无论如何也无法回应那些期待。

"不知从什么时候开始，周围的人都开始说那个女生很可爱、那个男生好帅，开始春心萌动，问我有没有钟意的人，妈妈也开始频繁换男朋友。就在我身处这一群外星人中感到无比困惑纠结时，偶然知晓了德科的存在。虽然我对人类的一切都一无所知，但对鸟类却情有独钟。那个对假鸟一心一意的德科，让我觉得非常有趣，并且喜欢上了鸟类。"

说到这里，阿阳学长扶了扶自己的黑框眼镜，挺直了背。

"开场白好像有点长了，我现在可以回答你的问题了。当我的听力出现问题时，我的确想过自己或许无法走上鸟类研究这条路了。于是我再一次开始了和自己的对话。"

不知不觉间，阿阳学长逐渐恢复了平时那种冷静的语气。

"我没有去考虑自己能做什么工作，而是在想，怎样才能活得让自己更有满足感。耳朵的问题，无论如何都无法改变，而我也依然是我。所以，我果然还是没办法放弃鸟类。即使不能成为鸟类研究者,我依然想去靠近、去观察和研究鸟类。更贪心点儿的话,我想通过研究鸟类,了解关于地球环境变化这些更宏大的问题。如果能像这样与周围的世界产生联系的话,我觉得也不错……有时候我觉得,听力上出现的这些问题,也让我找到了自己真正想做的事情。所以,这并非毫无意义。就像岛上的那个红绿灯一样。"

——正因为有意义,才会存在。

岛上唯一的那个红绿灯,有人曾觉得毫无价值,但阿阳学长却给出了这样的评价。

"鸟类真的很棒。看着它们,就觉得自己和周围的差异都变得微不足道。那些烦恼,突然觉得不值一提。这样一来,应该就能与身边的人更好地相处了。我希望自己能成为这样豁达的人……所以我才留在了这里。"

"从东京回来后我就在想,最近海鸟好少啊。可你依然经常去海鸟观测站……看来你真的很喜欢鸟啊。"

"别小看鸟类啊。"

春天时,阿阳学长在海鸟观测站对有人凶巴巴地说的这句话,似乎再次在有人耳边响起,让他分外怀念。

"很多海鸟都已经去了南方,但像鸲鹆这样的鸟还在。而且这个季节刚好可以看到虎头海雕[1]。还有粉红腹岭雀[2]、丑鸭[3]之类的鸟也都有机会看到。我怎么看都看不腻。更重要的是,它们在天空中翱翔,是最接近宇宙的存在。这也是很吸引我的一个地方。"

---

[1] 虎头海雕是隼形目鹰科海雕属鸟类,体形硕大。
[2] 粉红腹岭雀为燕雀科岭雀属的鸟类。
[3] 丑鸭具有非常丰富多彩的羽毛,酷似意大利哑剧中多姿多彩的角色——丑角,故名之。

"海鸟不是飞不了太高吗？"

阿阳学长笑着同意道："那倒也是。"他站起身子，似乎完全没有脚麻。

"好了，晚安了。坐了这么久，真是不好意思。"

"学长，没想到你还挺能说的，以前都不知道。"

阿阳学长刚才的笑容像是幻影般倏忽消失了，他低声说道："我一直在想，虽然对我而言，她像是个难以理解的外星人。但如果我做些什么……比如制止班上同学对她的嘲笑，或许事情会有所不同吧。"

有人从他的侧脸上，看到了悔恨的阴翳。

"……如果你当时出言制止的话，自己也会面临很多麻烦吧。"

"当你陷入烦恼之中时，我也曾袖手旁观。刚才你叫住我时，我就在想，如果我继续视而不见的话，你的情况一定会越来越严重，而我也肯定会后悔今晚什么都没做。所以才会说这么多。"

"原来是这样。"

有人这才明白阿阳学长为什么会把这些敏感的事情一五一十地告诉他。阿阳学长早就察觉到某些事，但他独自纠结挣扎着，要不要像过去那样袖手旁观。有人回想起了阿阳学长最近苍白的脸色和提前离校时的样子。

现在站在自己面前的，是一个背负着袖手旁观的过去的人。在悔恨的终焉，今晚的阿阳学长还是选择了付诸行动。

在羽田机场告别时，哥哥的脸庞和话语在他心头一闪而过。

"谢谢你给我这个机会。"阿阳学长目光投向有人手中的信封，"或许也是因为它吧。"

"这个？"

"嗯。还有，我以后不会再扔掉那些药了。我并不是觉得听不见也无所谓。"

阿阳学长回到了自己房间。

只剩自己一个人了，有人从信封中拿出了 CD 盒。他发现里面除了 CD 盒之外还有一个写着"川岛有人收"的白色信封。信封未曾被打开过。

有人从 CD 盒中取出了光盘，然后坐在了电脑前。

寒假开始后，第一个回家的是阿阳学长。他是为了参加年底举行的补习班短期集中课程才回去的。桃花则是在阿阳学长走的第二天回家的。

"你什么时候回去？"在送桃花上船时，阿诚问道，"宿舍不是也要关门了吗？"

"明天，二十九号回去。"

从十二月三十日到一月三日，后藤夫妇开始了新年假期。

尽管星泽医生一事在网上引发了小范围的热潮，但岛上仍然有一些游客来访，甚至还有举家前来游玩的游客。

"有些人打算来照羽尻岛过年来着，虽然很少，但还是有一些。那些天文爱好者也会利用假期来拍摄冬季星空。"

有人帮阿诚一起在斋藤家做着岸上的捕鱼准备工作。之所以在岛上一直磨磨蹭蹭待到年末，是因为他犹豫着要不要回去，只不过这次的理由与暑假时并不相同。

岛上的种种事情曾让他极为不快，但现在却又发现了许多他未曾看到的一面。他认同了桃花的话，岛上的确没有他觉得的那么糟糕。但如果回到东京之后，他再一次觉得比起岛上的生活，还是躲在自家巢穴之中更为轻松，或许又会再次堕落其中。

真是软弱。

自从在海鸟观测站和来自岛外的大家推心置腹地交谈之后，有人对自己的软弱有了更清晰的认知。细细回想起来，无论是在东京自我封闭的生活，还是来到岛上后的自欺欺人，所有的这一切都源于自己的软弱。

而揭示了现在的有人的具体软弱之处的，正是柏木发来的音频。

尽管他已经将光盘放进了电脑的 DVD 驱动器里，但最后还是没有播放。他曾多次鼓起勇气想要按下播放按钮，阿诚和阿阳学长的话也引起了他的兴趣。如果这里面的内容会伤害到有人，那么这份数据就不会送还到他手上。即便如此，到了最后关头，有人却又害怕里面会不会潜藏着两人没有注意到、只会朝自己射来的暗箭。信封里装着的另一封信，他同样也没有打开。

叹了一口气，他继续整理着章鱼网，这时，阿诚的父亲走进了工作小屋。

"从明天开始，暴风雨会持续一段时间哦。"

海风卷起积雪，天空中晴朗无云。他看了一眼手机，天气预报上显示的是晴转多云。

然而，阿诚的父亲是对的。第二天，渡船停航了，有人失去了

225

回家的交通工具。后藤夫妇说他可以继续住在宿舍,阿诚也邀请他去自己家。

"这样的话你干脆来我家好了,我爸妈说了,如果你愿意帮忙做点岸上的捕鱼准备工作的话,就可以住我家哦。"

阿诚似乎有个计划。二十九号下午,在去斋藤家的路上,他低声对有人说道:"如果船一直停航的话,你就只能在我家过年了吧?要是这样的话,你就去跟我爸说,哪怕一次也好,很想去海上看看日出,说不定我爸会答应。"

一直想坐父亲的渔船出海的阿诚,显然是想借此机会让有人替他去说服他父亲。

"暴风雨没停的话,渔船也不能出海吧?"

"说的也是啊,天气这一关真是怎么都过不去。"

"天气就像是这个世界的终极头目一样。"

对于有人的这个比喻,阿诚轻快地笑了笑。

当天的晚餐丰盛极了,大家一会儿劝他吃这个,一会儿劝他吃那个,吃得他肚子都快撑破了。

桌子上摆着在宿舍很少能吃到的生鱼片,而且还是寒比目鱼[①]做的生鱼片。还有鳕鱼火锅和腌鲱鱼等等,大家一起大快朵颐。阿诚的父亲喝着酒,母亲则边哼着小曲边往锅里加菜。

"妈,别唱了,太难听了。"

"这不挺好的嘛,喜欢唱就让她唱嘛。"

她一边哼唱着"没有哪个夜晚无法迎来黎明"这样熟悉的旋律,

---

[①] 冬季捕捞的比目鱼称为寒比目鱼,外形与夏季相似,但眼睛所处的侧面刚好相反。

一边洗着餐具，那背影看似充满了阳光，但有人却感受到了某种淡淡的寂寥。

阿诚有一个哥哥，应该是叫阿至。他拒绝了凉学姐的告白，选择了离开家去当一名西点师，而且至今没有回家。有人忍不住在想，他会不会和自己一样，在北海道本岛的那一头等待着风平浪静呢？

即便是阿诚，也几乎没有提过他哥哥。

"有人，打个电话回家吧。"

小酌一番后，阿诚的父亲面色微红地说道。

"是呀，阿姨也得和你父母打个招呼呀。"

虽然在渡船停航时已经用连我给家里人发过消息了，但有人还是决定在阿诚一家面前打个电话给自己的父母。接电话的是和人，他告诉有人，东京的新闻也在报道这次风暴。

"据说会持续到年后。真是不凑巧，我去让妈妈来接电话吧。"

有人告诉妈妈，等天气好转，渡船一恢复他就回去。然后把手机递给了阿诚的父亲。

在酒精的作用下，阿诚父亲的双眼本已有些蒙眬，但在接过手机后，立刻又恢复了往常精悍的眼神。他的声音有些大，带着些住在海边的人独有的口音，但听起来让人感到十分可靠。有人想着母亲，不禁在心里微微一笑。大概母亲从未与像阿诚父亲这样的人交谈过吧。

阿诚的母亲语气亲切，完全不会让人感到拘谨，她跟有人的母亲表示，在渡船重新起航前一定会照顾好有人的。有人接过手机，手机那头的母亲显得非常不好意思，一再表示"阿诚家里人实在太热情了""回头一定要寄点礼物过去""把阿诚家地址告诉我",然后又反复叮嘱道:"你可千万不能收他们给的压岁钱啊!我已经告诉阿诚的妈妈不要太宠着你了。"

在斋藤家待的这一夜渐渐深了。有人第一个洗了澡。就他所知,阿诚的哥哥一次都没有打电话回来,而阿诚的父亲也早早上床休息了。

有人的床铺在了二楼阿诚房间的地板上。

"就算放屁什么的我也完全不在意,你想放就放吧。"

阿诚说完以后,在那张对他而言有些狭窄的床上,居然真的放了个屁。

"臭死了。"

"我的屁不臭,这不挺好闻的嘛,像花香一样。"

"阿诚你是笨蛋吗?"

有人笑着说道,而阿诚却反而变得有些严肃。

"有人你能来,真的太好了。"

"为什么?不会妨碍你们一家团聚吗?"

"我哥不回来这事,我爸其实挺在意的。有你在的话,老爸他心里也稍微舒服点儿。他一直希望我和我哥能继续做一个渔夫。我原本也是打算和哥哥一起上船的。嗯……可能光我一个人有点靠不住吧。"

"你为什么想做渔夫呢?"

"可能是因为我一直在我爸旁边看着他工作吧。"阿诚每次挪动手脚时,在黑暗之中就会传来床褥轻微的摩擦声,"如果我是在岛外出生长大,可能会想当个飞行员或者棒球运动员吧。但我还是喜欢这里。反正迟早会变成一个大叔,那我宁愿做个像我爸那样的大叔。"

"原来如此。"有人由衷地说道,"我觉得挺适合你的。"

"不过我不喜欢喝酒。小时候偷偷喝过,差点儿死了。把我救回来的就是川岛医生。那是他来岛上的第一天。"

有人一呆,转而又哈哈大笑。没想到叔叔来到这个岛,遇到的第一个病人居然是一个因急性酒精中毒差点儿死掉的小学生。

"所以你说的差点儿死掉是因为这个?"

"真的很危险的!如果不是川岛医生在的话,你现在都看不到我了。"

或许当时虽然醉意朦胧,但阿诚也对救了自己一命的叔叔产生了憧憬。有人刚来到照尻羽高中那天,阿诚曾经说过,如果自己脑子聪明一点的话,说不定会想成为一个医生,然后回到岛上贡献一份力量。

如果真是那样的话,就说明阿诚和自己一样,都对叔叔心怀憧憬。

一股温暖的感觉悄然在内心深处涌现而出,与此同时,叔叔的身影也浮现在了他脑海中。看过那份草稿之后心中生出的烦恼纠葛,此刻似乎随风渐逝,浮现在记忆之中的叔叔面带着微笑,眼神温柔且明亮。

"明天我们一起去求老爸,让他带我们去看日出吧!"阿诚朝他伸出了拳头,有人也用拳头轻轻地碰了碰他的拳头以示回应。有人想着藏在自己背包里的信封,任思绪纷飞,闭上了眼睛。

三十日，除夕。渡船依旧停航。强劲的海风不停地朝斋藤家吹来，茶室窗外的海面几乎完全看不见了。暴风雪和积雪被风卷起，让整座岛变成白茫茫一片。

到了元旦，有人也只能继续寄住在斋藤家。除了帮忙做些捕鱼准备工作之外，有人还帮着阿诚的母亲准备年饭。打扫完卫生之后，尽管有些手忙脚乱，但他还是和阿诚一起到厨房来帮忙。

阿诚的妈妈哼着平时挂在嘴边的歌，忽然问有人："你知道阿姨唱的这首歌吗？"

"感觉好像听过。"

"是松田圣子[①]的《琉璃色的地球》。年轻时我特别喜欢这首歌，现在也很喜欢。"

阿诚的父亲一边听着收音机，一边联系渔业协会，盯着传真机传来的天气图。

"老爸，明天早上怎么样？"阿诚再次试探性地问道，"我们去海上看日出吧！好不容易有人也在，机会难得啊！"

之前阿诚的父亲都会以一句"别说这些傻话了"一口回绝，但这次却不一样。

"有人。"阿诚的父亲开始询问有人的意向，"你怎么看？想看日出吗？"

——有人想做些什么呢？

有人内心浮现出叔叔的声音。

"我……我怕万一我晕船会给大家添麻烦。"

---

[①] 松田圣子，日本歌坛传奇天后，以其出色的唱功和美貌成为无数人心中的偶像。

阿诚的父亲嘴角微微上扬:"这可不算是回答。"

这时电话铃响了。有人不自觉地看了看钟,差不多到中午了。阿诚的父亲拿起电话。

"搞什么,是你小子啊。"听到这句话,阿诚和他妈妈都停下了手中的动作,竖起耳朵听着。阿诚的父亲用低沉的声音附和着:"嗯,嗯。"最后说了一句"知道了",就挂断了电话。

"是哥哥吗?"阿诚问道。

对于阿诚的问题,阿诚的父亲"嗯"了一声,点了点头。然后又嗤笑一声:"那小子说到后茂内了,但渡轮停运了回不去。不过这小子其实根本没打算回来,我都听到后面传来的电车广播了。"

有人困惑地歪了歪头,阿诚给他解释道:"后茂内那边没有开通电车,也就是说他根本没去那里,肯定待在札幌都没动弹。"

"没事,阿至也有他自己的事要做。"阿诚的父亲低头继续看着天气图,"傻小子,非得编这些没必要的谎言。"

"既然如此,有人你干脆睡阿至的房间好了。"阿诚的母亲主动说道,"你不觉得阿诚打呼噜很吵吗?这孩子从小睡相就不好。"

考虑到阿诚父母内心的想法,有人不可能真的借住那个房间。

除夕的晚餐比平常提前了一段时间。而且桌上已经摆好了年菜。有人感到很惊讶,可斋藤一家却一脸这有什么奇怪的表情。

"你们东京人除夕一般吃什么?"

"啊,一般会吃荞麦面什么的。"

有人这才知道,在照羽尻岛和北海道部分地区,从除夕就会开始吃年饭还有其他佳肴。

"还有刺身拼盘哦。这是手卷寿司和毛蟹。"

231

大家饱餐一顿后，便轮流去洗澡，然后看了红白歌会①，晚上九点左右，肚子又有些饿了，于是大家又一起吃了跨年荞麦面。

吃完荞麦面后，阿诚的父亲打了个大大的哈欠。

"我去睡了，晚安咯。"

即便是除夕，渔夫的习惯也不会轻易改变。或许是身体里已经有了固定的睡眠节奏。他们收拾好碗筷，等到期待已久的松田圣子表演完节目之后，阿诚的母亲没有等待红白歌会的结果，便直接回了卧室。

有人和阿诚一起切换频道打发时间，到了跨年时分，阿诚开玩笑说："去年的红白歌会你觉得怎么样啊？"他们相视而笑，接着就各自睡觉去了。

"……起床了！快点儿，起床了！你们快点儿！"

渔夫那粗哑的嗓音响彻耳畔，有人不自觉皱紧了眉头。他勉强睁开了眼睛，房间里虽然黑暗，但走廊的灯光透过微微敞开的门缝，带来了些许光亮。门口正站着一个身量谈不上高大，但体格很是健壮的男人，双腿分开而立，颇具威严。男人把手里的东西重重地扔到了地板上。

"你们不是要看日出吗？快点儿起床穿好衣服。记得把这玩意儿穿在最外面。"

"真的吗？"

阿诚一下子跳了起来，有人也迅速清醒过来。他拿起枕边的手

---

① 红白歌会是日本广播协会（NHK）主办的音乐节目，在每年十二月三十一日，向日本全国进行现场直播。

机看了看时间,早上四点十八分。

"很冷的哦。不想冻死的话赶紧穿暖和点儿。换好衣服就过来,我们要出海了。"

## 8

关掉暖气的房间异常寒冷。但阿诚却毫不犹豫地脱下了睡衣。

"终于可以出海了!"

他那满是肌肉的胳膊上布满了鸡皮疙瘩,微微颤抖着的声音,不知道是因为寒冷还是因为兴奋。

"你也赶紧换衣服吧。"

在开灯之前,阿诚的父亲就离开了。放在地板上的两套防寒服是上下配套的,分别是蓝色和橙色。

阿诚告诉有人,这是渔民冬季出海时穿的,然后查看了尺寸。

"橙色的比较小,应该是你的。"

有人按照阿诚的指示,穿上了长袖的保暖内衣、长袖衬衫,再在上面套上一层最厚的毛衣,接着穿上牛仔裤,然后在脖子上围上了平常那条黑色围巾。阿诚还把耳罩和帽子借给了有人。

最后一步就是穿上橙色的防寒服。这种材质能防水防风。有人从未穿过这么厚的衣服,但穿上后并没有想象的那么僵硬难以动作。

阿诚的母亲正在客厅里,身上穿的针织开衫和裤子似乎都比平时穿的要更高档些。她说着"你们最好吃点儿东西",然后递给阿诚和有人一些小饭团和热茶，吃完后还让他们吃了晕船药。然后把装满水的水瓶和暖宝宝递到了他俩手里。

"船上也有厕所，要小心啊，一定要平安回来。"

穿上玄关上准备好的橡胶长筒靴，两人走了出去。离天亮似乎还有一段时间。暴风雪如奇迹般平息了下来，但屋外依旧寒冷刺骨，裸露在外的脸颊刺痛得像是被针扎一般。

在一片漆黑之中，唯一一艘停泊在港口的船只却闪烁着明亮的灯光。有人和阿诚朝着那艘船跑去，一踩上雪地，便传来了有人有些陌生的嘎吱嘎吱声。

阿诚毫不犹豫地从左舷后方跳上了船。在反作用力下，船身不住晃动，有人下意识停住了脚步，而阿诚说着"真拿你没办法"向他伸出了手。在阿诚的牵引下，有人跨过了船与码头之间这宽几十厘米的黑暗。

"出发。外面很冷，你俩快进船舱。记得穿好救生衣。"

阿诚父亲的声音从操舵室传来，有人和阿诚按照指示行动。操舵室后面有一个像是把电车车厢的一部分按比例缩小的小房间，可以容纳好几个人。

"这艘船最多可以乘九个人呢。"

阿诚就像把自己当成了船主似的，一脸骄傲。往右方船头看去，还能看到阿诚父亲露出了个头。

有人照着阿诚穿好了救生衣，引擎仿佛正等着这一刻，声音突然发生了变化，有人的心脏也不由得随之剧烈跳动起来。

船开始驶向大海。有人扭头回望着背后的窗户。外面的黑暗将窗玻璃映得如镜面般清晰，有人看见自己满是不安的脸庞。他把注意力转向船底。或许是海面风平浪静的缘故，船身几乎没有晃动，平稳前行。

然而，这份平静转瞬即逝。船只一离开港口，驶出防波堤的庇护后，便开始了与海浪的战争。海浪撞击着船身侧面，细小的水珠溅到窗玻璃上。有人不由得咽了咽口水，稍微松了松防寒服的衣领和围巾。

"你害怕了吗？"

阿诚调侃般的语气让有人有些不爽，他反驳道："只是有点儿热罢了，因为穿得太多了，你看外面还套了件救生衣呢。"

"冬天穿多一点儿也没关系，热了就脱嘛。总比穿得太少，冻得瑟瑟发抖要好，起码小命不会有危险。"

"这就小命有危险了？也太夸张了吧。"

阿诚的眼神变得认真起来。

"可别小瞧了大海。"

有人下意识抿紧了双唇。

这时，船体突然倾斜。阿诚回到了后面，有人则往前走了几步。紧接着，船又朝着相反的方向倾斜，有人戴着帽子的后脑勺狠狠地撞上了窗框。

看向舵室，阿诚父亲的背影依旧没有任何变化。

"随便抓住点什么！"

阿诚快速说道。船的晃动越来越厉害了。在飞机上，空乘人员总是会第一时间通过广播安抚乘客——"这对飞行没有影响"，但在这艘渔船上，不会有任何人来给予安慰。

"相信我爸。"阿诚似乎看透了有人的心思，"这种情况很正常。"

"你以前坐过船吗？"

"没有，但听我爸他们说过，所以才知道的。"

是啊，阿诚的父亲能比天气预报员更为准确地预测天气。每年年底，他总是拿着气象图看个不停。如果航海有危险，他根本不会让船出海，更不会让像有人这样别人家的孩子上船。

是的，没问题的。船不会翻覆或沉没，无论海浪如何翻腾，阿诚父亲的背影仍然显得从容不迫。

然而，另一个问题已经迫在眉睫。

"我想去外面……"

虽然吃了晕船药，但感觉嘴里早已满是唾液。头痛的微小火苗随着船只的摇晃变得愈发炽烈，随之而来的还有越来越强烈的恶心感。

如果能吹吹冷风，说不定能好些。有人想去甲板上，于是伸手去抓门把手。

"从那边的甲板过去，船尾有厕所。"阿诚一边说着，一边跟了过来。

"会淋湿的。"阿诚的父亲提醒道，"小心点儿！在船上走动的时候一定要抓住点什么东西，千万别松手！阿诚，有人就交给你了！"

"知道了。"阿诚像是在吼一样回了一句。

当他们走到甲板上时，海风夹带着强烈的海腥味扑面而来，像冰雹一样袭击着他们。船只战胜了一个又一个海浪，海水不断冲刷甲板。外面仍是一片漆黑，但当眼睛逐渐适应了这片黑暗后，海的模样渐渐清晰了。有人紧紧抓住甲板上的栏杆，望向船头。

船的前方，波涛如山。这座黑黢黢的小山峰顶堆着数不尽的白色泡沫，是有人从未想象过的形态。虽然阿诚父亲的船比停泊在港口的其他船要大很多，但在浩瀚的大海面前，也显得如此脆弱。

然而，船依然在前行。

当船驶上那座黑色小山时，有人感觉五脏六腑都要从脚后跟甩出去了，一阵强烈的不适感突然袭来。

而当船翻越而下时，之前被甩出去的五脏六腑，又随着新的呕吐感原路返回。

那连绵的黑色小山，仿佛永无尽头。

随着上扬的角度与波浪的起伏，他们不仅上下颠簸，还时不时左右晃动。身体的平衡感受到极大冲击，几乎随时就要崩溃。

有人捂住嘴巴，勉强打开厕所的门，朝着小小的马桶大吐特吐。阿诚妈妈特意准备的饭团，包括之前吃的晕船药可能全都一起吐了出来。

吐完之后虽然感觉稍微舒服了一些，但新的担忧随之而来。

怎么办？船颠簸得这么厉害，可晕船药已经没有了。

不过，他还没来得及惊慌失措。

"让开。"

阿诚简短地说道。有人抓着门闪过身子，阿诚立刻冲向马桶吐了起来。

"真是太难受了！"

不久阿诚就返回了船舱。他带回了一瓶水，把水含在嘴里漱口，然后又吐进大海。有人正准备模仿阿诚的操作返回船舱时，阿诚默默递过了那瓶水。有人接过来，照着做了。

"在撒饵吗？"操舵室的窗户打开，阿诚的父亲探出头来，笑着大声问道，"要是受不了的话，现在回去还来得及哦。"

"我才没撒饵！"阿诚大声回应道，"这种程度对我来说就是个屁！"

"吐桶里吧。椅子下面是收纳的地方。你把座椅底板掀起来看看。"

"你早说嘛！"

"叔叔，你不用看路线吗？"

"这船有自动导航哦。"

阿诚和有人一起返回了船舱。这里比外面暖和，但还是吹着强风时，想吐的感觉会减缓一点。正如阿诚的父亲所说，椅子的坐垫其实是个可以弹开的盖子，里面正好放着两个蓝色的清洁桶。他们俩各抱着一个桶放在膝盖上，突然阿诚伸手过来，粗暴地揉了一下有人的脸颊。

"你干吗？"

"你脸色很差。"

"因为我晕船了。"

"不是的。只有那个地方红得很奇怪。你没感觉那里像针扎似的吗？快要冻伤的时候就是这样的，自己又看不见自己的脸，而且不舒服的时候也没空管是不是像针扎一样，所以身边的人注意到了以后一定要提醒。这都是我爸说的。接下来你自己弄吧。"

有人按照阿诚所说搓揉着自己的脸。冻伤，这是他完全没考虑过的事情。用手搓搓是为了刺激因寒冷而血液停止流通的部分，帮助血液循环。

"是不是因为自动驾驶才这么晃啊?"

"跟那个没关系,再怎么风平浪静,海也是动荡不休的。"

"不过啊……"有人在口中咽下酸涩的唾液,"这比想象中的要可怕得多。"

"我爸他从不和天气对着干,只要他说能出海就没问题的。"

船体再次倾斜。有人抱着桶,忍受着呕吐的冲动。

"……如果阿诚你也成了渔夫的话,应该也不会和天气对着干吧?"

"你这不是废话嘛,跟天气作对跟自杀有什么区别。但是吧……"

渔船接连越过海浪构成的山峰。头痛得要命。

"如果真到了那种时候,冒着生命危险也得出海。"

"什么时候?"

"要是不出海,爸爸、妈妈、桃花,还有你会挂掉的时候。"

波浪冲击着窗户玻璃,溅起浪花。

"……为什么?"

"与其活在悔恨之中,还不如赌上性命出海。"阿诚斩钉截铁地说道。然后又把脸埋进桶里吐了起来。

有人和阿诚已经吐了不知道多少次。每次吐完,阿诚就会漱口,然后小口小口地喝水。这样一来,胃里有东西会更容易吐出来,而且可以防止脱水。阿诚面色苍白地笑着说道,有人也一样照做了。

偶尔会从操舵室传来窥探的视线。对于经验丰富的渔民来说,这副样子肯定很丢人。但他现在丝毫不觉着羞耻,反倒觉得被人看顾着,心里安心不少。渐渐地,阿诚和有人趴在狭窄的长椅上,把头靠向船头。围巾上满是臭味,他们只好取下围巾,卷起来放好。

闭上眼睛,迷迷糊糊睡了几分钟,每次巨大的海浪袭来,他们就会睁开眼睛,把桶拉过来。发动机的声音变了,似乎降低了功率。

阿诚和有人同时猛地坐起身来,头晕目眩、剧烈头痛和恶心感让他们顿时全身僵直,但随即他们就把目光投向了窗外。

外面依旧昏暗。然而,却透着些熹微的色彩。是无限接近于黑夜的群青色,无数星光洒落其间。有人看到星星中也有色彩,有些带着蓝色,有些泛着红色,还有些透着橙色。

"你们出来吧。"

船停了下来,阿诚的父亲喊道。

有人把臭烘烘的围巾胡乱缠在脖子上,走上甲板。风比刚刚去厕所时稍微小了一些。他和阿诚一起走近操舵室的窗户。虽然已经没有什么大风大浪,但伴随着漂浮感的晃动仍在继续。阿诚的父亲从窗户伸出手臂,指向一个方向。

"太阳会从那个方向升起。我们的岛就在那边。"

有人凝视着指示的方向。海天连成一线,怎么也看不到岛的影子。但当他沿着群星的边界不断探寻,终于看到海面上有一个微小的凸起。

那凸起的黑色愈发沉郁,像是将整片夜色凝聚于此。而周围逐渐显现出光亮。

色彩从太阳初生的那一点开始不断延展。仍在遥远的地平线那一头的太阳,开始向全世界播撒光明,将夜晚驱赶到了有人身后。目光所及之处,万物流光溢彩,令人眼花缭乱。

终于，岛屿镶上了金色的光边。

与此同时，有人听到了鸟鸣声。

为了寻找食物，它们已经翱翔在空中了吗？它们才不会在乎新年之类的东西，只是每天为了生存而翱翔。

是哪种鸟呢？那只划破黎明的天空，仿佛在夸耀自己来自岛上一般，浑身被金色的光辉勾勒出轮廓的鸟儿。

世界开始闪耀。

"……元旦的日出。"

有人不由自主地喃喃道，背后的渔夫轻轻哼了一声。

"只要天气好，每天的日出都很美。"

船只随着海浪轻轻晃动。

"我不太喜欢你妈总唱的那首歌。"

阿诚反问道："是'没有哪个夜晚无法迎来黎明'那首歌吗？"

"对，就是那首。"

阿诚的父亲叮嘱他们保密，然后苦笑着低声说道："当时照羽尻高中面临废校危机的时候，我也去上过几天课。每逢大风大浪，船不能出海的日子，我就会去学校。去上课之后我才知道，那什么，地球会自转对吧？理科课程里教的。"

阿诚催促他继续："然后呢？你到底想说什么？"

"我想说的是，太阳升起是因为地球在转动，理科课上学过吧？"

阿诚催促道："所以呢？这个我早就知道了。"

"我想说的是，之所以黎明总会到来，是因为地球在自转嘛。说什么没有哪个夜晚无法迎来黎明，只要地球停转，夜晚不就永远不会过去嘛。"

"要是地球真变成那样，人类早就死光了。"

"我不是这个意思，阿诚。"阿诚的父亲咂了下嘴，"我真正想说的是，要想看到最美的黎明，就得靠自己去行动，光等着可不行，往前走才有未来。"

——要动起来，要行动起来。

"……在羽田机场的时候，我哥也说了类似的话。"

阿诚的父亲笑了，眼睛眯得像细细弯月："告诉你哥哥，下次一定要来这里玩。"

而刚才阿诚也说："冒着生命危险也得出海。"

朝阳已经完全显现出身姿，天空蔚蓝，如同回荡着的清脆钟声。

"好了，都看到了吧？该回去了，还得吃早餐呢。"

阿诚的父亲确定有人和阿诚都稳稳抓住了甲板上的栏杆后，重新加大了发动机功率。

渔船划破海面，朝着朝阳驶去。

迎着船头刮来的海风，有人脖子上的围巾被吹散了。

"啊。"

他伸手去抓，却始终未能触及。那条黑色的围巾朝后面飞去，最终消失在船尾航行的泡沫中，了无踪迹。

有人回过头看向船首。风从正前方迎面吹来。船正急速前行，这股风正是由此而来。他抓住栏杆，继续往前走。阿诚则紧随其后。

两人站在了船头的最前端。

即便全身湿透他们也毫不在意，任凭强劲的海风席卷全身。

"好大的风。"虽然很冷，但不知道为什么阿诚摘掉了围巾，"这风像是打在脸上一样,好痛啊!你痛吗?"

往前走,自然有风迎面。

"痛啊……当然痛了。"

这极为简单的事实,有人却在心里反复揣摩着。

当回到已经完全天亮的港口,清洗并整理好各种弄脏的东西后,他们终于回到了斋藤家。阿诚的母亲说:"洗澡水已经烧好了。"

"有人你先去洗吧。"

有人承蒙好意,第一个去洗了澡。阿诚他们还在等着,所以有人尽量加快了速度,但即使只是在温暖的水中浸泡了几分钟,身体和身体内那些紧绷的部分也渐渐松缓了下来。

等到斋藤父子两人也洗完澡,大家便开始吃早餐了。尽管身体仍残留着些许在海浪中摇晃的感觉,但呕吐和头痛基本已经消失了。大家看着电视里"新年马拉松接力赛"正在二区奔跑的选手,享受着年节料理和杂煮。东京的杂煮是用清汤做的角饼杂煮,而斋藤家的杂煮则不同,里面有虾和扇贝等各种海鲜,汤底也非常鲜美,简直无与伦比。

肚子吃饱后,有人突然感到一阵困意。本打算去阿诚的房间里睡一会儿,但担心自己一躺进被窝就会睡到傍晚。为了不过于失礼,有人四下张望,发现喝过屠苏酒之后,阿诚的父亲开始动真格地喝酒了。坐在暖炉旁的他,上身只穿着一件衬衫。看到这一幕,有人觉得自己像是拿到了免罪金牌,随即慢慢躺了下来。

有人闭上眼睛，不一会儿便进入了半梦半醒的状态。

似乎有谁走近了。感觉这个人圆乎乎的，应该是阿诚的母亲。她把一条暖洋洋的毯子搭在了有人肩上。

"……今天谢谢你了，老爸。"

"今天你可吐得挺凶的。"

在半梦半醒中，有人听到阿诚和他父亲的对话。

"怎么样，在船上吃够苦头了吧？"

"我才不怕……不过为什么突然同意我上船了呢？明明之前一直都说不行的。"

接着传来了一声喝酒的声音。

"去年……不，应该是前年了。那时你修学旅行去了不在家，我就把那家伙带上船去了。其实，那家伙当时还是有点儿兴趣的。"

"你让哥哥上船了吗？"

有人似乎听到了肯定的回答。

"阿至当时也是一样……也没什么大风大浪，但从出发到回来他都一直吐个不停……从那之后，他就再也不想上船了。如果那时没带他上船，他可能也不会去什么西点学校之类的鬼地方。"

周围弥漫着温暖的酒香。

"其实啊，我本来打算等你上了高中就带你上船的。但你看，阿至一上船就再也不肯回来了。所以……就一直拖到了现在，真是可耻啊。"

"……既然如此，那为什么还是让我上船了呢？"

"我早就做好心理准备了，就算你以后不想上船也没关系。你有你自己的人生。我能做的，就是告诉你大海是什么样的。阿诚，花点时间好好想想吧,就算你像阿至那样离开这座岛,也没关系。"

阿诚好像轻轻笑了一下。

"今天早上,老爸你让我上船的时候,我也决定了。到时候可能要吐个一年左右了,你可别怪我啊。"

"那我的船岂不是要臭死人了。"

阿诚的父亲大笑一阵后,擦了擦鼻涕。

一月二日的天气依旧平稳。有人乘上了早上的渡轮,回到了东京的家。然后在自己房间的 CD 播放器里,有人久违地听到了叔叔的声音。

哥哥和人知道了草稿和音频的存在之后,表示很想看一看、听一听。有人毫不犹豫地把这些东西交给了他。而没等他归还,七号的早晨,有人就踏上了回岛的旅途。

"这些放在我这儿没关系吗?"

"没事的。"有人回答道。哥哥和他一样,崇拜着叔叔的人生哲学。而且叔叔的每一句话,都已深深刻在他的细胞之中,已经不需要再听了。

不仅是每一句话、每一个字他都记得,甚至连叔叔和柏木两人对话的样子,有人都感觉历历在目。恍惚间,他感觉自己变成了诊所的盆栽,产生了自己当时就在现场的错觉。

这份录音是从柏木的声音开始的。而在他的声音背后,传来了泡茶的声音。

"您外甥没有接受任何药物治疗,是吗?"

"因为没有必要嘛。他之前在东京的时候,心理医生也给他开过药,但我认为解决之道并不在此。啊,谢谢。"

"乓嘭"一声,是柏木把茶杯放在桌上的声音。

"您是想通过改变环境,让他恢复身心健康,所以才把他叫到岛上的吗?"

"说到底,健康到底是什么呢?如果把毫无烦恼、过得无忧无虑定义为身心健康,那应该没有任何人可以说是完全健康的。至少我从没见过这样的人。每个人或多或少都有一些问题要去面对。你我也是一样。"

叔叔喝了口茶:"嗯,好喝,多谢了。"

"我只是希望他能走出自己的房间而已。"有人感觉叔叔似乎就在眼前,正低头看着茶杯,露出了温柔的微笑,"我想让他先喘口气。等他有了一些余力后,再遇见那些个性鲜明、无所畏惧的人们。希望他能体验人与人之间的情感,也希望他能去荒无人烟的地方看看。当独自一人待在海鸟栖息地时,你会觉得,无论你在或不在,世界依然运转,并且会永远这么运转下去。"

"如果觉得自己在或不在都毫无影响,会不会让他变得悲观呢?"

"每个人在自然面前都是无力的。希望他能体会到世界的广阔……是的,这是一个无比广阔的世界。无论你对这个世界多么地绝望,那也不是世界的全部,我希望他能在这个岛上明白这一点。"

椅子腿摩擦地板的声音。是不是柏木把自己的椅子挪到叔叔的身边了？

"您外甥的事，我是作为一个病例来听的，但川岛医生你并不这么认为吧。"

叔叔的回答很明确。

"你作为医生，把他当作病人来看待，也是一种角度。但我并不这么认为。他只是性格问题，并没有生病。"

"他小时候和您一起生活过，所以您对他很了解吧。"

"他是个好孩子。不过，我希望他能有所改变。遇到事情时，不能总是低头盯着自己的脚步。他曾经遇到的事情，足以改变一个人的一生。只需要一天，就能让人对未来满怀悲观。但即便如此，如果就此自我封闭一生，那我觉得未免也太过可惜。所以我希望他能在这里自由地思考如何去生活，想一想自己真正想要的是怎样的生活。于我而言，我希望他不是'治好'了，而是'成长'了。这并非是作为医生的想法，而是作为叔叔的。"

声音就此停止。然后又开始了另一天的对话。这次叔叔和柏木依旧和和气气地边喝茶边聊天。

"川岛医生您在岛上非常受尊敬和爱戴。在这七年里，肯定也经历了不少艰辛吧。为什么任期结束后还是决定留在岛上呢？是因为在第一年的任期中，对地方医疗或预防医学产生了兴趣吗？"

"这个嘛……"叔叔似乎喝了口茶，"在尖端医疗方面，的确是在大学里研究更有优势，但也有一些东西是只能在这里学到的。我试着钻研了一下，发现非常有趣。像你所研究的转地疗法，通常是从城市去到自然资源丰富的地方,但这里的情况比较特殊,有些疾病反而比城市里更为常见。岛上居民的饮食习惯,以及生活方式与健康的联系,我开始重新学习这些基础知识。大学医院通常会专注于某一领域,但这里需要的是更为广泛的知识,哪怕有些领域不是那么深入也没关系。为了大家保持健康而采取干预措施也很重要。至于我,只是做了该做的工作而已。而且这样的医生工作也正是我个人所认同的。"

柏木稍微压低了声音,接着问道:"任期结束前,您没有感到过什么无言的压力吗?有没有岛民跟您说,岛上没有医生就不行了之类的话呢?我记得以前您曾跟我说过,并不指望岛民能理解这些。"

叔叔笑着否定了这个问题。

"我的任期快结束,而继任医生迟迟未定时,岛民确实表现得有些不安。但实际上,他们从来没有当面对我说过希望我能留下来这样的话。刚到岛上的时候,放假我去北海道本岛时,他们倒是很直白地告诉我,我不在岛上的时候他们感觉很害怕……可即便那个时候,也没有一个人对我说'要是你走了我们可怎么办'这样的话。虽然他们肯定很想这么说,但他们还是选择了尊重我的人生。"

这个时候的叔叔肯定露出了明朗、温和的笑容吧。叔叔就是这样一个拥有如此明朗笑容的人。正如年末,听阿诚讲起往事时,脑海中浮现出的叔叔的笑容一模一样。

"我留在岛上,不是因为觉得岛民可怜,也不是出于什么崇高的使命感。岛民可不需要我的同情,他们很坚强。这是我自己的决定,也是完全基于我自己的意愿。地方医疗所独有的那些艰辛,我也是有切身体会的,即便如此,我依然喜欢这份工作。我之所以不渴求岛民们的理解,正是因此。我是自己做出这个决定,所以才留在岛上的,这与他们无关。而且,岛民也可以按照自己的方式去使用诊所的医疗资源,包括我。"

"那又是什么原因让您决定留下呢?"

"我曾经和我的两个侄子……有人和他的哥哥一起去旅行过。是在他们放寒假的时候。就在回程的飞机上,发生了紧急情况,急需医生。"

柏木像上钩的鱼儿一样,立刻做出了反应:"您站出来了吗?"

"我站出来了。"

"要是我的话,一定会犹豫的。飞机上没有足够的器械,而且即使有听诊器,飞机发动机的声音也盖过了一切。日本并没有《好撒玛利亚人法》。就算站出来,可能也无能为力,甚至反而会受到指责……您没有考虑过诉讼和赔偿的风险吗?"

阿诚所说的完全没听过的词,或许就是这些。有人全都想起来了。在新年的时候,叔叔在走廊和他说话时提到过这些。

"当然,我是在知道这些的基础上做出选择的。所以当时的确也有些害怕。但我觉得,如果真的发生了最坏的情况,我愿意为此承担责任。"

叔叔慢慢说着,语气坚定。

"每次要做出某种决定,站在岔路口时,我总会想象未来的自己。想象十年后的自己。想象在十年后再回头看自己现在的选择,想想如果做了某个决定,或者没有做,选择了这条路,或是没有选,未来的自己会如何看待这些事情呢?然后,我会做出最不会让自己后悔的决定。就像当时的紧急情况一样。如果我没有站出来,我知道,这个决定会在我心中留下永远的遗憾……简单来说,我会感到悔恨自责。即使结果不尽如人意,十年后的我也不会后悔。所以我站了出来,同样的,我也决定留在岛上,直到现在。"

"站在未来的自己的视角,然后来看待现在的决定……是这样吗?"

"也可以说,就是按照自己理想的生活方式去做。明明有机会帮助他人,却为了保全自己而选择回避,这种做法我实在不喜欢。或许在这方面,我和我的侄子很合得来……"

——要不要试着想象一下未来的自己?

在为道下强出头的那一天,有人曾以为自己已经没有了未来,沉溺于自我封闭之中,固执地认为即便年岁流逝,自己的人生也依旧什么都不会改变,在心里放弃了一切。所以当他第一次听到那句话时,感到非常悲伤。因为他以为叔叔也是预见到了自己悲惨的未来,所以才出言劝告。

然而,有人误解了叔叔这句话的真正意思。直到听到那段音频,他才终于明白,叔叔想问的并不是"如果继续这样空耗时间会怎样?"

而是在问"如果一直如此度过时光,未来的自己回过头来看这一刻时,会不会后悔自己这样的生活方式?"

其实叔叔早已给过提示。

——这是人生理念的问题。

在父亲为叔叔回应了紧急呼叫而大为不满时,叔叔非常明确地回答了这句话。

而面对死亡时,他问哥哥和人:"如果换成我之外的其他人做了同样的事情,你也会觉得他很帅气吗?"

叔叔是一个非常注重人生理念的人。

听过音频的阿阳学长和阿诚也用了"后悔"这样的字眼表达他们的想法。

——而我也肯定会后悔今晚什么都没做。

——与其活在悔恨之中,还不如赌上性命出海。

或许,他们两个人已经完全理解并接受了叔叔的人生理念与内心。

邮件里还附上了一封信,里面写着这样一段话:

"草稿是我为了研究而整理的,可能会让你感到有些困惑。得知它被交到有人同学你的手中后,我急忙寄来了这份录音。川岛医生的本心在这份资料中或许更容易理解。此外,现在回想起来,当时川岛医生的身体状况似乎已经恶化了。我不认为他当时没有预见到自己会面临死亡这一事实。川岛医生是在明确了解这些的情况下,依然选择贯彻自己的人生理念,尽他所能守护着这座岛。"

离开岛的前一天,柏木叮嘱有人多帮忙做做家务,可时至今日,他才明白柏木真正的意思。他比任何人都更早地察觉到了叔叔身体情况的恶化,才会提出了这样的请求。

信里还附了一张名片,上面写着柏木所在大学专用的电子邮件地址。有人发了一封简短的感谢邮件过去。实际上，他有很多话想说。比如为什么现在才发这封邮件、刚看完草稿时受到的冲击等，但要将这些全都诉诸语言，对他而言实在是太难了。所以他只是简单地表达了感谢，希望至少能将这份心情传递过去。

在从北海道本岛前往照羽尻岛的渡船上，吉田理发店的那对夫妇也在。他们在函馆的亲戚家度过了年末年初的这段时间，刚刚回来。很快，他们就注意到了有人，很热情地过来向他致以新年问候。有人也立刻予以回应。除了这对夫妇，船上还有一位穿着黑色加拿大鹅羽绒服和牛仔裤的男性，看上去像是位游客。

"小哥你也是去岛上拍星空的吗？"吉田阿姨热情地对坐在船舱地毯上的那位男性问道。男人一边咳嗽，一边从他的大包里拿出单反相机，调整着参数。有人想起了年末时阿诚提到的"天文爱好者"这个词。

"是的。"那名男性开朗地回答道，"我听说这里是日本最好的观星地点之一，很是期待呢。"

"你住在哪里呀？"

"住在野吕旅馆。"

男子又咳嗽了一阵，伸手捂住了喉咙。

"感冒了吗？"

"扁桃体有点儿肿了。不过上船之前我去医院拿了药，没关系的。"

渡船轻轻晃动了一下。以前的有人，可能会紧紧抓住塑料袋。但与在海上翻越如山波涛的渔船相比，渡轮的晃动无异于行驶在镜面之上。

"哎呀，欢迎回来。"

当有人走到宿舍的门口时，管理员后藤夫妇同时露面了。

"这么早就回来了，真是抱歉。"

寒假还有一周多才结束。北海道的寒假比东京要长得多。桃花和阿阳学长还没有回来。

"没关系的，按规定来说，一月三日之后我们也要回宿舍来的。有人你能回来真是太好了，要不要喝点热可可？"

在食堂喝着热可可，整理好行李之后，有人决定一个人去岛上走走。小学和中学的操场上，岛上的几个孩子正互相扔雪球玩，而学校本身依然一片安静。照羽尻高中也是如此。教师和职员都是在教育委员会的指派下，从外岛调到这里来的。长假期间，他们都会离开岛上，回到自己家乡。校长等人住的教职工住宅也和暑假时一样，静悄悄的。有人突然想到，快递该怎么办呢？毕竟回乡时总该会把门窗锁好吧。

诊所的门上贴着一张纸，是关于目前没有常驻医生的通知，并表示来自北海道本岛的医生会在每周二的上午十点到下午两点半坐诊。不过今天不是周二。桐生护士依然在北海道本岛的医院住院。诊所内部看上去也没有任何人在。

岛上没有什么工作机会。有人想起了凉学姐的话。按照诊所现在的情况来看，或许负责医务事务的森内也面临着一些与患者不同的困境。若是正式职员，收入倒是能得到保障，可要是临时职员的话境况就不一样了。

即便只有一名医生，诊所也能作为一个工作场所顺利运转，不仅可以为患者提供帮助，也能支撑起健康人群的生活。从更广泛的角度看，如果在旅行途中突然生病，而当地没有医生，这种现实问题会让游客倍感不安，甚至可能会让一些人犹豫要不要去旅行。那位乘渡船的天文爱好者提到自己去医院拿了药，虽然他说是没问题，但若是谨慎起见，说不定会选择折返回去。这样一来，野吕旅馆就会少一个客人，带来损失。

包括叔叔在内，岛上历代医生们都间接支撑起了照羽尻岛除渔业之外的另一大产业——旅游业。

有人迎着来自大海彼岸的风，站在原处闭上了双眼。

与后藤夫妇一起吃完晚饭，他洗完澡后就躺在了床上。刘海还略微有些湿，稍稍有些扰人心烦，他拨开头发，心想着明天去吉田理发店剪掉。和人用连我发了一条消息："关于叔叔的那份录音，我听了，谢谢。"

有人没有加任何表情符号，只回了一个"嗯"。

他漫不经心地望着天花板，想着凉学姐、阿诚、桃花、阿阳学长他们现在在做什么呢？时间缓慢流逝。

四周一片安静。窗帘紧闭的这间房间让人觉得仿佛隔离于外面的世界，正漂浮在宇宙当中。但若是认真倾听，还是能听到海浪的声音。可海浪的声音早已与有人的耳朵融为一体，即便听到了，也依旧感觉身处寂静之中。

突然，凉学姐的高声呼喊划破了这片漆黑的寂静。

"快来人帮忙！"

有人猛地从床上坐起，确认了一下时间，已经是晚上十点多了。他穿着睡衣，急匆匆地跑下楼，看到后藤夫妇也正穿着羽绒服准备出去。

有人跟着两人走了出去。离宿舍不远的野吕旅馆大门敞开，屋内的灯光异常明亮，反而让人隐隐有些不安。

凉学姐的母亲率先走了出来，发动了接送车的引擎。有人瞥了一眼玄关，凉学姐和她父亲正分别抬着一个男人的头部和腿部，把人往外抬。

那男人穿着加拿大鹅的羽绒服，有人立刻认出是之前在渡船上遇到的天文爱好者游客。单反相机和三脚架散落在地。

突然传来一阵声音，像是从某种狭窄的通道中传出的微弱风声，似乎是那个男人在痛苦地喘息。

"怎么了？"后藤夫妇一边托住男人的腰部，一边急切地问道。

凉学姐焦急地回答道："他刚从外面回来，说感觉身体不舒服，然后就在这里一下子晕倒了。"

"打119了吗？"后藤阿姨问。

"已经打了，直升机正在赶来。但在这之前也不能就这么看着呀。"

"去发岛内广播。"后藤先生对妻子指示道，"岛上的渔民和渔协的人都受过急救培训。"

后藤阿姨把鞋子脱下随便丢在一旁，迅速跑进了旅馆之中。然后走进了玄关旁边的一间房间，拨打了电话。

有人看着眼前如飓风过境般的混乱场面，呆立在了原地。大家没顾得上有人，纷纷帮忙抬起那位游客，把他送上了车。

有人看到了正被抬上车的游客的脸。

皮肤发红、起疹，眼睑浮肿，还有那艰难的呼吸声。这一切，让那一天的记忆重新复苏。

跟道下那时一样。

车很快发动了，紧接着，岛上的广播也响了起来。

"出现了紧急病患，请接受过急救培训的人员立即赶往中小学操场。"

电话打完后，后藤阿姨催促有人："快回宿舍去，别感冒了。"

"为什么要去操场？"

"因为直升机会在那里着陆。快回去吧！"

阿姨从背后轻轻推了下有人的背，但有人却依旧呆立原地。就在这时，从港口附近突然开来一辆车，停在了大家面前。副驾驶窗摇下，是阿诚。而坐在驾驶座上的则是阿诚的父亲。

"有人，你在干吗呢！"阿诚喊道。

"我……"

"你也一起上车。"阿诚父亲的声音有种不容辩驳的笃定。

有人坐上后座，紧接着一辆辆车开了过来，从停着的车边经过。

阿诚和他父亲上身仍穿着上船时穿的防寒服，下身却穿着睡衣，脚上也是随便套了双鞋。

街灯稀疏，但挡风玻璃外几辆车的尾灯正不停闪烁。通常这个时间点街上是不会有车的。结冰的路面上闪过绰绰黑影。

"老爸，你看！"阿诚看到了一个正在街上狂奔的人。是森内。

阿诚的父亲毫不犹豫地停下了车，将森内拉了上来。

森内手里正拿着诊所的钥匙。

"诊所里有 AED[①]，拿了那个再去。"

"有人，你看到那个紧急病患了吗？"阿诚的父亲问道。

"看到了。"有人从喉咙里发出嘶哑的声音回答道。

"他的情况如何？还有呼吸吗？看上去还有心跳吗？"

"他还有呼吸，心脏应该还在跳动。"

车子将森内送到诊所后，又继续向中小学操场驶去。诊所的灯光亮了起来，森内应该很快就会拿着 AED 过来。

有人的耳边依然回响着那艰难的喘息声。或许，这个男人和道下是一样的病情。但实际情况如何谁也不知道。当初道下那件事发生后，父亲说只需要打急救电话，然后等救护车来就好。119 已经打了，接下来要做的就是等直升机来。这就是外行该做的事。

操场上停了十几辆车，所有车的前灯都对着中间照射。而停在最中间的就是野吕旅馆的车。凉学姐的父亲拿着手机大声讲着话，看样子是在和北海道本岛的急救医生通话。

"晚餐是我们提供的，不清楚他有没有在外面吃什么。"凉学姐的父亲额头上满是汗水，"不，怎么可能……"

"爸爸，怎么了？"

"医生说可能是过敏反应。"

在场的岛民们开始议论纷纷。

---

[①] 自动体外除颤器，利用自动体外除颤器对患者进行除颤和心肺复苏，才是最有效制止猝死的办法。

"怎么可能？！"

"旅馆和民宿一般都会问这些情况的。"

"野吕家每次也都会问吧？"

"爸爸！"凉学姐大喊道,"他好像很痛苦,怎么办？"

几名岛民跑了过去,包括渔民和渔协的人,阿诚的父亲也在其中。

"我会人工呼吸。"

"我学过心肺复苏。"

森内也带着 AED 赶了过来。凉学姐的父亲更加大声地对电话那头问:"什么？笔？肾上腺素笔？"

那一刻,有人的心猛地一沉,接着又剧烈地跳动起来。在那一天铭记于脑海之中,再也无法忘记的词。那个像胶棒一样的物体、卷起的裙摆、保健教师的白大褂……

"保健老师……"有人低声喃喃,"学校的保健老师……"

当时对道下进行急救的正是保健老师。然而,阿诚立即摇了摇头。

"岛外来的老师现在都不在。"

是的,教职员工宿舍里空无一人。寒假还剩下一个星期才结束。

"那要用肾上腺素笔吗？"凉学姐的父亲对森内大声问道,"诊所里有肾上腺素笔吗？"

在森内答话之前,有人的脑海中浮现了来自过去的声音——是打开柜门的声音。六月份来岛上的柏木,曾经把两支肾上腺素笔放进了药柜里。

如果和那天是同样的情况,如果这个人和道下是同一种病症……可是，有人无法确认。万一弄错了怎么办？只要保持沉默，就不会被责怪。

没关系的，可以什么都不做。

如果不做出任何行动的话。

——有人，要不要试着想象一下未来的自己？

就在这时，有人听到了叔叔的声音。

——往前走才有未来。

——要动起来，要行动起来。

还有阿诚父亲和哥哥和人的声音。

紧接着。

——冒着生命危险也得出海。

是阿诚的声音。

猛然间，一阵强烈的逆风迎面吹来，几乎让人无法呼吸。有人直面着这阵风。

前进时所感受到的，必然是逆风。

元旦那天消失在海里的那条围巾，从有人眼底闪过。

有人向前迈出了步伐。

这名男性游客名为小西。在将他运上直升机时，随行医生询问了他的名字，是他自己回答的。

"是你给小西先生用了肾上腺素笔吗？"

有人轻轻点了点头。医生检查了小西的生命体征后，对着有人点头致意:"谢谢你,你做得很好。"

这段对话发生得非常迅速。直升机很快就载着小西飞向北海道本岛。

当直升机的灯光与星星融为一体时,有人突然一屁股坐在了雪地上。

"怎么了,有人?"

大人们纷纷上前询问,但他一句话也答不上来。经历了刚才超乎极限的紧张,现在终于得以松一口气,完全脱力的有人已经没力气站起来了。

好可怕。直到此刻,寒冷的颤抖才侵袭了他的身体。

"不过,刚才你做得很好,有人。"

"那个咔嚓一下打进去的小玩意儿,也就你知道怎么用了,真厉害。"

大人们交口称赞,凉学姐也流着泪水蹲到了有人面前。

"有人你能回来,真是太好了……"

"小凉你也辛苦了。好了,都回去吧,回去吧。"阿诚的父亲拍了拍有人的头,"今晚的英雄也该回去了。"

"我……"

"穿成这个样子坐在雪地上会感冒的,你看你浑身都在发抖呢。"

周围的人们三三五五离开了。即便发生了这样的重大事件,几个小时后,他们依旧会登船出海。凉学姐也和她父母一起离开了,但还是好几次依依不舍地回头看着有人他们。

"老爸,你先回去吧,我在这里稍微休息一会儿,然后再送有人回宿舍。"

"这样啊。"阿诚的父亲并未追问,"那就随你们吧。"

他把自己穿的防寒服扔给了有人,然后驾车离开了。

操场刚刚还喧闹不堪,如今却静悄悄一片。阿诚像个大哥哥一样给有人披上了防寒服。有人裹在那带着一丝鱼腥味的温暖中,抬头仰望着天空。月亮如同被削薄了一般,光芒暗淡,满天繁星却显得更加明亮了。

"不知道小西先生有没有拍到一些照片。"阿诚坐在有人旁边,"不过这样的天空,对我们来说已经是稀松平常了。"

"这里,真的很美……可以看到星、星星……"有人牙齿打战,声音也有气无力,"夏天……放烟花的时候……我也是这么想的。"

"嗯哼。"阿诚仰头看着天空,"虽然跟你说的这些毫无关联,但我还是想说,刚才的你跟平时的你完全不一样。"

阿诚用鞋尖灵活地把雪踢向了有人。有人瞪了他一眼,阿诚反而露出了一丝笑容。

"真厉害啊,有人。"

"……才、才不厉害呢。一点都不。"他的话好似化作尘烟,在黑夜中飘浮,"我一点都不厉害……其实,我之所以知道怎么做……是有原因的。"

在完全放松下来之后,有人的心防也彻底打开了。他用双手捂住了脸,说道:"我……我曾经想成为一名医生。"

在星空之下、白雪之上,有人开始讲述自己儿时对叔叔产生憧憬的那一天,还有让他一直悔恨至今的那一天,他将所有的一切全都告诉了阿诚。

直到有人说完这一切,阿诚依旧没有插话,对寒冷也毫无反应。但坦白了一切之后,有人颤抖的身体却渐渐平静了。

"这样啊。"阿诚站起了身,"那位道下同学能恢复健康,真是太好了。"

"……嗯。"

"今晚发生的这些,你记得告诉她。"

"啊?为什么?"

"哎呀,第六感吧。我只是觉得你要是告诉她的话,她应该会很高兴。"

在咖啡厅里一下都没有回头的道下的背影,如幻觉般再次浮现在了白雪覆盖的操场上。有人捏了一个雪球,想要扔过去,但还是放弃了。

"如果没有那一天的话,一切会是什么样呢?我一直在想这个问题。"有人用力捏碎了手里的雪球,"我可能就不会变成现在这样吧。"

"不过,如果没有那一天的话,小西先生可就危险了。"阿诚拍了拍屁股上沾的雪,"那现在呢?"

"现在?"

"现在你对那一天的事怎么看?还是觉得没有那一天会更好吗?"

有人又捏了一个雪球,这次他投向了阿诚。阿诚立刻予以了还击。

"我问你,为什么今晚你会过去?!为什么那个时候你会去找小凉和小西先生?!又为什么知道肾上腺素笔在哪里,怎么打？！"

肾上腺素笔的用法他也只看过一次，但却已经深深地烙印在了他的脑海之中。当然，电话中医生不断发出的准确指示也很重要，但总而言之，有人是主动站出来并顺利完成了这一切的。

"你该不会是因为喜欢小凉才站出来的吧？"

"阿、阿诚你是笨蛋吧！"

阿诚笑着朝操场跑去。

"……阿诚你明明知道的。"

阿诚听过叔叔说的那些话，他应该是知道的。

那一刻，有人忽然思考起了未来的自己。想象着十年、二十年后的自己回顾此刻时，会不会后悔当时沉默着没有站出来。

接着，阿诚的父亲、哥哥和人，还有最重要的阿诚的声音，在他脑海中响起。

像是怒吼的火炮。

"听着，有人！虽然大家都说有直升机可以代替救护车，但包括我和我爸在内的岛上的所有人，大家心里都做好了准备。"阿诚站在直升机驶离时留在雪地的痕迹上，"万一出了事也是没办法。再怎么样也只能接受。有些时候或许在大城市还有得救，但在这里就是办不到。"

"……嗯。"

"可我们也是人，也会想着要是有个医生在的话，或者运气好有个超级厉害的医生在这儿的话，假设着各种各样的可能……"

"……嗯。"

"我们都觉得，如果是川岛医生的话就没关系。只要是川岛医生给我们看病,即便发生了什么状况,最终没能救回来,我们也心甘情愿。川岛医生让我们相信,他一定会为我们找到最佳方法,一定会为我们拼尽全力。"

有人不禁回想起叔叔在周末也毫不松懈,坚持研究资料的身影。

"嗯……我明白的。"

"你所谓的'那一天'是无法改变的对吧。过去是无法改变的。我不是告诉过你吗,天气和过去都是无法改变的。"

"嗯。"

"不过,对于现在的自己而言,对过去的看法,是可以改变的。"

有人实在没想到能从阿诚口中听到这些话,不禁吃了一惊。

"果然还是太说教了,抱歉!"

"阿诚你不会是……"

当时阿诚把装着音频资料的信封递给他,刚想说些什么时,却被有人那一句"不想听你说教"打断了。

阿诚在完全不知道自己曾经的过失的情况下,就选择了信任自己,与自己并肩站在一起吗?

有人用冰冷的手背擦去脸上的泪水,稍稍别过了脸。这时映入他眼帘的,是当时第一次看到时觉得毫无意义的那个红绿灯。

阿诚的声音越来越大。

"川岛医生真的太厉害了!那是叫《好撒玛利亚人法》吗?拯救处于危急之中的人时,只要尽了力,即使结果不尽如人意也不会受到任何责罚。日本没有这种规定,但他在飞机上还是挺身而出了。"

有人用力地点了点头。

"我知道当时的川岛医生是什么样子的。就跟当时朝着小西先生跑过去的你是一样的。那个时候的你,真的很像川岛医生。"

阿诚简直像是要向全世界炫耀一样,大声喊道:"那个时候!你真的!超级!帅!"

曾经一度熄灭的灯火,就在这一瞬间,重新点燃了。

寒假刚一结束,小西先生就寄来了感谢信和点心礼盒。他在信中提到,导致过敏的,其实是他在上岛之前去医院开的抗生素。他被送往的那家医院解释称,即便之前都没有过敏史,有时也会出现突发症状。野吕旅馆并没有任何过错。

小西先生将这次在照羽尻岛发生的意外,以及岛民全体出动,前来帮忙的事情写成了文章,投稿到了一家全国性报纸的读者栏目,并被顺利刊载。而有人的身份,他则以"来自东京的离岛留学生"相称。文章一字一句满是感激之情,结尾再次写道:"借此机会,想向岛上的大家说一声谢谢。"

这其实是件很小的事情。星泽医生离开小岛时引发的批评,在网络上倒是掀起了一阵热潮。尽管如此,照羽尻岛上的居民们依然感到非常高兴。

凉学姐向他道谢了不知道多少次。

桃花和阿阳学长则向他表示佩服。

岛民们也纷纷向有人打招呼——"那个时候你真是太厉害了"

"今天也要干劲满满地学习啊"。

哥哥和父母也联系了他，但最让他惊讶的是来自道下的消息。是通过短信发来的。

"我拜托了和人哥。让他给我你的手机号。我看了报纸，干得漂亮。"

道下那短短的几个字——"干得漂亮"，让他无比高兴。

然后，他再次回想起在咖啡厅时的对话。

——反正你大概也当不了医生了。

有人想象着未来的自己。未来的自己，回顾现在时会怎么想呢？

比如说，三十岁、五十岁时的自己。

那团在心里重新燃起的小小火焰，他可以闭上眼睛视而不见。甚至可以说这样反而简单得多。

非常简单。但如果选择视而不见，未来的他会不会后悔呢？

如果走上了另一条路，但这团火焰并没有如愿熊熊燃起就悄然熄灭了的话……如果拼命追逐梦想却未能实现，会不会后悔早知道就什么都不做了呢？

有人久违地打开了那个自己一直冷落在旁的逃脱游戏。他探索了一阵子，但依然没有找到通向真正结局的路径。

求助于他人会让他有种挫败感。所以，有人至今没有看过论坛的攻略专区。

但这一次，有人第一次点开了论坛链接。

论坛里有许多帖子，稍一滑动屏幕，很快就找到了和自己处于相同困境的玩家。

也有很多人在下面回复。并不是直接给出通关方法，而是给出了隐晦的、只有玩到最终阶段的人才能理解的提示。有人明白了这个提示的意思。

突破点在于：在特定的地点，采取通常会导致不同结局的行为。

游戏内没有任何关于这种做法的提醒。究竟是什么样的人才能在毫无提示的情况下达成真正的结局呢？他们的头脑这么灵活吗？这个世界上竟然有这么聪明的人。

他感到佩服，但也知道并非人人都是如此。即使没有灵感，只要坚持不懈地在不同的地方尝试各种行为，或许要花上不少时间，但最终一定能找到真正的结局。

有人借用了素未谋面的前人的智慧，终于从雪中小屋走了出来。他深深地凝视着"True End（真结局）"的字样，感慨万千。虽然通关了这款游戏，但他没有选择卸载，而是将其移到新的界面。

然后，他坐到电脑前，查看着阿阳学长所在的补习学校的网站。他之前也在手机上看过，知道有一个专门针对医学部考试的课程。但他并没有查过是否可以线上学习。这次他确认了一下，的确是有线上学习的选项的。接着，他又查看了曾经自己就读的东京的学校的官网。道下曾提到过，那里新开设了医学部升学课程。

"今天的捕鱼准备工作我可以请个假吗？"

早上，有人突然开口问道，阿诚的表情立刻变得严肃。

"有什么事吗？"

"我要打个电话，有些事情需要和对方谈一谈。"虽然也不是非得说明和谁打电话，但有人没有隐瞒，"是打给柏木先生。"

一听到这个名字，阿诚似乎察觉到了什么。

"……这样啊。明白了。"

在就音频一事发去感谢邮件之后，有人与柏木通过邮件交流了几次。在这期间，他了解到柏木尽管不是照羽尻岛人，但也出身地方，高考时也吃了不少苦。

有人的哥哥和人是应届直接考上的，所以有人更想听听柏木分享的经验。

柏木应该很忙。虽然答应了他的请求，但指定了具体日期。今天就是约定的日子。

电话是柏木打来的，他还告诉有人，不必特意回电客套，因为他曾受到川岛医生很多照顾。

柏木对有人的问题都予以了非常真诚的回应。通过和他的直接交流，有人知道了许多自己想了解的信息，还得到了不少宝贵的建议。

在医学院，复读几年才考上的学生并不少见，还有不少学生是参加工作后又回来上学的。柏木自己也是复读了两次才考上的。

复读期间，他离开了家，住进了札幌一家补习班的宿舍，全身心投入到了学习之中。

"虽然考虑过要不要线上学习，但这种形式并不适合所有人。"

有人抓住了重点："请告诉我具体不适合什么样的人？"

"不适合自制力差、容易放纵自己的人。擅长找借口的人也不行。每个人都有无心学习的时候,如果很擅长为自己找借口的话,就会不断地放任自己,随意拖延。而且这类人一旦成绩不理想,就会归咎于线上学习。"

柏木断然说道:"归咎于环境更简单。"

"当然,这只是我个人的看法,如果不是那种能严格自律的人,最好在一个稍微不那么舒服的环境中学习。如果身处一个考不上医大也无人责怪的宽松、宽容的环境中,就会不由自主地懒散下来。一定会这样。"

关于自己的决定,有人第一个透露给了阿诚。在放学后,二人一起回家的路上。二月的寒风依旧刺骨,但已经能感受到阳光的暖意。

"等开春后我打算去东京的学校,重新去考有医学院升学课程的学校。"

阿诚停下了脚步:"果然,你还是想当医生吗?"

"希望我能做到吧。但比起成为医生,我更想……"

有人沉默了一下,想到了年轻时的叔叔,或许他也是怀揣着和自己一样的心情决定了未来的道路。

"我想找到一条属于自己的、能够帮到别人的路。当别人身处困境时,我希望自己能够伸出援手。我想按照这样的人生理念去活着。"

"嗯哼,这样啊。"

阿诚没有再说话,只是眯着眼睛看向远处的大海。

第二天午餐时间，有人把这个决定告诉了凉学姐、桃花和阿阳学长。凉学姐露出了落寞的表情，阿阳学长则询问道："你要去我报名的那家东京的补习班吗？"桃花只是轻轻一笑，说了一句："感觉你不太一样了呢。"

而阿诚始终沉默。

桃花率先提议大家互相加连我聊天。于是五个人立刻互相添加了连我，然后创建了一个名为"照羽尻高5"的群组。

凉学姐问道："什么时候离开岛上呢？"

"比考试日提前四天走，大概是二月末。"

"离结业式就差几天……"凉学姐像是想要驱散那些落寞般，硬挤出了一副可爱的笑容，"要开始准备新生活了嘛，这也是没办法的事。我们大家都会去港口送你的。"

"可能刚好是上课时间……"

"翘个课呗，反正老师们肯定也会来送你的。"

凉学姐这么一说，有人心想，说不定大家都来送他，学校都化为空城了。如果真的出现这种场面的话……有人的喉头一阵滚动，泪腺压力骤增。身边的大家是如此温柔，自己一定会被宠坏的吧。

自己的尊严决不允许让他们和这座岛变成自己的借口。

正因为来到了这里，自己才得以再次启程，向前迈进。

望着教室的窗外，"二月乃光之春"[①]这句话忽然涌上心头。曾经觉得眼前的一切如同地狱之深渊，可如今却觉得美得令人目眩神迷。

---

[①] 这句谚语出自俄罗斯。俄罗斯冬季漫长，立春过后天气仍未回暖，但白昼渐长，阳光愈发明亮，令人感觉二月的阳光率先宣告了春日到来，故有此谚语。

下次再来这里，会是什么时候呢？

他也不知道会是多少年后。但他依然肆意想象着那样的未来。

是绝不会后悔的未来。

即便任期已过，但仍然选择留在岛上的叔叔的心情，此刻他终于明白了。

不过，他有些担心阿诚。阿诚是第一个得知有人决定的人，比任何人都早。而他明明也有所触动，却始终一言不发。有人并不是想要他说些什么鼓励的话，只是事到如今，阿诚的冷漠让他心里有些难过。

难道阿诚是生气自己要丢下这座岛离去？不，唯独阿诚是绝不会这么想的。他对阿诚坦白了一切，包括自己的过去。他相信两人之间不会产生这样的误解。可既然如此，阿诚为何会如此冷漠呢？

在初夏时，连自己上厕所阿诚都要跟着去。而如今，这些事情就像从未发生过一样。大家在一起吃午餐时阿诚倒是更加开朗了，但却总是回避着有人的视线。放学后也总是丢下一句"再见"就先走一步了。

"再见！"阿诚的声音格外洪亮，就像是高中棒球部在进行运动员宣誓一样。但也像是在阻止有人开口，宣告自己跟他已经无话可说。每次看到阿诚离去的背影，有人就感觉心里一阵痛楚，喉咙深处像是被什么东西堵住了一样。

他把手轻轻按在胸口，反复询问自己这到底是怎样一种感觉，最终他得出了一个答案——这就是寂寞。离别本身就让人寂寞，而在临别之际却无法好好交谈，更是让他的内心寂寞不已。他之前从未品尝过这种感觉。无论是在东京独自关在家里时，还是再也看不到那些同学时，他也只觉麻木。

　　准备考试、收拾行李，这些都是现在必须要做的事情，可一想到阿诚的态度，他就集中不了精神。日子一天天过去，终于，明天他就要回到东京了。

　　有人看着急匆匆回家的阿诚，回到宿舍开始收拾最后的行李。在收拾行李时，垃圾桶里逐渐堆满了擦拭鼻涕眼泪的纸巾。快到晚餐时间了，有人用连我给阿诚发了个消息："我想和你聊聊。"消息显示已读，但他等了五分钟、十分钟，阿诚依旧没有回复。

　　"有人，你要去哪儿呀？差不多该吃饭了哦。"

　　有人跟后藤阿姨说了声抱歉，然后转身离开宿舍，飞奔向斋藤家。渔民家晚上休息得早，要去的话就不能拖拖拉拉。

　　曾经留宿过的那间房间的窗帘正关得紧紧的。

　　按响门铃后，阿诚的父亲从屋内应道："按什么门铃，直接进来不就行了。"于是有人便走了进来。

　　"我想见阿诚。"

　　"哦，那小子啊。"阿诚的父亲转身朝楼上大声喊道，"有人来了哦。"

　　"我身体不舒服，在睡觉！"

　　这响亮的回答让人完全感觉不到他身体有任何不适。阿诚的父亲不禁露出了苦笑。

　　"有人，你也别怪他，他哥阿至走的时候他也是这样。男孩子嘛，总是不喜欢让别人看到自己这副模样。"

　　"什么？"

　　"你看他眼睛红通通的，肯定不想让人看到嘛。"

渔夫粗糙的手轻轻地搭在有人的头上:"不过嘛,你都愿意顶着红通通的眼睛来找他了,我看还是阿诚比较小气。"

有人跑到斋藤家外面,向着窗帘紧闭的窗户大声喊道:"阿诚!你知道我来找你是想说什么吗?!"

港口的灯光映照在窗户上,但窗帘依旧纹丝未动。

港口附近黑压压一片,岛民们全都来了。和叔叔离岛时一模一样,甚至来送有人的人反倒更多些。校长和高中的老师们也真的来了。

"保重啊。"

"有空来玩啊。"

"我会给你寄海胆的。"

这话是阿诚的父亲说的。

有人无法一一向每个人打招呼,只好大声说了一句:"谢谢大家,感谢你们的照顾。"然后深深鞠了一躬。

他看到了凉学姐、桃花和阿阳学长的身影。手机上不断显示着连我的消息。

"如果遇到什么事情,随时可以跟我们吐槽哦。"

"考试加油!"

阿阳学长还发来一张飞翔在海面上的海鸥的照片,像是用来代替表情包的。

马上就到渡轮出航的时间了,有人朝三人挥挥手,登上了渡轮。

他开始寻找阿诚的身影——唯独阿诚没有出现。他会在哪儿呢？

那一天——并不是未来消失的那一天，而是另一天——重新点燃对未来的希望的那一天晚上，还有像是在背后推了他一把、给予他力量的、观看朝阳升起的那个早晨，阿诚都在他的身边。

他很想见阿诚一面。

有人没有进入船舱，而是在甲板上四处寻找。人群中没有看到阿诚的身影，如果他在的话，自己一定能认出来。

有人拿出手机，想用连我问阿诚到底在哪儿。

出航的汽笛响起。

为了向送行的人们挥手致意，有人把手机又放回了口袋里。阿诚还是不在。

他不想通过连我，而是想亲口说出来。

比起其他人，他更想要跟阿诚说一声谢谢。

如果有一天能成为像叔叔那样的医生，我一定……

我一定会再一次……

船缓慢且坚定地逐渐离开岸边。岛上人们的身影越来越小，声音也渐渐远去。

——欢迎来到梦幻之浮岛，照羽尻岛。

崖壁上用于加固的混凝土上，那些褪色的文字。

黑色的海鸟在海面上一掠而过。

曾以为堕入了地狱之深渊。

但如果没有来到这里，就没有此刻的自己。

在寒风中，有人微微压低下巴，朝着船头走去。

海风带来细小的水雾，打湿了他的脸颊。撞击岸壁的海浪如绽放的烟火。

烟火——有人停住了脚步。那个燃放烟火的夏夜,在那天晚上,阿诚曾经说过:"真正想说的事,不需要用语言表达!态度和行动就能说明一切。"

所以他才不在这里吗?

"阿诚这个笨蛋!"有人挤出声音大喊道,"这就是你真正想说的话吗?"

风吹散了前额的刘海,露出了额头。有人感到无比懊悔和失落,他转过身背对着港口,朝船头方向走去。船头堆放着绳索和设备,只有船员才能进入。有人继续朝着最前方走去,抓住甲板上的栏杆,探身向前,凝视着远方的海面。

他瞪大了眼睛。渐渐靠近的防波堤最前方,一个身影正站在那里。

是阿诚。

"阿诚!"

有人大声喊道。波浪声、引擎声、风声,他好像想要压过这一切声音,再一次拼命大声喊着。

他看见了阿诚的脸。即便离得很远,也能看出他的眼睑有些肿胀,眼睛也红通通的。但阿诚一直在笑。像是要给他最强力的支持。

"阿诚!有一天我一定会……"

阿诚朝他用力点了一下头,以示回应。

他取下围在脖子上的围巾,紧紧握在手中,用尽全力朝有人伸了过去。

围巾在风中激烈地飘扬。

有人看见了风的形状。

## 致谢

感谢一般社团法人天卖岛 ORAGA 岛活性化会议的齐藤畅先生，公益财团法人 HAMANASU 财团的小仓龙生先生，北海道天卖高中上田智史校长（取材时任校长），北海道天卖高中的全体学生、教职工，以及天卖岛的各位居民，各位在我撰写本书期间给予了我莫大的支持。对所有向我分享故事的人，皆致以由衷的谢意。

# 解说

## 北上次郎

本书将故事的舞台设定在了位于日本海域，距离北海道西北部约三十公里的一个离岛。那里被称为"海鸟的乐园"，包括白眶海鸽、斑头鸺鹠、角嘴海雀在内的八种海鸟在此繁殖，为观察野鸟前来观光的游客不在少数。岛屿的周长约十二公里，是一座很小的岛。岛上的小学和中学共用同一栋校舍，高中也只有一所。高中配套的宿舍包含一日三餐，每个月只需要四万日元。为了遏制人口逐渐流失的趋势，岛上决定接收那些不适应城市学校的学生，并为此提供了住宿，这就是所谓的"离岛留学"。政府方面也抱有极大期望：希望会有学生因此对这个岛产生兴趣，愿意未来继续在岛上生活。

于是，高中一年级的川岛有人，从东京来到了这座岛，故事也就由此展开了。事实上，因为有人的叔叔川岛雅彦在岛上唯一的诊所里工作，所以有人并没有入住宿舍，而是和叔叔两个人一起生活。在岛上的高中，二年级学生有两名（阳树和凉），一年级学生也是两名（桃花和阿诚）。而晚一年入学的有人也加入了一年级之中。岛上没有高三的学生，因此全校只有他们五个人。值得一提的是，凉和阿诚是岛上的本地人。凉是旅馆家的女儿，阿诚则是渔夫的儿子。

有人之所以从东京来到这个偏远的离岛，自然是有原因的。而这个原因，读者可以通过阅读本书来了解，这里暂且一笔带过。看到中途休学的有人，叔叔雅彦便邀请他来岛上的高中上学。

这座岛的情况以及这所提供住宿的学校，正是以北海道的天卖岛和天卖高中为原型的。这些暂且不提，更重要的是，有人自此开始的岛屿生活非常真实。在这座夜不闭户的小岛上所经历的种种生活状态，被细腻、鲜活地展现了出来。阳树和桃花也都是从岛外来到这里的，他们也有各自的故事，这些故事会随着情节的发展逐渐揭示。

2006年，作者乾路加凭借《夏光》这一作品获得了第86届《ALL读物》新人奖出道。他的创作范围非常广泛，涵盖了恐怖小说、奇幻小说，甚至体育小说等多个领域。《迎风飞翔！》描写了皐月和理子两名小学生围绕女子跳台滑雪展开的故事；《欢迎来到蝴蝶庄》讲述了主角被极为低廉的房租所吸引，前往了一个闹鬼公寓的故事；《单色》则是一部直面现代人友谊的小说。这些作品都各具特色，十分引人入胜。此外，绝不能错过的还有获得直木奖提名的作品《想回到那一天》。

如果要在这些作品中挑选一部我个人最喜爱的作品，那应该就是2010年获大薮春彦奖提名的《巡游》（2010年东京创元社／2013年创元推理文库）。开头第一篇《牵引》讲述的是在大学的勤工俭学处（这个短篇小说集的开篇便是勤工俭学处唯一的女职员对主人公搭话说："你应该去试试这份兼职。"），高桥健二被介绍到一个远方小镇去做兼职的故事。当他来到指定的寺庙，发现工作竟然是在寺庙正殿睡觉。

他问道:"我一个人在这儿睡觉就行吗?"

对方回答道:"高桥先生,您需要躺在昨晚刚去世的老太太的遗体旁睡觉,还需要紧紧握住她的手。"

事情慢慢被揭开,原来老太太死后手并没有变僵硬。在这个地方,有种说法叫作"引手",是指在守夜当晚被牵引走。

"什么被牵引走?"

"将活人牵引至另一个世界。"

因此,高桥被要求在这儿待一晚,握住老太太的手,阻止她被带走。因为如果是亲人或熟人,就会被轻而易举地一起带走,因此需要一个毫无关联的人来阻止这一切。

由仅仅一晚的不可思议的兼职开启的这篇短篇小说,只是整个故事的五分之一。接下来会发生怎样的故事,还需读者自己通过阅读去探索。小说兼具先锋与深度,是一部非常精彩的短篇小说集,最后的结局也非常生动,令人难以忘怀。

回到本书《明日的我将迎风前行》,这并不是一部设有复杂陷阱的作品,也不是恐怖小说,而是一部直截了当的青春小说。这里所说的"直截了当"可能会让各位读者产生误解,所以我必须解释清楚,这一评价并不意味着这部作品缺乏创意。

久违地回到东京的主人公有人,接到了作为他休学契机的道下同学的电话。("这种事就让我的人生完蛋了?我可没那么软弱!"她的这番话真是太酷了,那让我们来看看有人会怎么做吧!)由此开始,各种发展接踵而来,情节迅速展开。叔叔雅彦身上发生的事情,以及随之而来的余波此起彼伏,这绝不是一个简单、单调的故事，而是一部色彩鲜明、充满动感的小说。

"直截了当"是指，故事并不矫揉造作，而是直接地、充满魄力地展开。它描写了一个少年受伤的心灵是如何逐渐愈合、重新站起来的，并且充满了说服力。

在阅读本书的后半部分时，我曾多次感动得热泪盈眶，因为作者注入的这股力量激励有人重新站了起来。站起来吧，有人！不，不仅仅是有人，它也在鼓舞激励着我们每一个人。你甚至可以听到海鸟的啼鸣在故事的背景中响起。这就是我们即将打开的这本小说。

图书在版编目（CIP）数据
明日的我将迎风前行 /（日）乾路加著；王博译.
南京：江苏凤凰文艺出版社，2025. 8. — ISBN 978-7
-5594-9630-0
Ⅰ．I313.45
中国国家版本馆 CIP 数据核字第 2025R8F645 号

著作权合同登记号 图进字：10-2025-124

ASHITA NO BOKU NI KAZE GA FUKU
©Ruka Inui 2019,2022
First published in Japan in 2019 by KADOKAWA CORPORATION, Tokyo.
Simplified Chinese translation rights arranged with KADOKAWA CORPORATION, Tokyo through BARDON CHINESE CREATIVE AGENCY LIMITED.

## 明日的我将迎风前行

［日］乾路加 著 王 博 译

| 责任编辑 | 项雷达 |
| --- | --- |
| 特约编辑 | 多珮瑶 沈欣瑶 |
| 装帧设计 | 609工坊 |
| 责任印制 | 杨 丹 |
| 出版发行 | 江苏凤凰文艺出版社 |
|  | 南京市中央路 165 号，邮编：210009 |
| 网　址 | http://www.jswenyi.com |
| 印　刷 | 天津鑫旭阳印刷有限公司 |
| 开　本 | 880 毫米 × 1230 毫米　1/32 |
| 印　张 | 9 |
| 字　数 | 194 千字 |
| 版　次 | 2025 年 8 月第 1 版 |
| 印　次 | 2025 年 8 月第 1 次印刷 |
| 书　号 | ISBN 978-7-5594-9630-0 |
| 定　价 | 42.80 元 |

江苏凤凰文艺版图书凡印刷、装订错误，可向出版社调换，联系电话 025-83280257